黑雨

井伏鱒二

幡〇一二

BLACK RAIN

IBUSE MASUJI

王華懋譯　麥田出版

黒い雨

目次

總序

幡：日本近代的文學旗手

楊照

認識日本的近代文學，一定會提到夏目漱石。夏目漱石在一九〇〇年到英國留學，一九〇三年才回到日本。具備當時極為少見的留學資歷，夏目漱石一回到日本，就受到文壇的特別重視。在成為小說創作者之前，夏目漱石已經先以評論者的身分嶄露頭角，取得一定地位。

一九〇七年夏目漱石出版了《文學論》，書中序文用帶有戲劇性誇張意味的方式如此宣告：

……我決心要認真解釋「什麼是文學？」，而且有了不惜花一年多時間投入這個問題的第一階段研究想法。（在這第一階段中，）我住在租來的地方，閉門不出，將手上擁有的所有文學書籍全都收藏起來。我相信，藉由閱讀文學書籍來理解文學，就好像以血洗血一樣（，絕對無法達成目的）。我發誓要窮究文學在心理上的必要性，為何誕生、發達乃至荒廢。我發誓要窮究文學在社會上的必要性，為何存在、興盛乃至衰亡。

這段話在相當意義上呈現了日本近代文學的特質。首先，文學不再是消遣，不再是文人的休閒娛樂，而是一件既關乎個人存在也關乎社會集體運作的重要大事。因為文學如此重要，所以也就必須相應地以最嚴肅、最認真的態度來看待文學，從事一切與文學有關的活動。

其次，文學不是一個封閉的領域，要徹底了解文學，就必須在文學之外探求。文學源於人的根本心理要求，也源於社會集體的溝通衝動。弔詭地，以文學論文學，反而無法真正掌握文學的真義。

夏目漱石之所以突出強調這樣的文學意念，事實上，他之所以覺得應該花大力氣去研究並書寫《文學論》，是因為當時日本的文壇正處於「自然主義」和「浪漫主義」兩派熱火交鋒的狀態，雙方尖銳對立，勢不兩立。夏目漱石不想加入任何一方，更重要的，他不相信、不接受那樣刻意強調彼此差異的戰鬥形式，於是他想繞過「自然主義」及「浪漫主義」，從更根本的源頭上弄清楚「文學是什麼」。

日本近代文學由此開端。從十九、二十世紀之交，到一九八〇年左右，這條浩浩蕩蕩的文學大河，呈現了清楚的獨特風景。在這裡，文學的創作與文學的理念，或者更普遍地說，理論與作品，有著密不可分的交纏。幾乎每一部重要的作品，背後都有深刻的思想或主張；幾乎每一位重要的作家，都覺得有責任整理、提供獨特的創作道理。在這裡，作者的自我意識高度發達，無論在理論或作品上，他們都一方面認真尋索自我在世界中的位置，另一方面認真提供他們從這自我位置上所瞻見的世界圖像。

每個作者，甚至是每部作品，於是都像是高高舉起了鮮明的旗幟，在風中招搖擺盪。這一張張自信炫示的旗幟，構成了日本近代文學最迷人的景象。

針對日本近代文學的個性，我們提出了相應的閱讀計畫。依循三個標準，精選出納入書系中的作品：第一，作品具備當下閱讀的趣味與相關性；第二，作品背後反映了特殊的心理與社會風貌；第三，作品帶有日本近代文學史上的思想、理論代表性。也就是，書系中的每一部作品都樹建一杆可以清楚辨認的心理與社會旗幟，讓讀者在閱讀中不只可以藉此逐漸鋪畫出日本文學的歷史地圖，也能夠藉此定位自己人生中的個體與集體方向。

導讀

以小說色彩包覆的紀實力量——《黑雨》的驚世價值

楊照

這是個漫長的過程，讓日本人終於得以恣意回顧廣島原爆帶來的人間地獄景象。

一九九〇年日本電影界的盛會，日本電影學院獎頒獎典禮上，出現了近乎空前的情況，由一部電影囊括了十一個獎項，從最佳影片、最佳導演、最佳女主角、最佳女配角，到幾乎所有的技術獎：攝影、配樂、燈光、剪接和美術設計，成為當年唯一的大贏家。這部電影是由今村昌平執導的《黑雨》。

今村昌平是一代傳奇大導演，一九八三年重拍了《楢山節考》，由緒形拳和坂本靜子主演的這部電影，在法國坎城影展贏得了金棕櫚大獎，並且迅速在全世界的影迷心中刻鏤下不可磨滅的印象，不管是哪裡的觀眾都同意這絕對是能夠傳世、應該傳世的經典之作。

挾著這樣的聲望與成就，已經超過六十歲的今村昌平勇敢地挑戰了下一個敏感的題材，將一九四五年八月六日人類歷史上第一顆原子彈在廣島引爆的事件，以高度風格化的攝影手法，卻又帶著強烈寫實記錄精神地搬上了銀幕。拍攝時距離原爆事件已經將近半世紀，廣島早從廢墟中重建為一座很不一樣的城市，要在畫面上呈現當時的景觀必須克服許多困難。

還不止如此。原爆事件是日本和美國，乃至於日本和中國之間的敏感心結。一方面遭受原爆的殘酷、不人道破壞代價，相當程度上等於是日本的戰爭救贖。原爆的受害者幾乎都是平民，完全不分男女老幼，不只是一瞬間就造成幾萬人喪命，而且倖存者完全不了解自己遭遇了什麼，他們之中許多人罹患了前所未見、前所未知的「原爆症」，在之後的幾天、幾個月、乃至幾年中飽受折磨，陸續死去。這樣的集體受難，多少償付了日本發動侵略戰爭的罪行責任，使得相較於同時戰敗的德國，日本人取得一定的心理防衛，沒有在道德立場上被打入只能無言沉默悔罪的谷底。

但另一方面，如果原爆中日本是受害者，那麼美國便是明明白白的加害者，幾乎不可能在凸顯原爆殘酷的同時，避開對於美國決定投放原子彈的非人道立場。還有，將日本視為受害者，對於被日本侵略付出八年漫長戰事、幾百萬人命代價的中國，情何以堪。於是雖然原爆是如此大規模的悲劇事件，多年來如果日本明顯提及此事，總是會惹來美國的強勢干預，以及中國的憤怒抗議。

這是為什麼必須等到四十多年後，才出現《黑雨》這部日本原爆電影；也是為什麼《黑雨》在日本囊括了當年所有的電影獎項，然而離開日本卻很少人知道、更少人看過，在國際電影史上的地位、重要性，遠遠比不上《楢山節考》。

即使是經過了四十多年，今村昌平要能完成拍攝原爆電影的突破，還有賴於一九六五年時，井伏鱒二寫出了同名小說《黑雨》。那一年是日本戰敗二十週年，也是原爆二十週年。井伏鱒二從一月開始在《新潮》雜誌連載題名為《外甥女的婚事》的長篇作品，到廣島原爆發生的八月將全書寫完，翌年十月份出版單行本，書名改為《黑雨》。

井伏鱒二出生於一八九八年，在廣島出生、長大，一九四五年戰爭進入最後階段，他和太宰治一同疏散到山梨縣的甲府，卻在七月經歷了甲府大空襲，六日深夜十一點多到七日凌晨兩點多，大批美軍B29轟炸機將甲府幾乎徹底夷為平地。這件事對日本人產生了相當大的震撼，正因為甲府沒有軍事據點，也沒有可觀的工業基礎，井伏鱒二才會建議太宰治和他一起到此地避難，沒想到美軍竟然選擇了這樣的地方，還選擇了居民最難進行防空躲藏的深夜時刻進行大轟炸，很顯然其用意已經轉為要使日本社會的意志力屈服，這和一個月後在廣島投放原子彈，有著同樣的目的。

而倒楣的井伏鱒二在甲府大難不死後，逃回家鄉廣島縣福山，又在八月六日近接地經歷了空前的原爆。福山的位置不近不遠，沒有像廣島市內那樣立即遭遇天火毀滅，但從第一天開始就目睹了大批原爆後簡直人不像人、鬼不像鬼的難民湧入，從他們口中聽聞了不可思議的爆炸現象，以及廣島陷入的地獄景象。井伏鱒二將那段震駭經驗存留心中，終於在二十年後形諸於文字紀錄。

井伏鱒二到一九九三年以九十五歲的高壽去世，去世不久之後，卻因《黑雨》而捲入了來不及能夠為自己辯護的抄襲指控中。批評者指證歷歷，說《黑雨》的內容參考、運用了重松靜馬的日記，已經涉嫌抄襲。平心而論，這指控來得實在太遲，而且太莫名其妙。因為井伏鱒二原本就取得了重松靜馬的同意，將日記中部分內容放入小說中，還為了表示感激之意，而將小說中主要敘述者的名字取為「閑間重松」。

另外，所謂指控來得太遲，意思是後代批評者失去了時代感，不能理解井伏鱒二這本書，其實是刻意只鋪排了薄薄一層小說色彩的紀實作品。開頭提到了重松的外甥女矢須子在原爆五年後無法得到婚姻安排，為了說服男方和中間人，保證矢須子的健康狀況正常，重松決定將矢須子在原爆當天的日記抄出來送過去。為了加強矢須子日記的說服力，重松又將自己另一份詳細的現場親歷回憶，從八月六日寫到戰敗投降的八月十五日，也一併抄送過去。

這就是為什麼剛開始連載時，作品的名稱叫《外甥女的婚事》。然而寫著寫著，姪女婚事的背景反而愈來愈少在作品中被提及了，每一段連載的開頭幾乎都成了「重松趕緊繼續抄寫……」內容都是他在原爆後那幾天的種種經歷，與所見所聞。這已經不是小說了，井伏鱒二所要傳遞的閱讀感受，絕對不是虛構的戲劇性，毋寧是現實寫真擊打胸臆的震撼與同情。

因而書中動用了好幾份第一時間的私人記載。除了矢須子和重松的日記之後，還有重松妻子繁子對於原爆前後廣島居民飲食的細節描述，以及竹岩伯的「手記」等。雖然還是留著小說的形式，但很明顯地，從屍體遍野的景象、安靜無聲的逃難、居民的無解恐慌、身體上奇異的變化，到工廠、軍部徹底失靈的應對，每一個現象、每一件事、每一樁生死痛苦，都是紀實的。

如此保留下來人類戰爭上最黑暗的一頁。不是簡單的數字，也不是簡單的報復或控訴，而是一連串撲目並撲鼻而來的真實感官刺激，讓人應接不暇卻又不能掉過頭去。這份真實驗證了文字的力量與必要性，那樣的景象超越了照片或影片，反而只有透過文字，尤其是有著特定人物體會的私我文字，才能穿越外表的毀壞與血腥產生的麻木效果，讓讀者回返那樣的時空中接受不可解，也不應可解的驚嚇。

一份必要的驚嚇。不完全是為了對於歷史浩劫的好奇心，更是對於人的集體暴力形式的普遍探索，擴張、提升我們的戰爭警覺——戰爭的凶殘與昏聵沒有底線，那道一路升高到廣島原爆的戰爭破壞螺旋之徑，和那股在空中高高捲起的蕈狀雲，同樣不容許我們遺忘。

黑雨

1

這幾年來，外甥女矢須子日漸成了小畠村居民閑間重松的心頭重擔。他感覺不只是這幾年，往後亦將為此承受無以形容的重擔，就像是對她的重重內疚。理由很簡單，矢須子嫁不出去。流言說，戰爭末期矢須子受到女子徵召，進入廣島市第二中學服務隊炊事部。於是，距離廣島東方四十多里[1]的小畠村村民，都說矢須子是原爆症病患，還說重松夫妻隱瞞她得病的事實，導致她乏人問津。有意結親、向鄰近街坊探聽矢須子的人一聽到這個傳聞，都立刻打退堂鼓，當做沒這回事。

八月六日那天早晨，正當廣島第二中學服務隊在新大橋西側還是廣島市中心的某座橋上聽訓，遇到原子彈轟炸。那瞬間，學生們全身燒燙傷，帶隊教官卻要全體學生小聲合唱軍歌〈海行兮〉[2]，唱完後命令「解散」，自己率先跳入正值滿潮的河川。學生們紛紛效法，只有一名僥倖逃生的學生回來傳達了這件事。據說該名學生後來也死了。

這應該是小畠村出身的報國挺身隊隊員從廣島逃回來轉述的事。但若說矢須子曾在廣島第二中學服務隊炊事部工作，完全是子虛烏有。即使她曾在那裡工作，炊事部的女學生也不可能參加軍歌合唱。矢須子任職於廣島市郊區古市町的日本纖維有限公司古市工廠，擔任富士田廠長的聯絡員與接待員。日本纖維有限公司與第二中學毫無關聯。

矢須子進入古市工廠後，便寄居在廣島市千田町二丁目八六二號的重松夫妻寓所，和重松一樣，每天搭乘前往可部的電車到同一家工廠上班。不管是和第二中學還是服務隊，矢須子都絕對毫無瓜葛。不過第二中學的畢業生當中有位前往中國華北出征的軍人，曾為了答謝慰問袋[3]，寫了封過度鄭重其事的謝函給矢須子，一段時間後，又寫了五、六首和歌寄給她。矢須子將這些和歌拿給重松的妻子看，重松記得，年紀都老大不小的妻子竟紅了臉說：

「矢須子，這就是所謂的情詩吧。」

戰爭時期，軍方厲行言論控制，嚴格禁止流言蜚語，感覺連一般老百姓閒聊的話題都被

1　里為日本傳統距離單位，一里為三點九二七公里。

2　〈海行かば〉，歌詞取自日本古詩歌集《萬葉集》大伴家持的長歌，信時潔作曲。二次大戰時做為廣播發表戰果時的主題曲，為當時流行的軍歌。

3　日本國內寄給戰地的士兵，裝有慰問信、日用品、護身符、娛樂品等等的袋子。據傳始於日俄戰爭時期，由各種婦女會發起。有時士兵與寄件人會因此開始通訊。

社區傳閱板、組織等所限制。到了戰後，各式流言傾巢而出，諸如打劫、強盜、賭博、軍方儲備物資、一夜暴富、占領軍等等，種種傳聞繪聲繪影，但隨著時間經過，這些謠言亦日漸被人遺忘了。倘若矢須子的流言也能像這樣隨風而逝就好了，然而事與願違，每當有人來向矢須子提親，她待過廣島第二中學服務隊炊事部的傳聞又會死灰復燃。

起初重松想要糾出散播流言的元凶。但小畠村裡歷經廣島原爆的人，除了重松夫妻及矢須子以外，就只有隸屬報國挺身隊的青年及服務隊隊員了。戰時廣島市區為了消防所需，進行房屋強制拆除作業，報國挺身隊就是從廣島縣內各郡徵召青年，從事這項勞務，其中小畠村的青年被編入神石郡與甲奴郡的混合部隊「甲神部隊」。挺身隊的任務是拆除民宅，他們鋸開屋中所有的柱子，鋸到八成後，便以粗繩綁住棟梁，二、三十人合力拽倒。平房不太容易拽倒，嘩嘩嘩地朝拉扯的方向傾倒。二樓樓房較為容易，會轟一聲一口氣倒塌，但揚起的漫天煙塵，讓人長達五、六分鐘都無法靠近。然而甲神部隊及服務隊抵達廣島後，第二天正準備上工時，就遇到了原子彈轟炸。除了當場死亡的人以外，全都燒得渾身潰爛，被收容在廣島附近的三次、庄原、東城等地，因此小畠村派出消防團，搭乘木炭公車[4]前往廣島的廢墟，接著在終戰當天早晨，勞動服務青年團也前往三次及東城的臨時收容所，尋找同村傷者。

勞動服務青年團在出發之際，於代理青年團長的陪同下，聆聽村長的送行詞：

「諸位，感謝大家在戰時忙亂之際的辛苦貢獻。無須我再次提醒，各位即將帶回來的傷者全身嚴重燒燙傷，因此千萬要留意，避免讓傷者承受更進一步的痛苦。敵人利用所謂的新武器攻擊廣島市上空，讓多達數十萬的無辜居民一瞬之間陷入阿鼻地獄。從廣島逃回來的挺身隊隊員說，新武器毀滅廣島市街時，幾十萬人哭喊救命的哀嚎之聲，宛如從地底深處不斷湧出。從廣島回來的路上看到的福山街容亦化為一片廢墟，城堡的天守閣[5]及納涼樓[6]亦付之一炬。那名隊員說，那情景令他心痛如絞，深切體認到戰爭的殘酷。但無論如何，我們處在戰爭之中，這是不爭的事實，各位勞動服務團此行是要去迎接戰友，因此各位手中的竹槍，也就是『不殺敵誓不休』[7]的證明，萬萬不可遺落。現在我們為各位送行，於清晨未明的夜色中，卻無法點燈，只能在黑暗中向各位致詞，委實遺憾，但時局如此，尚望各位體諒。」

4 二戰期間由於缺油，出現以木氣爐為動力的汽車。主要燒木炭，故有此稱呼，也有燒木頭或煤炭的。
5 日本城堡的主樓，戰時的瞭望台及司令塔。
6 日文為「涼櫓」，功用為納涼的城樓，屬於賞月樓（月見櫓）的一種。出現在承平時代的城堡。
7 日本二戰時期的國民精神標語之一。

村長結束這段演說，對著前來送行的八十多人舉起雙手，領頭說道：「那麼，就請各位高呼三聲萬歲，送勞動服務團團員踏上征途！」

勞動服務團兵分三路，各別途經三次町、庄原町與東城町。眾人默默跟著運貨馬車往前走。前往東城的一隊，在小畠村與東城約中間處的油木町休息，坐在路旁農家的簷廊上用午飯便當。此時屋內傳來重大新聞的廣播。眾人沉默了半晌，牽馬的男子開口：

「今早村長的致詞有點太冗長了。」

此話一出，眾人討論起竹槍該如何處置，最後一致同意送給出借簷廊讓他們用飯的農家，做為回報。

東城町的收容所是臨時湊和的老屋，雖有兩名守衛，卻是一籌莫展，不知如何是好。遭到轟炸的人東倒西歪地躺在榻榻米上，每張臉都燒得潰爛，完全認不出誰是誰。也有些人應該是頭髮的地方整個禿光，只有看似原本捲起手巾紮在頭上的部位保留了正常的皮膚，兩塊頰肉垂掛在臉旁，有如老嫗的乳房。傷者只有耳朵還聽得見，因此逐一詢問姓名，全裸的人用墨汁直接在皮膚上寫名字，還有破布蔽體的人就寫在布上。傷者全都痛苦地呻吟扭動，變換位置，因此儘管粗魯，也只能以這種方法來辨認身分了。

「醫生在做什麼？怎麼不治療他們？」

一名服務團團員問守衛，但醫生也不知道該如何治療這些傷者，因此不敢輕舉妄動。由於不清楚傷者除了燒燙傷以外的痛苦源於何故，只能先注射一種叫「潘托邦」[8]的藥物，暫時緩和了六個人的痛苦。聽說醫生手上的藥就只有這些。

這些事是重松後來聽從廣島撤回的一名勞動服務團團員說的，但當時重松自己也出現原爆症狀了。只是稍微外出做點農務，全身便倦怠不已，頭上冒出許多小泡。頭髮輕輕一扯，便毫無知覺地脫落。此時重松便會盡量多休息，攝取充足的營養。一般來說，原爆症的症狀是沒事也會全身倦怠、沉重，幾天後頭髮一束束掉落，一點都不感到痛，牙齒也開始搖搖晃晃，自行脫落。最後全身無力，一命嗚呼。發病初期，身體感到倦怠時，最重要的就是多休息並攝取營養。如果勉強勞動，就會像蹩腳的園丁移植的松樹那樣，逐漸失去活力，終至死去。小畠村的隔壁村和再隔壁村，都有人以為從原爆中倖存可以正常生活，生龍活虎地從廣島返鄉，前一、兩個月還在辛勤幹活，卻突然倒下，躺了一星期至十天後，便撒手人寰。一旦症狀出現在身體任何一處，就會被這種病特有的疼痛所侵襲，肩膀和腰部之劇痛，是其他疾病完全無法相較的。

8　Pantopon，以嗎啡為主成分的止痛劑商標名。

巡迴看診的醫生明確地診斷重松是原爆症。福山的藤田醫生也做出相同的診斷。但矢須子不一樣，她完全沒病。她接受正規醫生的健康檢查，也去了保健所接受原爆倖存者的定期健診，不管是血球數、蛔蟲、尿液、紅血球沉降率、叩診、聽診等等，都被診斷為正常。此時是戰爭結束第四年十個月，矢須子有了一樁幾乎可說是高攀的理想婚事。男方是山野村某個世家公子，不曉得在哪裡看到了矢須子，託媒人上門提親。重松問過矢須子的意思，她說沒有異議。這回重松格外提防，免得原爆症的流言毀了這門親事，先找了個有名望的醫師為矢須子開了健康診斷證明書，寄給媒人。

「這回一定能成。要步步為營。這年頭的人，婚前都會交換健康診斷書，對方應該也不會覺得奇怪。聽說媒人是退伍軍人的太太，應該也知道都會的新派作風。這回一定能成。」

重松對妻子這麼說，幾乎是十拿九穩了，沒想到他的步步為營看似滴水不漏，卻弄巧成拙。看來媒人找上小畠村某戶人家探聽矢須子的健康狀況，來信說想知道矢須子在廣島從原爆當天直到抵達小畠村的行蹤。但媒人表示這是她自己想知道，並非提親的男方所提出的要求。

重松再次察覺自己內心的無比內疚。妻子讀了那封信，默默地遞給矢須子，注視了榻榻米片刻，起身走進兼儲藏室的臥室去了。矢須子也跟著進去了。一會兒後，重松過去查看，只見妻子臉埋在矢須子肩頭，兩人唏噓對泣。

「好吧，這回的確是我不好。但只是聽見閒言閒語，就把人當成孽病纏身，這算什麼事！不，我們一定要扳回一城。一定要突破困境。」

重松說，但也只能聊以自慰。

矢須子慢吞吞地起身，從櫃子抽屜取出日記，默默地遞給重松。那是矢須子昭和二十年度的日記，封面有日本國旗與海軍旗交叉的圖案。之前還住在廣島的千田町時，每當用完晚飯，矢須子便會以矮几為書桌，寫下日記。不管當天再怎麼疲累，都從不間斷。

矢須子寫日記的方式，是連續四、五天，以五、六行簡單交代當天的事，然後在第五天或第六天，詳細記錄這幾天發生的事。重松自己從很久以前便以這套方法寫日記，是他傳授給矢須子，矢須子沿襲的做法。重松是在晚歸而睏倦不堪的夜晚，簡略記下當天的事，而想到了這種寫法，他自稱這套手法為「緩急式日記」。總而言之，重松必須把矢須子的這份日記抄錄下來，寄給媒人。

*

重松將昭和二十年八月五日和接下來幾天的日記，原封不動地照抄下來。

【八月五日】

向富士田廠長提出明天的假單，回家收拾物品，準備寄存到鄉間人家。整理好的物品有舅媽的家徽和服、和服腰帶三條、冬衣三件（裡面有一件據說是曾外祖母嫁進來時穿的黃八丈[9]和服，非常寶貴）、夏衣四件、舅舅的冬季晨禮服、冬夏家徽和服、家徽和服外套、冬季西服兩件、襯衫一件、領帶一條、畢業證書（國民學校）、我的冬夏禮服、和服腰帶兩條、畢業證書（女子學校）。以上物品皆以草蓆包裹，我揹去的皮包則放了三杯米、日記本、鋼筆、印章、紅藥水、三角巾（重松附注：戰爭結束第二年，這些寄存的物品原封不動地寄回了小畠村）。

夜半，空襲警報響起，一隊B29直接飛越上空。三點左右，警報解除。舅舅值夜警回來，說前些日子B29在小畠村附近撒下傳單，上面寫著「我們並沒有忘記府中町，我們很快就會去空襲那裡了」，文字看似氣定神閒，卻異樣地令人喪膽。府中町果然也免不了空襲嗎？前些日子從山梨縣來的人說，甲府在遭到空襲前，B29投下漂亮的銅版紙傳單，上面寫著在美軍占領的塞班島還是哪個島，日本人在那裡得到充足的糧食，過著快樂的生活。銅版紙這種高級紙，現在廣島已經看不到了。

三點半就寢。

【八月六日】

清晨五點半，能島先生開卡車過來，搬運物品下鄉。古江町這裡充斥著閃光與轟隆聲響。廣島市街升起濃濃黑煙，宛如火山爆發。回程車子開到草津町，坐船在御幸橋下靠岸。舅媽平安無事，舅舅臉受了傷。發生了前所未見的慘禍，卻不清楚究竟出了什麼事。屋子傾斜了十五度，我在防空壕入口寫下這篇日記。

【八月七日】

昨天原本決定遷到宇品工廠的員工宿舍，但因為無法前往而作罷，聽從舅舅的主意，到古市避難。舅媽也一起去。在工廠辦公室，舅舅流下了幾行淚水。廣島化成了焦黑的城市、死灰覆蓋的城市、死亡的城市、滅絕的城市。遍地屍首，對戰爭提出無言的抗議。

今天進行工廠的損害調查。

9 八丈島出產的草木染絹織品。

【八月八日】

幫忙工廠廚房煮早飯，忙得暈頭轉向。

關於工廠接下來的經營，協議之後，公布了決定事項大綱。

【八月九日】

今天也有災民來避難。也有不是工廠工人的人。這些人幾乎都受了傷，沒有一個穿著像樣的衣服。裡面也有人抱著骨灰罈過來，口誦「南無阿彌陀佛，南無阿彌陀佛」，把裝骨灰罈的盒子用繩索掛在窗簷下。有個中年人給每個人發了三張全新的明信片，自暴自棄地打趣說：「請別客氣，寄給擔心各位安危的人報個平安吧。這明信片是咱家印的，要多少有多少，不過可別說出去呀。」那人相貌粗獷，脖子用髒兮兮的布當繃帶包起來。明信片應該是從被炸毀的郵局還是哪裡撿來的。現在是下午一點，幾乎所有的人都在午睡。感覺今天似乎恢復了一點思考能力，所以回溯一下這六天以來發生的事。

六日清晨四點半，能島先生開卡車過來，載上行李。同行的還有能島太太、宮地太太、吉村太太，以及土居太太。都是同一個町內會的人，或是鄰町的人。我們坐在各自要寄放的物品旁邊。

五點半出發。

從已斐町開往古江的路上，開墾空地而成的五、六坪大的小米田裡，立著一個褐色等身大男性人偶，權充稻草人。能島先生放慢車速，拍打區隔車斗的木框子說：「妳們看，好怪的東西！」那與其說是人偶，更像雕像，臉部和手腳極為逼真，腰上纏了條草蓆。看起來也像是紙糊的，能島太太說：「那是南洋土人的稻草人嗎？」宮地太太說：「那是百貨店的模特兒，被油彈[10]的煙還是什麼給薰黑了吧。」「嚇死我了，還以為真有個燒焦的人站在那兒。」土居太太說。

早上六點半左右，我們抵達了古江。農家的遮雨窗板都還關著，但能島太太的娘家父母已經打開倉庫門在等我們了。我們搬下物品，放進土倉庫裡面。能島太太說為了鄭重起見，寫了寄放物品的收據給我們，還請我們進主屋大廳坐，雖然沒有茶點，但端出小黃瓜配味噌招待。每個人都好親切。太太的父親似乎很仰仗女婿能島先生，說：「咱們家的桃子還有點青，不過大夥一塊兒享用吧。趁著剛被夜露冰過的時候品嘗正好。」他邊說邊走出屋外，很快地以竹籃裝了十顆桃子進來了。聽說是「大久保」品種的桃子。桃子還有點青，能島太太

---

10 指凝固汽油彈，即燒夷彈。

給我們削了皮。

能島先生和太太從以前就對我們町裡的人非常照顧。風聞能島先生以前和一位姓松本的左翼學者交好，因此當戰事愈演愈烈，為了轉移當局的注意力，能島先生特別用心經營町裡的人際關係。松本先生從美國的大學畢業後，戰前曾經和美國人書信往來，因此多次被憲兵隊找去問話。所以松本先生為了博得市公所、縣政府官員及警防團員的好感，每當空襲警報響起，他總是率先衝出屋外，四處高喊：「空襲！空襲！」就連在家的時候，也從不鬆開綁腿。聽說他還主動要求參加婦女的竹槍訓練。儘管是個有頭有臉的學者，卻如此挖空心思，看了簡直教人心酸。對於松本先生這樣的舉動，重松舅舅說：「松本先生會在官員跟前轉來轉去，亟欲表現，是因為現在這整個世界都瘋了。有句話說『遊船也得載蘿蔔——時勢比人強』，但松本先生的行徑也不能說是如此。據傳山本勘助[11]曾一度淪落為花匠，但與這又有些不同。也不能說是洗心革面，揚棄了社會主義。松本先生那種，就叫做間諜恐懼症。不過堂堂男子漢，遇到必須脫下外套，展現本色的時候，還是得爽快脫下才行。」

松本先生儘管隨時都可以疏散到鄉間，卻擔心蒙上間諜的嫌疑，鎮日東奔西走，忙著為町內居民打點大小事。能島先生也仿效這套做法，但我們利用這一點，要他出動卡車，讓我們存放衣物等等，也實在可議。看在能島先生眼裡，在戰亂時期，我的衣物和畢業證書那些，根本形同廢物吧。

能島太太的娘家風格古雅。屋子這麼宏偉，應該擁有好幾町步[12]的田地。我望著外頭的造景假山，正想著有到底有多大時，響起了解除警戒的警報聲。看看時鐘，是早上八點。平常到了這時刻，美國的氣象觀測機就會飛來，穿過廣島市區上空。我們都以為應該就是那觀測機，沒放在心上。四、五個附近的孩子溜進院子，或攀或坐在駛進大門內的卡車車框上玩耍。能島太太的父親說要泡茶招待，搬來各式各樣的茶具，我不知道茶湯規矩，又是年紀最小的一個，所以敬陪末座。房間裡涼爽舒適。能島太太的父親掀開煮沸的鐵茶壺蓋，就在這時，戶外亮起一道強烈的藍白燦光。光看起來就像從東向西，也就是從廣島市街往古江後山一掠而過。看起來就像比太陽大上好幾百倍的大流星。緊接著是一道驚天震地的轟響。「啊，光！」我聽見能島太太的父親驚呼。我們全都站起來，同時往外衝，躲到假山岩石和樹木後方。跳下卡車的孩子們爭先恐後跑出大門，就好像挨了罵一樣。一個孩子撲倒又爬起來，一跛一跛地跑掉了。好像本來坐在卡車貨斗框上，被震了下來。「屋後有防空壕。」能

11 日本戰國時代武將，武田信玄的家臣。

12 町步為日本傳統計算山林田地的面積單位，一町步約九十九點一八公畝。

島先生說，但沒有人起身過去。能島先生自己也沒動。

廣島市區的方向升起高高的煙霧。隔著白色的土圍牆，可以看見上方的煙霧。看起來像火山噴煙，也像是輪廓分明的積雨雲，總之唯一可以確定的是，那團煙霧極不尋常。我蹲下的雙膝不住地哆嗦，顧不得弄髒，膝頭抵在生著風蘭的岩石上。

「是投下了新兵器嗎？」能島先生躲在岩石後說。「已經沒事了嗎？」能島太太說。我們就像河蟹爬出岩石縫一般，小心翼翼地從岩石後方探出頭來。接著離開假山，跑到大門邊，望向廣島市區的方向。煙霧升至高空，愈往上愈朝外擴散。我想起以前在照片上看過的新加坡油槽燃燒的光景。那是日軍剛攻下新加坡時的照片，景象怵目驚心，讓人質疑怎麼能有如此殘酷的事？煙霧爬得老高，高到不能再高，穿過橫亙的雲朵，像一個傘形的巨大煙霧怪物。我猜想，是不是B29投下了油彈那一類的炸彈？太太們都贊同能島先生說的可能是新兵器。大門外坡道底下有間稻草屋倒塌了。瓦頂人家的屋瓦掉落。

能島先生和岳父站著說話，接著走到泉水旁，又站著說了一會兒。接著走到我們站立的地方，以心意已決的表情說：

「妳們一定都很擔心家裡。如果妳們想要，我可以立刻送妳們回廣島市。內子很擔心孩子們的安危，想要立刻回廣島。」

我看著怪物般的雲朵，懷疑真有辦法回到那片雲底下嗎？我覺得這太冒險了。但太太們七嘴八舌地說「拜託您了」、「這太好了」、「交給能島先生了」，結果一行人決定立刻踏上歸途。

向能島太太的父母道別後，留神一看，鐵茶壺的蓋子飛到了外廊邊的長石頭上。能島太太的母親給了我們每個人一份竹皮包飯糰，說「這只是普通飯糰，不是桃太郎征伐鬼島帶的小米糰子」，然後吩咐老僕，搬了三、四條防火用的溼草蓆放到卡車貨斗上。

九點左右，卡車出發了。來到大馬路時，廣島市上空湧現滾滾烏雲，傳出陣陣雷鳴。能島先生看見一名男子騎著自行車自前方筆直而來，便停下車子，與男子交頭接耳說了些什麼。我猜應該是在打聽路上的交通狀況，但不想要我們擔心。

能島先生在三叉路把車子掉頭，折回來時的路，開到草津海邊，來到似乎是老相識的漁夫家，拿卡車做抵押，雇了黑船。那船聽說有兩噸半，是只比釣船大上一些的帆船，但看看漁夫的體格與強悍的神態，感覺十分可靠。能臨機應變找到這樣一名漁夫的能島先生，也讓人覺得可靠極了。

在船上，太太們都對著廣島市區的反方向。她們不肯望向市區，彷彿發過什麼誓絕不能看一樣。我也一直看著似島和江田島那裡。能島先生拿著長柄撈網，不時從船舷探出身體，撈取海面上漂浮的垃圾。他是在察看漂來了什麼東西。「喂！田野村老弟，現在已經是退潮了吧？」他問船頭，直盯著撈起來的木板看。那是一塊被扯下來的木板，寬約三寸[13]、長約六寸。能島先生的表情變得凝重。我訝異是怎麼回事？蹭到能島先生旁邊去，結果不由得別開了目光。因為那不管怎麼看都是房屋走廊的木板。木頭白底浮現富士山、帆船與松原的圖案，其餘部分全燒得漆黑。應該是怪物般的大火球在高空炸開的瞬間，由於強光的高熱，讓霧面玻璃的圖案投射在走廊木板上，其餘部分被燒焦了吧。能島先生一定是看出這塊板子是被爆風吹進河裡或海裡的。

能島先生把那塊板子擲回海面。

船抵達了京橋川右岸的御幸橋橋頭。從橋墩到上游全被黑煙覆蓋，到處都是火焰，卻看不出市公所附近變成什麼樣子了。四下一片陰暗，就彷彿已經快天黑了。千田町沒有燒燬，因此我們上了岸，但憲兵拉出了封鎖線，禁止通行。土居太太向憲兵求情說：「我們住在千田町，孩子還在家裡，為什麼不讓我們過去？讓我們過去吧！」但憲兵冷酷地說：「這裡已經封鎖了，回去！」

能島先生悄然離開路障。他一邊假裝折返，一邊小聲說：

「各位，跟我來。我們效法古人的智慧，或是小手段吧。聽好，要緊緊跟著我。丁酉之亂[14]的時候，大鹽平八郎就是這麼做的。別跟丟了。」

能島先生溜進某戶民宅的玄關，穿過屋內，從後門出去。接著再進入後面人家的後門，經玄關穿出正門來到大馬路。每戶房屋都傾斜著，牆壁坍塌。屋內沒有人。

「天哪，太厲害了。」宮地太太說。我也驚訝極了。就算能島先生再怎麼機靈，如果我們穿過的人家裡面有人，那該怎麼辦？是所有的人家都預期可能會受到火災波及，全逃光了嗎？比起進入玄關的時候，穿出後門的時候更讓我忐忑不安。

13　寸為日本傳統長度單位，一寸為三・〇三公分。

14　指大鹽平八郎之亂。陽明學家大鹽平八郎因無法坐視民眾在大饑荒中餓死，於天保八年（一八三七）率領門生及武士農民三百餘人，發起叛亂，約半日便遭到鎮壓。大鹽平八郎逃亡，三個月後被發現在躲藏處自殺。

2

重松將外甥女矢須子的日記抄寫到這裡，決定後面請妻子繁子代勞。論寫字，妻子寫得比重松更好。再說，大前天開始，重松和庄吉等朋友一起放養鯉魚苗，儘管沒那個必要，但不去池子看一看，他委實放心不下。前天他巡了兩回，昨天下雨，他卻巡了三回。昨天用晚飯的時候，矢須子同情地說：「巡視池子這件事，對舅舅來說，就像江戶時代的諸侯每年在自己的領地和江戶來回奔波呢。應該沒有外人看起來那麼好玩吧。」但養魚實際上有著外人無法窺知的樂趣，是一種近似釣魚的樂趣。

「喂，繁子，我要去巡我的鯉魚了，這本日記這後面的部分，妳替我抄寫一下。別用妳那種行雲流水的秀麗字體，盡量用普通的字寫就好。那行雲流水的字不實用，媒人可能會看不懂。」

重松臨出門時如此交代妻子，去小丘後面庄吉家的池子巡視了。這是重松和庄吉、淺二郎三人共同的養魚池，他們打算在這兒用米糠和蠶蛹養上一個夏季的鯉魚苗，長大後要流放到阿木山的大池塘裡。

這村子本來有十多名原爆症病患，但現在還在世的輕度原爆症病患包括重松在內，只剩下三個。這三人都留意營養和休養，控制病情，但說是休養，也不能成天躺著不動。況且鎮日臥床也教人吃不消。醫生交代，除了做些輕鬆的差事以外，最好可以多多外出散步。但外表看上去健康無虞的一家之主，也不好沒事在村子裡閒晃。這座村子裡從來就沒聽說誰會出門散步。原則上，這村子是不存在散步這種行為的。從傳統風俗來看就是如此。

那麼以釣魚代替散步如何？診療所的醫生和府中町的心臟專科醫師都說，不管在精神方面或脂肪營養的補給上，釣魚對輕度的原爆症病患都十分有益。釣香魚的友釣法必須站在溪流裡，容易讓身體受涼，因此不好，但在池邊堤釣，則是一石二鳥的療養之道。據說釣魚期間，人的思考力會暫時麻痺，因此釣魚就和熟睡一樣，能讓腦細胞得到休養。但一個壯年人外出釣魚，容易受到忙碌工作者莫名的誤解。事實上，重松與庄吉便遭到池本屋大嬸當面說些無法置之不理的冷語譏嘲。

由於正值農忙時期，眾人都忙著割麥插秧等等，沒一刻得閒。這是農家一整年最忙碌的時期。事情發生在某個雨後的日子，當時已進入最適合河釣與池釣的時期。重松與庄吉正在阿木山的大池塘堤防垂釣，池本屋大嬸招呼：「天氣真好。」光是這樣也沒有什麼，但大嬸卻停下腳步，說了奇怪的話：

「你倆在釣魚啊？大夥忙成這樣，你們倒像兩個老大爺。」

大嬸頭上包著手巾，揹著空的粗眼竹筐。

「什麼？」庄吉看著水面的浮標說：「妳是池本屋的大嬸吧？大嬸，妳這話是什麼意思？」

池本屋大嬸明明可以走掉就算了，卻刻意走到堤防底下來。

「大嬸，妳說誰是老大爺？如果妳是在說我們，那可是大錯特錯，錯得離譜。大嬸，我勸妳改個口。」

就連生性溫厚的庄吉都一反常態，手中的竹竿抖個不停。

「我說大嬸，咱們原爆症病患是聽醫生的勸，才在這兒釣鯽魚的。妳說咱們是老大爺，是覺得生病的人活像幸運的老大爺嗎？我也想工作，再多工作都想做，可是大嬸啊，我們要是一操勞，這四肢百骸就會腐爛，會冒出可怕的病症來啊！」

「咦，是喔？不過聽你這話，不就是在拿炸傷當藉口嗎？」

「什麼？這是什麼話？妳少在那兒血口噴人。我從廣島逃回來的時候，大嬸還來探望過我，妳都忘了嗎？妳當時還撲簌簌地掉眼淚，說我是值得尊敬的犧牲者不是嗎？莫非那只是在貓哭耗子假慈悲？」

「咦，是喔？可是庄吉，那是戰爭結束前的事啦。打仗的時候，每個人都會說那種話。現在又舊事重提，簡直是在找碴。」

大嬸快點離開就沒事了，卻仍佇足原地，展現寡婦的好勝，繼續赤口毒舌。

「不過庄吉，虧你還敢問我忘了那時候去探望過你嗎？我才要反過來提點你呢！你少在那裡惱羞成怒！」

「什麼惱羞成怒，大嬸因為妳家負責顧這池子的水門，就把這池子當成了自家的對吧？妳這是錯得離譜。這池子只要是水利會的人，誰都可以來釣魚，大嬸妳連這都不知道嗎？」

「所以你要在這兒釣魚，一點都不打緊啊。所以我才說你們真像老大爺嘛。」

「什麼？這個賤嘴的死寡婦……！」

庄吉冷不防就要站起來，但他早跛了腳，力不從心。他的雙腳原本垂在堤防內側斜坡，一時立不起來，只得慢吞吞地將臀部挪向池面，免得整個人滑落堤防。就在他磨磨蹭蹭的時候，池本屋的大嬸早從堤防底下走到下坡的小徑了。而且還卸下空竹筐一邊的揹繩，好賣弄那神氣的背影。剛才兩邊的揹繩都還在肩上，卻刻意卸下一邊，以背影來示威。

「搞什麼，真是！」庄吉看著大嬸遠去的方向，氣呼呼地說：「真是氣死人了！」他甚至用釣竿在池面亂攪一通。

「池本屋大嬸早已忘了廣島和長崎被原子彈轟炸的事了。每個人都忘了。忘了當時那火熱的地獄——都忘了那些，還辦什麼原爆紀念大會！還當成慶典似地吵吵鬧鬧，看了就噁心！」

「喂，庄吉，別亂說話。——喏，魚上鉤了，你的浮標在動。」

奇妙的是，庄吉拿來攪動水面的魚竿，浮標被扯進水中了。

庄吉豎起魚竿拉近，釣到一隻深深吞入魚鉤的大鯽魚。不用說，這尾魚適時解除了僵局。庄吉息了怒，這天連續有魚上鉤，釣到將近一貫[15]的收穫，但後來庄吉和重松都不去大池塘釣魚了。

另一個養魚夥伴淺二郎，和庄吉一樣志願參與勞動，加入服務隊前往廣島，結果遭到轟炸波及。他的症狀和重松一樣，只要拖拉沉重的兩輪車或下田工作，頭皮就會冒小水泡，出現一粒粒疙瘩，頗為恐怖。但如果吃些營養的食物，悠閒地釣魚，這些疙瘩又會乾涸脫落。淺二郎並未聽從巡迴診療的醫師指示來攝取營養，而是遵照針灸醫生傳授的便宜方子：每日三餐必定喝上兩碗加了豆腐皮和白蘿蔔乾絲的味噌湯，加一顆生雞蛋，每天吃一次大蒜，並且每週針灸一次治療。淺二郎家的泥土地儲藏室裡，吊滿了整條和切絲的白蘿蔔乾。

淺二郎從小就熱愛捕魚，也極擅長用竹筒製作工具捉鰻魚。原子彈投下廣島的前一天晚上，他因為是勞動服務隊隊員，不受拘束，因此半夜溜出宿舍，從住吉橋西側下去河川，將捕鰻魚的竹筒平放在河底。隔天一早，指導員率隊前往現場，但因為聽到爆炸聲，淺二郎和哥兒們庄吉一起逃到橋底下，躲在繫在那裡的篷船裡。由於正值滿潮，河水有六、七尺[16]深。不多久，傳來警報解除的聲音，淺二郎離開篷船，撈起竹筒，又躲進篷子裡，好避人耳目地倒出鰻魚。庄吉也躲在裡面。

這艘船的篷子，帆布老舊，綴滿補丁，卻染成刺眼的黃。圍住船篷的寬幅簾子亦染成相同的黃色。淺二郎捕鰻的竹筒機關頗為獨特，有六尺之長。筒子溼滑，因此庄吉拿手巾又擦又抹，就在此刻，鬼火般藍白色的燦光一閃，緊接著是震耳欲聾的爆炸聲。同時以船頭為中心，整艘船羅盤似地轉個不停，與鄰船的船舷撞在一塊兒。兩人來不及趴下，庄吉摔了個仰天跤，腳踝結結實實地撞在船舷上。

事後一看，竹筒伸出船舷的部分，只有一半燒得焦黑。是被閃光或爆炸造成的高熱烤焦

15　貫為日本傳統重量單位，一貫為三・七五公斤。

16　尺為日本傳統長度單位，一尺為三十・三公分。

了。另一半仍是青竹的色澤。將筒子倒過來，少量的溫水澆在船板上。不論是船身還是船頭船尾，整艘船皆一片焦黑，船纜因為是鐵鍊，平安無事。黃色的帆布船篷沒有燒焦，看來黃色似乎具備極佳的反光效果。兩人因為躲在這篷子裡，雖然免不了後遺症，但總算是沒有當場化成焦屍，也沒有燙出渾身水泡。庄吉會跛了腳，是因為腳踝撞到船舷骨折了（這些是重松回到小畠村後，聽兩人說的）。

重松等三人暫時不去大池塘釣魚了，但是在庄吉提議下，三人決定要一起養鯉魚苗，流放到大池塘裡。庄吉說：「我就想要池本屋那婆娘好看，所以想到這個點子，出一口惡氣。」但這一點都不是什麼稀罕的點子。三人說定到了插秧時期，就從常金丸村的魚苗廠叫一批魚苗，在庄吉家的池子養上一個夏天，在二百一十天魚齡前放入阿木山的大池塘裡。魚苗是三人集資，先叫個三千尾。

「這下就算下了重本吧。釣這些下了重本的魚，就不能說是玩票性質了。可以正大光明地釣。要不乾脆四處宣傳我們買了兩萬還是兩萬五千尾也行。」

重松和淺二郎也都贊成庄吉這個主意。淺二郎去了公所，取得在大池塘放魚的許可。

只有大池塘水路的水利會成員，才有資格在大池塘釣魚。這是水利會向來的條件，但重松等三人只要能毫無顧忌地釣魚就行了。就像庄吉說的，即使不多，既然是釣自己出錢養的魚，就不能說是消遣，而是工作，或是事業。醫生雖建議散步也是重要的日常保養，但散步無法投注資本，因此被輕視。在大馬路旁站著和人閒嗑牙，或是在路邊小祠堂午睡，都不費資本，但都是擁有上百年甚至是上千年傳統的風俗，因此不會惹人非議。

他們向常金丸村的魚苗廠訂了鯉魚苗後，魚苗廠少東騎著機車來勘查庄吉家的池子。測量水溫、流水量、水深、面積等等，檢查有無農藥流入，並調查池子本身就有的天然魚餌。接著在卡片寫上附英文的表格，標明三千尾魚苗要吃的人工飼料種類及分量。

「這池子的水溫，隆冬應該是十五度，盛夏差不多二十四、五度吧。用來放養青子和種鯉，無可挑剔。溫度非常適合。條件再理想不過。」

少東打包票說，也去看了阿木山的大池塘後回去了。少東解釋，青子是一個月大的魚苗，種鯉是出生一年的鯉魚。

幾天後，魚苗廠的少東用卡車載來裝青子的水槽和氧氣幫浦。水槽裡裝著要放養在這附近池子的上萬尾青子。庄吉就像他之前說過的，拿著一根掛滿了鮑魚殼的竹竿站在池邊。那是用來趕鼬鼠的工具。

「啊，是鮑魚殼。真懷念呢，鮑魚殼。這一帶的老人家，都對這東西有種鄉愁呢。」

少東停下撈鯉魚苗的手說。

這是幾天前的事了，這天吹著近乎悶熱的穀雨時期的風。少東數了三千尾魚苗放入池子，一尾都沒有浪費。

庄吉家的放養池一切正常，沒看見多少夭折的魚苗。

重松察看完鯉魚回家，外甥女矢須子正在清理浴室煙囪的煤灰，將鎖鍊弄得嘩啦啦響。妻子繁子將庭院的蓆子收進泥土地儲藏室，又走到門口對重松說：

「矢須子的日記，那部分是不是省略比較好？如果是之前，就算跟人提到黑雨的事，也沒人知道有毒，不會招來誤會。但現在每個人都知道那雨有毒，如果抄下來寄過去，對方看了可能會誤會。」

「妳抄到哪兒了？」

「就是想先跟你商量，所以擱著沒動。上面寫到她淋到黑雨了。」

「那雨啊……那，妳連一個字都還沒有動嗎？」

繁子點點頭，空襲那天的種種猛地衝上重松的心口，他憤憤地進了主屋。

臥室桌上疊放著矢須子的日記和筆記本。重松比對兩者，發現自己抄寫的分量連五分之一都不到。

「黑雨就是黑雨，誤會就是誤會，卑微就是卑微。」

重松依然氣憤難平，讀起矢須子的日記。是八月九日，她在前往避難的古市臨時住處，回想起八月六日空襲那天，所寫下的後續紀錄。

＊

——我以為天已經快黑了，但回家之後才發現，是由於罩頂的厚厚一層黑煙，才會一片昏暗。舅舅和舅媽正要出門找我。舅舅在橫川站受到爆炸波及，左臉頰受了傷。屋子傾斜了，但舅媽毫髮無傷。舅舅指出後，我才發現自己濺到了污泥般的東西。白色短袖上衣也一樣髒了，只有髒掉的部分布料受損。我對鏡一看，除了用防空頭巾包住的地方以外，身上到處都是同色的斑點。我看著鏡中的自己，想起在能島先生帶領坐上黑船的時候，突然下起了黑色的驟雨。應該是上午十點左右的事。雷聲大作的烏雲從市區滾滾湧來，下起了有鋼筆那麼粗的棒狀雨柱。明明是盛夏，卻冷得渾身哆嗦。雨很快就停了。我似乎整個人恍惚了，不太確定是不是坐在卡車的時候就開始下雨了。我當時的知覺肯定下降到了谷底。黑色的驟雨就彷彿要迷惑我的知覺，來無影，去無蹤，像玩弄人心一般。

我用池水洗了手，但即使沾上肥皂用力擦抹，也洗不掉那污垢。它緊緊貼附在皮膚上，令人莫名其妙。我向重松舅舅求救，他說：「果然還是燒夷彈的油吧。敵軍是投下了油彈嗎？」他看了我的臉又說：「很像泥濘，或許是有黏性的毒氣。敵軍是投下毒氣炸彈了嗎？」他再看了看我的臉，說：「也許不是敵軍的毒氣，是日本軍的火藥庫爆炸，噴出來的東西。或許是間諜之類的放火燒了火藥庫。可能有日本軍的祕密軍火庫。我在橫川站遇到轟炸，然後沿著軌道走回來，但沒有遇到黑色的雨。應該是噴出來的油吧。」如果是毒氣，我就完蛋了。真令人毛骨悚然，接著我難過極了。

我一再跑去水池清洗，但怎麼樣都洗不掉黑雨造成的斑點。我覺得如果這是染劑，真的非常厲害。

＊

就這樣，矢須子一天的紀錄結束了。

就像妻子說的，描述淋到黑雨的部分，省略掉是再好不過。但若是將省略後的日記抄本交給媒人後，對方要求看矢須子的日記正本，那該怎麼辦？不知何故，關於此事，重松不想現在做決定。

原子彈落下的八月六日上午八點多，矢須子人應該在距離落下地點超過十公里以外的地方。當時重松身在距離落下地點約兩公里處的橫川町，臉頰燒燙傷，但還是像這樣活得好好的。聽說當時在橫川一帶幸運未受到燒燙傷的人，也有人順利結了婚。重松真想把自己那時候的日記拿給媒人看看。這回一定要成，不能讓矢須子的婚事再次告吹。這陣子的矢須子出落得更加嫵媚，幾乎判若兩人。兩眼也變得晶亮無比，水汪汪的，幾乎令人懷疑是否得了格雷夫茲病[17]。看得出她很低調地在打扮自己。他必須理解矢須子對這次的婚事有多麼期待。

重松的煩躁突然化成了大嗓門：

「喂，繁子，把我的原爆日記拿來！喂，繁子，妳把它收在妳的櫃子裡了吧？我要拿給媒人看。把我的原爆日記拿過來！」

用不著大呼小叫，繁子就在隔壁房，立刻拿來了他的「原爆日記」。

「反正這本日記最近也得重新謄一份。因為我決定把它捐給小學圖書館的資料室。捐出去之前，我要先拿給媒人看。」

17　格雷夫茲病，是一種甲狀腺機能亢進的疫疾，病人容易心悸、流汗、緊張等。

「媒人那裡，給她看矢須子的日記就夠了吧？」

「這原爆日記算是矢須子日記的附錄。再說，反正都要送去學校資料室，總得謄寫起來。」

「這樣不是又給自己找事忙嗎？」

「忙也無所謂。我這人生來就愛沒事找事做。這本原爆日記，是要收藏在圖書室的我的歷史。」

見繁子沉默，重松自鳴得意地拿出新的筆記本，著手抄寫「原爆日記」。

*

——昭和二十年九月，閑間重松在前往避難的廣島縣安佐郡古市町寓居的房間寫下這份紀錄。題曰「原爆日記」。

【八月六日　晴】

直到昨日，每天早上廣播熟悉的聲音都播報著：「一支B29八架編隊正於紀伊水道南方一二〇公里海上朝北飛行。」今早的廣播說「有一架正逐漸北上」，但由於每天不分晝夜都能聽到相同的廣播內容，因此我亦不怎麼放在心上。警戒警報[18]早已習以為常，變得和以前的正午報時沒什麼兩樣。

我一早出門上班，一如往常進入橫川站內搭乘前往可部的電車。剛好即將發車，驗票口只有一名面熟的站員，月台沒有半名乘客。我跳上電車，聽到招呼聲：「閑間先生，早安。」轉頭一看，高橋紡織刷子工廠的老闆娘同樣站在車廂連接處，邊以指頭撩起垂落的髮絲邊說：

「閑間先生，不好意思在這種地方提這種事，不過前陣子拜託您的文件，想要請您用個印……」

就在這一刻，即將發車的電車左側約三公尺的地方，冒出一顆幾乎令人瞎眼的強烈光球。同時四下落入一片漆黑，什麼都看不見了，世界好像瞬間被一塊黑布給罩住了似的。「出去！出去！」「讓開！讓開！」「下車！」「好痛！」「哇！」叫聲、吼聲、慘叫聲充斥周圍。隨著這些叫聲，車廂裡的乘客全都向外推擠。我從車門附近被推擠到與月台反方向的軌

18 二次大戰時，日本的空襲警報先是有警戒警報，預告可能有敵機來襲，接著才是告知敵機已接近的空襲警報。

道上，撲倒在疑似女人的柔軟身體上。我身上也壓了個沉重的人體，左右兩邊亦疊滿了人。「喂，住手！」我叫喊，貼著我的頭的人同時跟著在我的耳邊喊叫：「停下來啊！喂！」我在慘叫聲與嚷嚷聲團團包圍中，甩掉疊在身上的人，好不容易爬了起來。我使盡全力分開人群往前進，從後方被亂推一通，撞到堅硬的東西。我知道那是月台側面，便用手肘擠開旁人爬上去。

月台上，各種慘叫的數量壓倒了叫嚷聲。我閉上眼睛，在人潮中被推搡著，前進了一步、兩步、三步，又撞到了堅硬的物體。我知道那是柱子，死命抱住。我牢牢地抱著，卻被推得一塌糊塗。才剛被推著往左繞，又被推回右邊，好幾次差點從柱子被拔下來，每次手都受到壓迫，整個身體連同下巴擠壓在柱子上，肩膀痛得幾乎快斷了。我知道如果不想承受這些痛，只要放開柱子，混進人潮隨波逐流就行了，但每次被推擠，我依舊用力攀牢柱子，以免被人潮沖走。因為我當下判斷，B29投下的是讓人失明的有毒炸彈，而且直接命中了電車。

一段時間後，周圍靜了下來，我提心吊膽地睜開眼睛。視野所見，全都罩了一層淡渴色的霧，模模糊糊，天空飄下像白粉的東西。月台沒有半個人影。剛才亂成那樣，站內卻沒看見任何站員。看來我抱著柱子，閉眼撐了相當久的時間。

柱子周圍垂掛著幾十根電線。我覺得太危險了，抓起附近地面散亂的一塊木板，讓電線相觸，似乎沒有短路起火的跡象。但我還是避開電線交錯處，推開碎木板，翻過舊枕木柵欄，走出車站。令人驚訝的是，鄰近車站幾乎所有的人家屋子全都癱倒在地，地面全被屋瓦覆蓋殆盡。距離車站不知道幾第戶的人家，一名年輕姑娘上半身露出一片屋瓦當中，一邊尖叫，一邊隨手投擲瓦片。她可能是在喊「救命」，但口齒不清，完全聽不出在喊什麼。

「喂，姑娘，快爬出來。妳那樣亂丟瓦片，別人也沒法靠近。」

一名長得像西洋人的路過老人說，想要走近。但姑娘朝老人投擲瓦片，那人便匆匆逃離了。即使姑娘的腰部底下被屋梁之類的夾住了，但她牢牢地嵌在一片瓦礫海中，上半身卻自由自在地活動著，這景象十分不可思議，投擲的瓦片也飛得相當遠。她把瓦片敲碎，然後投擲出去……

3

下午三點的午茶時間，重松進到廚房（也是起居間），結果坡下的松林傳來春蟬今年第一聲鳴叫。妻子繁子正在準備蕎麥餅，說：

「你那本原爆日記要捐給圖書室，永遠保存下去對吧？」

「是啊，校長拜託我的。那是我的歷史。」

「那你得更鄭重其事一點，不是用鋼筆，用毛筆抄寫怎麼樣？鋼筆寫的字，日子一久就會漸漸褪掉了。」

「胡扯，或許是會褪色一些，但哪有那麼嚴重？」

「可是，明治初期用鋼筆寫的信，字都褪成褐色的了。以前曾祖父從東京的人那兒收到的信，字就變成褐色的了。」

「妳什麼時候看到的？」

「已經是二十幾年前的事了。我嫁來這裡第二天，媽在倉庫二樓拿給我看的。我是舊曆七月一日嫁進來的，所以是七月二日看到的。日期都記得一清二楚。」
「那，咱們去確定一下鋼筆字是不是真的會變成褐色。喂，帶我去倉庫二樓。」
重松取來手電筒，也沒吃蕎麥餅，和繁子一起進了倉庫。
倉庫一樓分成兩部分，一邊是泥土地，一邊是鋪了厚木板的米櫃倉，農地解放前，米櫃倉裝米的稻草袋堆積如山。年貢米豐收的年份，連泥土地的部分都拿來堆米。二樓鋪了赤松板，但被蟲蛀得坑坑洞洞，固定式的抽屜櫃收藏著仿古書畫盒，下面並排著幾隻長衣箱。蓋上有大家徽的衣櫃，據說是曾祖母嫁進來的時候的嫁妝。裡面收藏著曾祖父記下的備忘錄、需要的文件等等。以前重松便把倉庫物品的晾曬除蟲工作全交給母親，母親故世後，便交給繁子。
「在這隻長衣箱裡的書信盒裡。曾祖父應該很珍惜那封信。」
繁子打開長衣箱蓋，藉著手電筒的光，從書信盒取出一疊紙。解開繫繩後，在郡公所和縣政府寄來的信件、紅十字會員證之間找到了那封信。寄件人是東京駿河台的市來某人，收件人是備前岡山城下內山下，園田某人轉交，然後是重松曾祖父的名字。日期是明治六年十一月吉日。
「媽說，這座村子在明治六年第一次可以收到信件。先寄到福山還是岡山家那裡，再從那裡託人送來。」

說到明治六年，這一年國營郵政事業開始擴展到全國主要都市。

「曾祖父應該很珍惜這封信。裡面還有這個。」

信封裡除了信紙外，還裝了折起來的菸草葉。當然，葉片早已徹底乾燥，變成了褐色。明治六年的話，菸草尚未專賣，農民都會自行栽種，像除蟲菊那樣燒來驅蟲吧。書信盒子裡也有十幾二十片菸草葉夾在文件之間。

「可惜了這些菸草葉，如果在戰時菸草不足的時候發現它們就好了。喂，戰爭的時候，妳為什麼不說有這些菸草葉？」

「可是尼古丁成分應該早就沒了吧？再說，就算是這幾片破葉子，菸草就是菸草，要是切來抽，照樣是觸法的。」

「就會頂嘴！妳就跟這菸草葉一樣，渾身上下硬邦邦的，不知變通，是吧？」

倉庫二樓灰塵遍布，陰陰暗暗，一切都乾燥無比，彷彿正一點一滴地吸走人體的水分。地板嚴重蛀蝕，走路時不放輕腳步，感覺可能會一腳踏穿。

重松打開信紙，以手電筒照亮。上頭是流麗的毛筆字跡，但文字褪成了淡褐色，顯得寒磣。

——敬啟者。去年巡視貴地小畠村之際，索求之玄圃梨種子五勺[19]，已由此次赴京之前小畠代官村田先生送至舍下，至為感謝。將試種之後，向相關單位建言是否適宜做為行道樹，栽種於東京。另，此信依當時約定，以西洋之Inkt[20]寫就——

明治維新後，一直到明治三年設置郡公所前，前小畠代官仍負責郡內的治安工作，但據說在明治六年舉家遷去了東京。現在代官所舊址還保留著半倒的後門、一半的屋舍和土倉庫，部分土地成了小學校地。

東京駿河台的市來某人，似乎曾經擔任明治新政府的巡視使節或隨員，來到小畠代官所。當時他看到玄圃梨樹，如同信上說的，向重松的曾祖父要了種子吧。聽說直到中日戰爭前，重松家的庭院種了五棵宏偉的玄圃梨。

玄圃梨樹姿端麗。看見五棵玄圃梨一字排開的模樣，市來某人應該覺得頗適合做為東京的行道樹，因此將重松的曾祖父叫到下榻處，交代他在前代官東上之際，帶上五勺玄圃梨種

---

19 日本傳統容積單位，一勺為十八．〇四毫升。

20 Inkt為墨水之荷蘭文。

子送去。「你想要什麼回禮？說吧。」「是，官員大人，請您用傳說中的西洋墨水Inkt寫封信給小的吧！」——會不會曾經上演這樣的對話？看到「東京的行道樹」這嶄新的詞彙，重松的曾祖父肯定驚奇萬分。可以想像他何以會如此珍藏這封信。

重松決定改用毛筆謄寫「原爆日記」。他把原本用鋼筆抄好的部分要繁子用毛筆重新抄過，接下來的部分，以日本宣紙和毛筆謄寫。

「那個時候喉嚨渴極了，想喝水想得不得了。扭開路邊的水龍頭，流出來的卻是冒著蒸氣的滾水，完全無法就口，也沒法用手去接。」

重松想起這些，著手以毛筆謄寫。

*

——橫川站東側就是橫川神社的土地，但本殿除了柱子以外，什麼都不剩。拜殿消失得無影無蹤，只餘一片平坦的土壇。

神社土地旁邊，路上行人個個灰頭土臉。每個人都在流血。頭、臉、手，裸體的則是胸、背、腿，至少有一處在流血。有個女人面頰嚴重腫脹，像個束口袋似地垂掛在臉上，雙手像幽靈一樣垂在身前搖晃著。有個男人一絲不掛，手遮胯下，姿勢彷彿正要跨進公共浴場的浴槽裡，屈著身子一蹶一蹶地往前走。有個女人只穿了件襯衣，困乏地沿途呻吟，一路跑走了。還有個女人抱著嬰兒，口裡喊著「給我水、給我水」，邊喊邊朝嬰兒的眼睛吹氣。嬰兒的眼睛堆滿了像灰的東西。力竭聲嘶地吼叫的男人、尖叫狂奔的女人小孩、喊痛的人、癱坐在路邊拚命朝半空中揮手的男人。崩塌的瓦礫山旁，有個上了年紀的婦人閉目合掌，一心一意祈禱著。一個半裸男子小跑步而來，撞到這名婦人，邊跑邊罵：「王八蛋，瘋女人！」還有搖搖晃晃地行走的男人、四肢跪地，發出嗚嗚哭聲，如龜爬般前行的白褲男人。

這是我在橫川站通往三瀧公園的國道上，走不到一町[21]路之間所看到的光景。

路上擁擠得就像早晚尖峰時刻的站前，我只是隨著多數人前進的方向走去，結果各種叫聲之中，傳來呼喚我的淒厲叫聲：「閑間先生！閑間先生！」

「喂！哪裡？妳在哪裡？」我呼叫著走向聲音傳來的方向，一個女人推開人群，一把揪住我的手臂抱上來。

---

21 町為日本傳統長度單位，一町為一百零九．一公尺。

「啊，閑間先生，真是謝天謝地！」

不知道是從哪裡擠過來的，剛才的高橋紡織刷子的老闆娘雙手抱住了我的腋下，全身抖個不停。我為了避開雜沓人群，把夫人拉到國道旁傾倒的屋舍之間。

夫人一臉蒼白，仍渾身不住地哆嗦。

「閑間先生，這是怎麼一回事？」

「遇到轟炸了。」

「哪裡被炸了呢？」

「不曉得。不過總是遇到轟炸了。」

「閑間先生，你的臉撞傷了呢。都脫皮變色了。一定很痛吧？看起來好痛。」

我用雙手抹了抹臉，左手溼溼黏黏的。看看雙掌，整面左掌貼滿了藍紫色紙屑狀的東西。再摸了一下，又黏了滿手。

我不記得臉曾經撞到東西，因此一頭霧水。我覺得可能是灰塵污泥那類的，像體垢一樣黏成了一條又一條。我伸手又要摸，夫人按住我的手腕：

「不可以摸。在擦藥之前都別去動它吧。摸了手上的細菌會跑進去的。」

儘管不痛，但我一陣恐懼，頸脖陣陣發麻。感覺有無數的東西黏在左臉頰上，怪不舒服的。我大幅度地開合嘴巴，活動臉頰皮膚，有東西附著的感覺更明顯了。夫人抓著我的左手腕不放，因此我用右手輕撫左臉頰。掌心又沾上了碎屑。我將它抹在左手背上一看，就像橡皮擦屑，但摸起來更溼潤一點。我感到四肢百骸一陣冰涼，周圍的嘈雜彷彿一下子全消失了。雖然並未頭暈目眩，但當下我內心的震驚實在無以形容。

忽地，我想起上個月上旬至中旬敵機投下的傳單內容。聽說上面寫著類似這樣的句子：「不久後的將來，我們會贈送一點小禮物給各位廣島市民。」我沒有親眼看到那份傳單，是聽宇品罐頭廠的田代老技師說的。矢須子說她也聽同事提到一樣的事。

「出大事了，高橋女士，出大事了，所以我們更必須鎮定，然後謀定而後動。冷靜下來。」

「突然變成這樣，該怎麼辦？我不知是轟炸還是什麼，可是事情總有個限度啊！這太殘忍了！」

「喂，高橋女士，妳滿頭滿臉都是灰，就好像戴了頂灰色假髮。」

夫人總算放開我的手腕，雙手拍打頭髮。像灰燼或灰塵的東西從頭上散落到肩膀。接著她左右甩頭，把灰吹掉。比起用手拍，用吹的比較乾淨。夫人上身前屈，一邊甩頭一邊拍打頭髮，頻頻吹氣。

我也拍了拍自己的頭。就像把水倒進正在燃燒的灰中，灰塵飛揚。

「這樣不是辦法，高橋女士，別弄了。去找水把頭臉都沖一沖吧。徹底清洗一番比較好。」

夫人贊成我的話，但這一帶的人家全數傾倒，屋簷下的消防蓄水池槽都被倒塌的牆壁和屋瓦埋住了。我折回剛才冒出滾水的水龍頭處，水栓開著，不管是熱水還是冷水都沒了。我看出這是商家設在出入口的儲水箱水龍頭，好像是用水泥將汽油罐糊在混凝土基台上，充當水槽。商家本身整個被炸得形影不留。

路上行人漸漸少了，傷者的哀號也變得稀疏。大部分的人似乎都往三瀧公園或三篠鐵橋的方向走，因此我們也朝那裡走去。火車鐵軌上難民呈列蜿蜒，就好像古時候前往熊野參拜的人潮，或是螞蟻隊伍。三瀧公園的三瀧山遠遠望去，就像是被螞蟻團團包圍的甜餡饅頭。

我們經過橫川小學旁邊時，看到操場角落有消防用水的蓄水池。先發現的高橋夫人跑了過去。我本來也想跑，但一跑臉頰的肌肉就跟著晃動，令人擔心，因此我強自鎮定，慢慢地走過去。然而當我想摘下眼鏡洗臉時，發現眼鏡不見了。帽子也不見了。

「眼鏡和帽子掉了。」

我說，夫人四處撫摸腰部和肩膀。

「我的皮包掉了。」她悄聲說著，「皮包裡裝了三千多圓呢。裡面有錢、存摺和印章。」

「那我們回去找吧。應該掉在光球炸開的橫川站那裡。三千圓可不是小數目。」

我們決定先洗把臉，用那裡的水桶幫彼此的頭髮潑水。

「閑間先生，不可以搓臉。」

用不著夫人提醒，我也完全不敢去碰，一頭栽進水桶裡左右搖晃，用這種方式洗臉。水桶裡裝滿水後，深吸一口氣，整顆頭泡進桶子裡，一邊搖頭一邊慢慢吐氣。吐出來的泡沫輕柔地撫過臉頰。

我太想喝水了，又重新裝了一桶水，漱了三次口之後飲用。我從小的時候，也沒有人教，在家以外的地方喝井水或清水時，都一定會先漱三次口再喝水。我小時候朋友都會這麼做。據說這不只是為了預防水不乾淨，也是對水井或清水的水神表達敬意。

路上的行人一下子少了許多。我們折回先前的路，懷著別無選擇的心情走進橫川站內。

高橋夫人丟失了裝有全部財產的皮包，手足無措地跟上來。

「是黑色的漆皮手提包。有金色的金屬零件。」

高橋夫人重複剛才已經說過的話。

「一定是在推擠得最厲害的地方弄掉的。」

我也說了一樣的話。

車站裡不見半個人影。從驗票口到月台掉落著各種東西：鞋子、木屐、拖鞋、帆布鞋、陽傘、防空頭巾、外套、提籃、包袱、便當等等，就像學校成果發表會的後台，應有盡有。便當數量最多，而且奇妙的是，我看到許多內容物散落的便當。但這也難怪，由於糧食不足，我滿腦子都只想著吃。飯糰不是純白米，而是半麥半飯、大豆飯、菜飯、豆渣飯等等，配菜則是醃蘿蔔。這些東西讓人想起剛才發生了什麼樣的混亂推擠。

「找到了！我的皮包在那裡！」

高橋夫人從月台跳下軌道。那裡是天空炸出光團的瞬間，夫人和我從電車摔下去的地方。

「好，那我的眼鏡應該也在我被困住的地方。」

我猜得沒錯，我在先前抱住的柱子底下找到了眼鏡。僥倖的是，鏡片完好，但左邊的支架賽璐珞像發條一樣捲曲變形，內層金屬反射出白光。因為是賽璐珞，被瞬間的高溫所融化了。我掰掉捲起的賽璐珞。左邊的鏡腳和鏡片框只剩下金屬，右邊仍是賽璐珞，成了不對稱的拐腳眼鏡。

高橋夫人撿回皮包，檢查裡面，說：「啊，太好了，謝天謝地。」

我想用襯衫領子擦拭鏡片，發現手在抖。因為抖得太厲害了，高橋夫人好像也發現了。

「閑間先生，我來幫您。」

「不，沒關係。我知道手為什麼會抖。」我用顫抖的手擦著鏡片說：「敵人完全把我嚇倒了。那莫名其妙的光把我的左臉燒焦，眼鏡也是左邊燒焦了。這是無法想像的恐懼。這是一種威懾。」

「可是，今天應該不會再有空襲了吧？」

「真希望敵軍看看掉在地上的那些便當。只要看到那些飯糰，敵軍應該也會覺得沒必要再空襲了吧。他們能不能別再繼續這些無謂的攻擊了？能不能想想我們的感受？」

「閑間先生，不可以胡說。」

我戴上眼鏡。

我在稍遠處看見一頂被踩扁的戰鬥帽，撿起來一看，很像我的帽子，但不是我的。我覺得無所謂，戴上帽子和高橋夫人一同走出車站。

「臉應該包起來。吹到風乾掉會好不了的。」

夫人說，我從肩上的急救袋取出三角巾，像手巾蒙面那樣把臉包起來，再放上帽子，結果太小了戴不上。

「偷來的東西果然不合身。」

我決定丟掉帽子，放在崩塌的房屋獸面瓦上，心想應該會有人撿走。

兩人六神無主地朝三瀧公園走去。路上的人少了許多，但全都傷得比剛才看到的更嚴重，他們朝著與我們一樣的方向走。有個婦人神情憔悴地站在路邊不動，左手握著右臂，指間不停地噴出漆黑的血。我不忍直視，別開臉去。這時背後傳來叫聲：

「哥！哥！」一名少年喊著跑過去。他穿著帆布鞋和短袖衫，長褲小腿以下全破光了。

「哥，是我啊！是我啊，哥！」

那孩子在迎面走來的戴頭盔青年前面停下腳步。青年也停下來，但有些退縮地問：

「你是誰？」

高橋夫人和我都停步觀看。

少年的臉腫得像顆足球，臉色也像足球，頭髮和眉毛都不見了，不可能看出原本的面貌。

「哥，是我啊，哥！」

少年仰頭看青年，但青年滿臉痛苦，彷彿不願承認。

「你叫什麼名字？還有，你讀哪裡？」

「我叫宿彌久三，讀廣島縣立廣島第一中學一年二班。」

青年稍微退後了一下，就像在提防：

「久三……可是如果是久三的話，應該紮著綁腿。他穿著……對，他穿著拆掉浴衣縫成的水點襯衫。」

「哥，綁腿炸掉了，襯衫水點的地方破掉了。爆炸的時候，一口氣全炸光了。哥，是我啊，你的弟弟啊！」

少年的襯衫開了許多小洞，但青年仍無法接受的樣子。

「可是……對了，久三的皮帶有記號。」

「你說這個嗎？哥。」

少年燒得潰爛的手迅速地抽出皮帶給青年看。那似乎是用固定柳條箱的帶子重製而成的皮帶，褐色的金屬扣上，一圈圈繞著同色的粗糙管子。

「沒錯，久三，你……」

青年聲音哽住，蹲到少年身旁，替他紮上皮帶。

高橋夫人和我又繼續走，但都無法決定目的地，最後折回來時的地方。我猶豫著是要去公司還是回家，夫人猶豫著是要回去自己的刷子工廠還是去客戶那裡。

「我打算先回家一趟。即使市內發生火災，沿著軌道走，應該還是可以回去。」

「我去客戶那裡收錢。如果不把錢匯進銀行，就收不到貨了。」

「妳們分店的岩下呢？就算工廠失火，或許他也會死守在那裡。他就是這種性子吧？」

「岩下自己應該有辦法應付。總之我得把錢匯進銀行，否則供貨就要停擺了。」

「我勸妳還是打消這個念頭。畢竟銀行還有人嗎？客戶那裡還有人嗎？」

「不管有沒有人，我都要冒險一試。我可是個生意人。」

「那，我們在這裡道別吧。如果妳經過我們公司，替我轉達廠長，說我今天傍晚或明早會去公司。」

我和高橋夫人道別，折回橫川站前一看，宇品方向從左至右，約莫十多個地方開始燒了起來。（後日附記：高橋夫人就此下落不明，應該是被捲入火災喪生了。）

三篠橋那裡也冒出火舌。感覺街道實在無法通行。現在能走的路，應該就只有沿著山陽線的軌道，經過橫川鐵橋，通往雙葉里的高架軌道了。我做出這個結論，沿著軌道向東朝橫川軌道走。這裡前往避難的人也稀稀落落，有個年約小學一年級的孩子形單影隻地走在路上。我追上那孩子招呼：

「小朋友，你要去哪？」

那孩子一臉呆愣，什麼話也不答。

「你要一個人過鐵橋嗎？」

他一樣不答。

「那叔叔陪你過橋好嗎？」

孩子點點頭，跟在我旁邊一起走。過了鐵橋，接下來很快就到雙葉山了，不用擔心。

我不願對那孩子萌生感情，因此什麼也沒問他，包括名字。那孩子很可愛，但幸虧他一語不發，我覺得心情上輕鬆許多。

孩子呆滯地張著口行走。偶爾看到軌道枕木燃燒，孩子便滿臉疑惑地稍微停步，朝火焰投擲兩、三塊小石子，又繼續走。

我也對枕木燃燒的現象感到不解。愈往前走，到處都有枕木冒出小火舌或冒煙，電線桿前端或中段也冒出煙來。敵軍絕對是投下了所謂的油脂燒夷彈。我這麼猜測，踩熄燃燒的枕木，趴下去嗅聞是什麼味道。除了木頭燒焦味以外，並無惡臭。但聽說油彈有股奇怪的臭味。實在令人納悶。

我撐起趴下的身子，龐大到無法形容的積雨雲映入眼簾。質地很像在照片上看到的關東大地震時的積雨雲，但眼前的積雨雲有根粗壯的腳，高高地伸展到高空。它的頂點一片平坦，變得愈來愈厚，就像正在打開的蕈傘一般。

「小朋友，你看那雲！」

仰頭望天的孩子張大了嘴巴。

雲朵看似靜止不動，但絕非靜止。傘翼滾滾地向東延伸，又朝西擴散，再向東伸展。每當變化，蕈狀的外圍某處便會變化成紅色、紫色、瑠璃色、綠色，放射出強烈的閃光，同時不停地由內往外翻，變得愈來愈胖。形似束起的帷幕的腳部亦忙碌地愈長愈粗，它看似即將席捲廣島市上空。我覺得全身彷彿萎縮了，好像腿軟了。

「雲的底下的好像是驟雨。」

忽然間，有人對我出聲。

轉頭一看，是一名面貌和善的中年婦人，以及面色紅潤健康的女孩。

「是嗎？是驟雨嗎？」

我凝目望天，覺得像是某種粒狀的東西密集在一起，看起來不像雨雲。我覺得可能是龍捲風。是從未見過的某種詭異的東西。如果那東西侵襲而來，被那粒子灑在身上，會發生什麼事？我一想像，不禁毛骨悚然。蕈狀雲本身毫不停歇地向東南方蔓延擴大。我的雙腿真的發軟了。

中年婦人看看我帶的孩子，說帶著孩子，實在沒辦法過橫川鐵橋。她說在過了橋九分的地方有貨車翻覆，堵住枕木，橋的這邊坐滿了上百上千名難民。

「那些人為什麼不折回來？」我問。

「他們都在休息。」婦人說：「他們遍體鱗傷，實在沒有力氣再走回來。裡面也有人就那樣倒下去死掉了。」

「那雲——他們都怎麼叫那雲？是什麼雲？」

「叫什麼雲？鐵橋前面的人，有人叫它『蒙古高句麗雲』[22]。真的就像是『蒙古高句麗』殺過來了。不過帶著孩子，實在沒法過橫川鐵橋吧。」

「小朋友，你聽到了嗎？」我聲音沙啞。「阿姨說小孩子沒法過橋，所以你跟著阿姨去，沿著可部方向的電車軌道去山上怎麼樣？」

小孩盯著我的臉看。

「那麼，小朋友，叔叔在這裡跟你道別了。」

22 原文為「ムクリコクリ」，長崎地方的民俗詞彙，意指可怕的東西。據傳源自於古時蒙古高麗聯軍兩度攻打九州，由「蒙古高句麗」的發音而來。

小孩點了點頭，中年婦人把手放在孩子頭上，向我行了個禮。

孩子似乎知道自己要去哪裡，領在中年婦人前頭，往來時的方向走去。細瘦的腳上穿著鞋後幫踩扁的黑色帆布鞋，身上是長褲和短袖襯衫，兩手空空。

蕈狀雲的形狀比起香菇，更像水母，但彷彿比水母更具動物的活力，抖動著腳部，頭部的顏色或紅、或紫、或靛藍、或綠，不停地變換，往東南方蔓延。內層不斷地湧出外側，就像洶湧沸騰的滾水，狂暴得彷彿隨時都會飛撲上來。說它是「蒙古高句麗雲」，真是再貼切不過。活脫就像是地獄使者。在過去，這天地宇宙之間，有任何人有權召喚出如此詭異的怪物嗎？面對這樣的怪物，我有辦法逃出生天嗎？我的家人能倖免於難嗎？我現在是打算返家救助我的家人嗎？還是想要一個人逃難？

兩腿虛浮無力，無法前進。全身的哆嗦怎麼樣都止不住。

「這樣不行。這不成——這是從哪吹來的？」

我撿起掉在枕木旁的搗米棒，朝自己的小腿肚、臀部和大腿胡亂敲打一通。也敲了敲肩膀和上臂，還閉上眼睛深呼吸。這是我們公司朝會的時候都要做的淨身儀式，比一般的深呼吸更靜謐地吐氣、吸氣，就像祈禱一般。我的腳終於聽話，情緒也鎮定了一些，於是我沿著軌道朝東前進。

儘管心急如焚，但絕不趕路，跟在其他避難者後面。這並不是在惡夢中逃竄，如果要跑，或許是可以跑，但我決定徹底聽天由命，安步當車。

一組難民超過我，其中一人喊著：「降落傘！是降落傘！」向前跑去，但立刻又變回了有氣無力的步伐。那確實是降落傘沒錯。前方左邊最遙遠的山頭上飄浮著一抹白雲，那抹雲更遠的地方，有個白色的降落傘。降落傘極緩慢地朝北方飄落。

在日軍裡面，降落傘不是第一種兵器嗎？我不知道那是敵軍的還是日軍的，但我盯著那可疑的降落傘前進，這時突然傳來一道巨響。地面隆隆震動，西北方七、八百公尺處冒出一道黑煙柱。軌道上的難民全都跑了起來，但很快又變回了精疲力盡的腳步。

又一道爆炸聲，接著又是另一道。隨著地面震動的巨響，黑色的煙柱衝上了百餘公尺高。每次爆炸，難民都倉皇奔跑，但有人到處呼喊：「是汽油罐爆炸！是汽油罐！」結果眾人的腳步變得更加遲滯了。對於那呼喊聲，沒有任何人回應。

走到橫川鐵橋橋頭，有兩千多名難民坐在草堤上。過鐵橋的幾乎全是年輕人，鐵橋目測約有一百尺高。往河面看去，那高度令人心驚，但沒有其他可以過河的路。坐下來的幾乎全是受了傷的人，但看起來也像是沒有力氣過橋，自暴自棄了。也有人默默地瞪著天空一隅。

大部分的人都避免去看水母雲。也有不少傷者仰躺在草堤上。只有一個例外，一名女子雙手伸向水母雲，不停地尖叫：「喂！蒙古高句麗雲！快滾！我們是平民！非戰鬥人員！喂！叫你快滾！」儘管看起來活力十足，卻不願意過橋，實在奇怪。女子很年輕，穿著束口褲，頭戴防空頭巾，肩上掛著水筒，打扮得就像正要去參加勞動服務。其餘的人看也不看那女子。

「我要過橋。不能再磨磨蹭蹭下去了。好，過橋吧！」

我立下決心，跟在肩膀流血的青年身後走。我盡量不去看河面。來到九成的地方，一輛貨車翻覆堵住了去路，但我趴在地上匍匐前進，總算是鑽過去了。貨車正下方的河水很淺，堆滿了從車上滾落的大量洋蔥。

過了鐵橋的難民就彷彿從雙葉里被吸上山頭似地，形成螞蟻隊伍魚貫上山。我看見半山腰有兩、三個地方起火了。山林火災又是另一種可怕的災禍，但不是住在山裡的人，似乎不明白這一點。成群結隊走向山林火災的地點，形同飛蛾撲火。我小時候看過山林火災，知道它的可怕，也記得當時死了許多人。因此我對四、五名結伴擦身而過的難民說：

「山林火災很危險。尤其在白天，即使看起來很小，其實是範圍非常廣的大火。一團團的火會往下掉，燒得滾燙的石頭和岩石會滾下來。」

但對方充耳不聞，往山上走去了。

總算來到東練兵場的邊角了。放眼放去全是難民，偌大的練兵場整個被人潮填滿了。在這裡，避難的人也不斷地往山上湧去，我覺得傳說中的海嘯一定就像這樣，帶著滾滾濁流爬上高處吧。

為了按照預定前往廣島車站，我和上山的人斜向交叉，朝練兵場的另一邊走。當然，一路上看到的成千上萬難民的外貌及模樣，是形形色色，不一而足（或許累贅，但我將我現在記憶所及的一部分記錄如下）。

不計其數的人頭破血流，血從臉部流到肩膀、背部、胸部到腹部全是漆黑的血跡。也有人還繼續在流血，但似乎沒有力氣去處理了。

有人無力地垂著雙手，被人潮推擠著，踉蹌前進。

有人閉著雙眼，被人潮推擠著，搖搖晃晃地前進。

有個女人牽著孩子的手，驚覺那是別人的小孩，「啊」了一聲，甩開手跑掉了。孩子在身後追著喊：「阿姨！阿姨！」是個六、七歲的男孩。

有個老先生牽著孩子的手，在人潮沖刷下放開了手。他不停地喊著孩子的名字，分開人群，被推開的人揍了兩三下。

有中年男子揹著老人。有男人揹著疑似生病的小女孩，像是父女。

有婦人用嬰兒車推著行李和小孩，被捲進突來的人潮，嬰兒車被推倒，跟在後面的二、三十人像骨牌般跟著摔倒。當時的慘叫聲驚心動魄。

有個男人捧著一只柱鐘，邊走邊讓那鐘發出甩動的聲響。

有個男人肩上挑著繫上魚籠的釣竿袋。

有個打赤腳的女人雙手掩著眼睛，邊走邊抽泣。

有個中老年男子，手插進臉、胸、手臂全是血的女子腋下扶著，拖著她往前走。男子每走一步，女子的頭便無力地前後左右搖晃，兩人看起來隨時都會斷氣。他們一樣被人潮推擠著淹沒了。

有個年輕女子幾乎全身赤裸，用揹繩面朝後方地綁著一個光溜溜的嬰兒，嬰兒滿臉鮮血。

有個男人以跑步姿勢雙腳忙碌地移動，但因為卡在人潮當中，根本跑不動，只能像在原地快速踏步……

4

抄寫到這裡，廚房傳來繁子的呼聲：「你以為現在都幾點了？差不多該停筆來吃晚飯了。」「我這就過去。」重松前往廚房。時間到了他也不去吃晚飯，一邊吃著自製鹽炒豆子，一直在抄寫他的「原爆日記」。繁子和外甥女矢須子老早就用完晚飯，矢須子要搭明天第一班公車去新市町的美容院，因此早早就回臥室睡覺了。繁子將鍋裡的泥鰍湯舀進碗裡。

「喂，我今天抄了一大堆。寫到蒙古高句麗雲、難民擠滿東練兵場那裡。不過上面寫到的，連我親眼看見的千分之一都不到。寫文章真是難啊。」

「那是因為你用你那套什麼主義在寫吧？」

「才不是什麼主義。從描寫的角度來看，我寫的文章就是所謂的『粗劣寫實』。但事實就是事實。——喂，這泥鰍有好好吐過沙了嗎？」

「這是好太郎伯剛才送來的，說到今天已經吐了半個月的沙。他說是在觀音堂下面的泥水溝抓的，放在他那三石[23]的水甕裡吐沙。」

---

23 石為日本傳統容積單位，一石為一百八十點四公升。

好太郎家在戰爭時期捐出了家裡的大銀杏樹，當時挖樹根挖到了一個三石容量的備前燒水甕。雖然裂成了五、六塊，但用水泥重新糊了起來。

重松坐在他的膳盒[24]前，拿起盛裝褐色液體的厚茶杯。這是晚餐前重松必喝的飲料，以曬乾的老鸛草、魚腥草、繁縷、車前草煎煮而成。

膳台上的菜色，有加了切碎的鴨兒芹根的嘗味噌[25]、煎蛋、黃蘿蔔，以及加了泥鰍的味噌湯。

「真豪華。」重松端起泥鰍湯的碗，「好太郎伯那兒的水甕無時無刻都在養東西。有一次我看他在乾掉的甕底鋪了河沙，想要讓鱉在裡頭產卵，不過聽說最後還是沒有產卵。」

「去年年底我看到的時候，裡面養了七、八條鰻魚。」

「那水甕真是無所不能，就像民間故事裡頭的萬寶槌。咱們也來仿效一下如何？」

重松只是說說而已。重松家因為位在小丘高處，沒辦法像好太郎家那樣用竹筒引水。好太郎家把後頭城山的山泉水引進儲水池裡，再從儲水池用竹筒引水到水甕。而且水甕由於黏補技術不佳，鼓起的甕肩底下有兩、三處破口，剛好漏出適量的水。因此不管是鰻魚、鯉魚還是琵琶鱒，都可以養在裡頭。

好太郎年紀比重松大上一輪。戰爭時期，他攬下替鄰里採買的任務，也去廣島採買過兩回，兩回都替當時住在廣島的重松家帶來土產的鹽漬櫻花。一開始是來買代替肥皂的乳劑和食用脂肪。乳劑算是黑市物資，是業者將製成固體肥皂前的黏滑液體直接裝罐販賣，算是鑽法令漏洞製造的洗劑規格外商品。脂肪則是糧食廠製作肉罐頭時切除的脂肪部分。把這些加以調味，裝在十乘七公分的紙盒裡，一盒可以用十錢[26]左右的價格買到。好太郎說著「我們家從我爺爺那一代就是飛腳[27]」，在重松家用大包袱巾包好這些黑市物資，揹到車站去。第二次來的時候，他只買到一小鐵罐的食用脂肪，但還是很開心，在附近拆除建築物後的消防空地設了捕小鳥的陷阱「首打」，當做給重松的謝禮。當時重松幾乎天天去看，但終究未曾捕到過小鳥。

重松想起妻子繁子常在那塊空地摘紅心藜的芽回來，燙過之後可淋醬油食用。

「以前好太郎伯在廣島做的捉鳥用的『首打』，後來怎麼了呢？夏天的時候，那塊空地長滿了紅心藜呢。」

24　日文為「箱膳」，為日本傳統餐具，平時用來盛裝餐具，用餐時將盒蓋倒扣於盒上，便可做為小餐几使用。

25　「なめ味噌」，直接做為食品食用的味噌。

26　一百錢為一圓。

27　日本古時的人力快遞，在明治四年（一八七一）因郵政制度建立而廢除。

「不過好太郎伯的『首打』連隻鳥都沒捉到。是做得不好嗎？」

「那『首打』的標準話叫什麼呢？」

重松從起居間桌上拿來辭典翻查。辭典上寫：「首打（kobuchi）（『koubeuti』略音），用來夾住野鳥頭部加以捕捉的陷阱。亦叫 kobutsu、kobotsu、kobochi、gonbuchi、kubuchi、kugushi、kumizi。」

重松想起好太郎在設「首打」的時候，一邊用鎌刀削竹子，一邊自語自語似地嘴裡咕咕噥噥。

「眼下這糧荒實在嚴重。連糧食廠的炊事部，味噌配給都趕不上，束手無策。聽說連明天要煮鹹湯還是味噌湯都沒個準，菜單想開都開不出來。」好太郎說。當時彼此都過著三餐不濟的日子。

「喂，繁子，我想到了。」重松靈機一動，「妳可以把戰爭時期咱們家的吃食簡單列一下嗎？能寫成菜單更好，但應該沒法一一想起來。明天就簡單列給我吧。」

「你說菜單，也只有燙繁縷拌醬油、味噌醋拌山蒜而已啊。」

「我就是說這個，這悲慘到谷底的飲食狀況、戰爭時期閑間重松一家窮酸到不行的飲食內容。我得把它加進『原爆日記』裡頭。我怎麼都沒早點想到呢？」

「既然你有這份心，那麼往後咱們家這麼做如何？從今以後，每年八月六日原爆紀念日的早餐，就吃得和八月六日那天一樣吧。那天早餐的菜色，我記得一清二楚，真的很奇妙。」

「那天早上吃了什麼？」

「蛤蜊鹹湯，和代替白米飯的脫脂大豆，只有這樣。蛤蜊三個人只有六顆，是前天我和矢須子在御幸橋底下挖來的。」

重松想起來了。那些蛤蜊很小顆，肉幾乎是透明的，他不是玩笑，而是認真地向繁子埋怨這陣子連蛤蜊都營養不良了。

「繁子啊，一日三餐是一家主婦負責料理的，所以我才請妳幫這個忙。不管是簡單列出，還是書簡體獨白文章都行，明天就寫給我吧。今天我要休息了。」

如此這般，重松將不得手的記錄工作推給了繁子。

隔天是芒種，重松整理農務工具，盡一下農家家長之責。鋤頭、鐵鍬、鐵撬清洗後，重新打入楔子。斧頭和鐮刀重新打磨。鋸子銼利，割稻的鐮刀也銼利之後抹上菜籽油。屋神周圍也除了草，順帶去庄吉家的池塘巡視一番。這樣就花掉了大半日。

五點左右，外甥女矢須子去鎮上的美容院燙頭髮，花枝招展地回家來。這時妻子繁子已經寫好了題為「廣島戰時的飲食生活」的手記。用毛筆書寫在和便箋上。

＊

【廣島戰時的飲食生活】

以下記錄廣島遭原子彈轟炸前的飲食生活，首先概述街上的情形與居民的生活。

當時由於統制令，無論是主食、魚和蔬菜都是配給販賣。配給通知及其他通告，皆以町內公告欄和鄰組[28]的傳閱板使其周知，特別是傳閱板，形同各種政令通達之動脈，亦是毛細血管，當局應該也格外重視。為了落實經營，政府將鄰組的精神編入流行歌歌詞，透過電影和唱片廣為宣傳。第一節是「叩叩午安我是鄰組，開門一看好鄰居，傳閱板請多傳閱，重要消息報周知」。

配給日當天，時間還沒到，配給所前便大排長龍。這情況說明了當時的糧荒已經嚴重到語言不足以形容。街上的一般商家由於商品不足，即使開店也做不了生意，但有時這些店也會突然排出長龍，隊伍裡的人還會彼此互問：「對了，這家店在賣什麼？」「不清楚，在賣什麼呢？」總之所有的一切都極盡匱乏，因此什麼都好，什麼都想弄到手。就連一張紙也不能隨意浪費。

當時貨幣價值一落千丈。即使偶爾前往郊外農戶買蔬菜，也有些人不願收錢，要求以衣物交換。因此一些掮客、小商人躲避管制，暗中活躍，人們蔑稱其為黑商。據說這黑商是源自於「黑市交易」這樣的商業用語，但由於戰時的糧荒，變成了獨立的一般用語。因此這個詞彙就像是受詛咒的大戰產物，與艱苦的生活有著快刀切不斷的孽緣。

說到主食的米麥配給，就我記得，起初是一個人一天三合一勺[29]。很快地，取代米麥，大豆配給量變多，接著開始變成外國米和可恨的豆渣，量愈來愈少，最後變成一天二合七八勺的豆渣。

一開始的配給米是糙米，必須裝進瓶子裡，用搗米棒搗成白米，否則難以入口，因此儘管滿腹牢騷，還是得熬夜搗米。但搗了之後量會變少，就連三合一勺的時候，一個人一天吃到的量也只有二合五勺多而已。

我想應該是那個時候，鄰組的宮地太太被當局叫去訓了一頓。聽說宮地太太去農家買糧的時候，在可部方向的電車裡，向比鄰而坐的人說：「這陣子配給米減成了三合，我家孩子教科書裡的文字也跟著改了。」兒童教科書裡收錄的詩詞原文是「一日糙米四合……」，卻

28　「鄰組」為一九四〇年制度化的國民統制地區居民組織，以五到十戶為一單位，為行政機關的最基層組織。
29　合為日本傳統容積單位，一合為十勺，一百八十點四毫升。

配合米的配給量，修改成「一日糙米三合……」，所以她才如此抱怨。後來聽宮地太太說，那首詩是詩人宮澤賢治的代表作，深刻描寫莊稼人的清貧生活，是充滿了修道式燦爛之美的傑作。「把原本的一日四合改寫成三合，這是曲學阿世之徒的行徑。如果孩子知道事實真相，會作何感想？他們一定會連學校教的日本歷史都無法相信了。這如果是宮澤賢治復活，自己改寫，那還另當別論。」宮地太太批評道。但這好歹也是根據國家大方針所編纂的國定教科書，宮地太太卻妄加議論。據說當局警告宮地太太：「切勿散播流言蜚語！我們掌握到妳在黑市買東西的事證，妳這種人沒資格妄議教科書內容。不用我說，在戰爭時期散播流言蜚語，可是觸犯民法和刑法的。」言下之意，是在指控她觸犯國家總動員法。在那個時期，每個人在他人面前，都變得極度謹言慎行。

在我們家，外子與矢須子中午都在任職的公司搭伙，只須付餐費給公司，不必自己帶便當，因此一天省下了兩人份的餐食。而且我自己中午只吃馬鈴薯果腹。兩人的中餐加上我的中餐，等於一天省去了三餐，對家計多少有些幫助。加上黑市有時能買到一般配給用的生烏龍麵，換算成米麥，一人一天應該可以吃到三合三、四勺的量。

除此之外，有時每戶也能分配到三、四十克極粗硬的乾燥麵包[30]。烏龍麵每個月三到四次，一人配給一球，但有烏龍麵的時候，主食的配給量就會減少。

另外，配給還出現過摻大豆的米。但摻了大豆的飯直接拿來煮會有豆腥味，不好入口，因此我會挑出大豆，將一合多的豆子泡水一晚，隔天早上搗碎之後以木棉布過濾，將汁液加進味噌湯或醬油湯裡。或是把汁液當成豆漿，加一點糖分飲用。有時也會把豆渣用醬油煮了，當做配菜。

取代米飯的麵包烤過之後塗上味噌，或塗上味噌再烤來吃，是撙節主食的寶貴食材。吃麵包的時候，我總是會想起奶油和鹽醃牛肉的味道。但相較於鹽和醬油，味噌做為東洋傳統調味料，實在是卓越許多。直至戰時，我才發現了這個事實。至於配菜的配給，則如同下述。鄰組班內有十一戶、三十二人，許多東西都難以平均分配，故依序兩戶、三戶這樣分配下去。

豆腐：一塊

魚、小竹筴魚、沙丁魚：其中一種一尾

白菜：兩顆

30　類似營養口糧的硬麵包。

紅蘿蔔、白蘿蔔、蔥、牛蒡、波菜、瓜：其中一種五或六個

茄子：四或五條

南瓜：半顆

開始出現警戒警報後，糧食供應更吃緊了。我幾乎每天都要到拆除建築物後的消防空地去採紅心藜或鴨兒芹，然後到御幸橋下去撿蛤蜊，退潮時則帶著舊毛筆和小鏟子去捕蝦蛄。一開始可以撿到五合左右的蛤蜊、十到二十隻蝦蛄，但漸漸地愈來愈少，到了戰爭末期，頂多只能撿到十來顆蛤蜊，蝦蛄都被抓光了。

我在空地種些蔬菜，依照當局「第一優先種南瓜」的口號，在庭院種了南瓜。長出長長的莖蔓後，便剪來剝皮煮了吃。到了夏季，南瓜藤遍布整個庭院，幾乎無立足之地，結出來的果實卻意外地少，只採到了十顆左右。此外，有時也會請鄉下娘家送來白蘿蔔乾絲、乾燥紫萁、蕨類等等，當做配菜。

我們家在昭和十六年十二月八日宣戰那天購買了大量的火柴和鹽巴，因此一直到戰爭結束，唯有這兩樣東西完全不缺。這是我小時候聽奶奶講起日俄戰爭的情況而學到的教訓。鹽巴我特別珍惜使用。我把陸軍糧食廠和罐頭工廠的肉汁精製後去腥的肉精加上食鹽，做成替

代醬油。放進一匙這種替代醬油煮成的配菜和湯汁，那美味令我至今難忘。但缺點是不知為何，連續吃上兩星期，倘若不暫停一陣子，嘴巴就會受不了那種味道。

白飯會在早上煮好一整天的分量，吃剩的早飯，以及晚餐的一部分都一定拿來捏成飯糰，用粗目包袱巾包起來吊在通風良好的地方。這樣一來，空襲警報響起，到防空壕避難時，就可以立刻帶著走。裝飯糰的包袱裡還放了鄉下娘家送來的烤米，用來當成緊急糧食，此外還有族譜等文件。

魚類只有配給的像平常那樣煎或煮，但黑市買來的就不敢煎，而是用煮的，或是煮湯，免得味道飄到鄰家去。甜食有矢須子透過公司同事從黑市買來的，幫助不小。那是古市的農家採來石蒜花，把根泡水後用澱粉做成的飴糖，同事向農家買來，分售給矢須子。但我只拿來當做調味料兩三次，大部分都是餓肚子的時候，萬分不捨地含在嘴裡解饞吃掉了。酒的話，戰前不喝酒的人，在變成配給制度以後，每個人都開始喝酒了，我們鄰組也是如此。真是很奇妙的現象。

菸草除了配給的以外，會把公司的人從黑市買來分送的菸草葉吊在地板底下一陣子加溼後，以裁刀切碎，再用英文辭典的薄紙捲起來抽。辭典的紙張聽說叫做印度紙。我們家從戰時到戰後，抽光了一本小型辭典。

在我們鄰組，進入戰爭後期以後，每一戶人家都會採野草補充糧食。有年幼孩子的人家，會摘來高嶺薔薇、刺薔薇長出來的新芽，剝除表皮後，當成零嘴給孩子吃。也有些人家是給虎杖的嫩芽。這種野草只要去郊外的太田川河畔就可以看到。上班族裡面，也有人會拜託從郊區通勤的人幫忙採。兒童的零嘴，每一戶人家有九成都是炒大豆，但老吃一樣的東西會膩，這種時候就改吃野草。

酸草（酸模）也是，可以請通勤的人幫忙採。用鹽巴醃一個晚上，就可以取代醃漬物，或是當做配菜。

白茅的根、繁縷、紅心藜、歪頭菜、痰咳草（可能不是學名）等等汆燙後淋醬油，或是煎炒後做配菜。紅蘿蔔和牛蒡莖都算是高級蔬菜。

營養失調或尿床的孩子，就把無花果樹或臭梧桐上的蟲刷醬油烤了給他們吃。這些是天牛的幼蟲。在我小時候，每逢夏季，都會有樵夫下山來賣臭梧桐的蟲，大人也給我吃過，用來驅疳蟲——人們認為這種蟲會引發癲癇。記憶中又香又好吃。

更年期障礙頭痛的鄰家太太，配一杯冷酒吞下一兩隻蟻蛉，治好了頭痛。極為見效，相當奇妙。

拉拉雜雜地寫了這些，但簡而言之，原本我打算記下戰時我們家一星期左右的菜單，但由於每天反覆做這些廚房活，反而混雜在一起，想不起正確的情形。我想戰爭結束後都過了這麼久，即便是當時大東京一流飯店的大廚，還是帝國飯店的大廚，應該也沒辦法正確地回想起終戰當天的菜單吧。當時的帝國飯店有大東亞共榮圈的各國使節及外務省外圍團體人士下榻，他們都吃些什麼呢？總而言之，廣島的我們家到了戰爭後期，每天的菜色有六七成都是大豆飯配少了糖的鹹甜煮大豆。

鳥獸等動物性蛋白質幾乎不可能攝取到。茶的話，以鹽醃櫻花苞取代。

此外，木炭和煤炭都難以買到，在我們家，冬季為了禦寒，在炊煮的時候會將扁平的石板或瓦片放進爐灶裡一起燒，然後用舊報紙包起來，再用布裹起來，放進背部。坐著的時候夾在胯下，坐在長椅的時候則墊在腳板子底下取暖。石頭的熱度降低後，就一張張拿掉舊報紙，繼續以餘熱取暖，等到石板或瓦片完全涼了，再烤熱使用。

肥皂向人家買來用米糠和燒鹼做的，或是在黑市買乳劑。

我們也曾經把灶底燒剩的木柴燒成木炭，累積一些分量後搗成粉末，摻進極少量的黏土和漿糊，搓成炭球，乾燥後使用。

牙粉用完後，改用鹽巴刷牙。

此外，如果有配給的洋蔥，不會拿來吃，而是種起來，等到長出葉子，就摘來加湯。一段時間後會又再長，可以摘上很多次。

以上便是戰時廣島的飲食生活，我認為我們家的飲食水準，在一般上班族人家裡算是「中下」。廣島自古以來便有豐富的山產、海產，儘管市區廣大，戰前也從來沒有出現過貧民窟。但是在長年的戰事當中，住在廣島，我深切地了解到愈廣大的城市，居民的飲食生活愈困苦。同時我也痛切地深深感受到：戰爭就是在凌遲所有男女老少。（閑間繁子記）

＊

重松將這份手記做為「附錄」，裝訂在「原爆日記」後面，這時繁子吩咐他送蟲祭用的萩餅去給好太郎。他把裝萩餅的多層木餐盒放在好太郎盛泥鰍送來的金屬盆裡，用包袱巾包起來。

蟲祭是芒種的第三天舉行的祭祀活動。莊稼人下田工作時，會踩死許多地底的蟲子，因此會製作萩餅，祭拜死於農活的蟲類。並且習俗上，會在這天把所有向街坊借來的物品物歸原主。

5

好太郎家位在登上城山的坡道旁。

重松送蟲祭的萩餅去好太郎家，發現坡道入口停著一輛閃亮亮的中型汽車。這令人意外。車子裡是空的，貌似司機的中年男子將頭上的圓帽挪到後腦，正探頭看著灌入竹筒流水的水甕。重松看出好太郎家來了稀客。

他的內心躁動不安起來。

「天氣真好。」重松走到水甕旁，刻意說些馬風牛不相干的話。「那車子是不是福山藤田醫院的車？乘客是從福山來的嗎？」

「不，我是雇車的司機。」圓帽男子說：「我從山野村載了位女士過來。」

「那麼，那位女士是女醫生嗎？倘若有什麼急病，就得派車去接醫生嘛。好太郎伯生了什麼病嗎？」

「不，那位女士是來打聽婚事的。聽口氣似乎是這樣。我已經等了超過一個小時了。」

從山野村來打聽婚事，那客人肯定是來探聽外甥女矢須子的。這是個小村子，他馬上就看出來了。

重松內心又忐忑不安起來，但裝作若無其事，探頭看水甕。

「這些泥鰍每一條都是黑的呢。在我小時候，還有叫做嵌沙的，身體是褐色，有黑色斑點的泥鰍。」

「你是說山谷溪流裡的潛沙吧？但潛沙現在也因為農藥，已經絕跡了。」

「在這村子裡，除了嵌沙以外，奇奇秋也絕跡了。」

「你是說奇奇嗎？淡紅色的、會用背鰭和胸鰭刺人的魚。奇奇在我們村子裡的河流也都看不到了。」

隔著樹叢看去，好太郎家簷廊和玄關的紙門都關著。好太郎和婦人正如何談論矢須子？客人已經談完了嗎？或許已經準備離開了。重松不方便被看見，便說：

「不好意思打擾了。我們家附近有人生病，我原本想如果是醫生的車，可以請醫生順道看一下。那我失陪了。」

重松走進麻櫟林裡的小徑，坐在平坦的岩石上。

（好，我要在這兒耐心地等，等到那名女士回去。我得把萩餅送去給好太郎伯才行。如果把東西又帶回去，就得跟繁子和矢須子解釋一大串。我可不想讓矢須子知道山野村的婦人來打聽她的事。）

重松坐的岩石約兩張榻榻米大，以前這塊岩石旁邊長了棵大赤松，高達三十間[31]，在戰爭時期被徵收了，聽說當時同時被徵收的好太郎家的銀杏樹，和這棵松樹一樣高。從晚秋到冬季，在朝陽照射下，松樹與銀杏樹的影子一路延伸到重松家所在的小丘山腳。

小時候重松難得到這塊平坦的岩石來玩，但常去好太郎家的銀杏樹下玩耍。霜降時期，銀杏落葉的時候，好太郎家的屋頂鋪滿了落葉，染成一整片金黃。風一吹，屋頂的葉子就像黃色的瀑布嘩啦啦流下屋簷。一陣旋風吹來，葉子便飛舞至屋頂的兩、三倍高，化成黃色的漩渦，灑下坡道和麻櫟林。孩子們都開心極了，風勢減弱，葉子落下時，男孩便伸出雙手，女孩拉開圍裙盛接，一邊唱著數數歌，一邊計算圍裙接到的葉子數目。

「一片，兩片，銀杏葉。」數到四片，再一片片丟掉，唱著：「鴛鴦，公雞，銀杏翅膀。」再數四片，像這樣重複，葉子多的一方就算贏。這種時候，好太郎家的類五郎爺常會拿著掃帚，到坡道來掃落葉。可能是擔心孩子們踩在坡道堆積的銀杏葉上，滑倒摔跤就不

31 間為日本傳統長度單位，一間為一點八一八公尺。

好了。

這位類五郎爺在當時是小畠郵局的郵差。二十多年來他不分晴雨，每天揹著郵袋在小畠郵局與高蓋郵局之間往返，曾經被通信大臣表揚為傑出郵差。他都戴著圓頂淺笠，穿著衣領有小畠郵局留白字樣的傳統直筒外衣，挑一根竹擔，前端繫著郵袋，紮綁腿穿草鞋送信。遇到孩子們占據道路遊玩，或貨車馬車堵住去路，便吆喝：

「送信呵，讓路呵，執行公務呵，讓路呵！」

叫對方讓路。孩子們擠到路邊去，跟在老爺子身後起鬨道：「送信呵，讓路呵，執行公務呵，嘿沙沙！」

重松聽見車門關上，接著是發動離開的引擎聲。天色就快暗了。

重松離開麻櫟林子，前往好太郎家，看見簷廊的紙門關著，但玄關紙門打開著。他走進泥土地玄關，只見好太郎坐在木板地邊框上，交抱著雙臂。似乎是送客之後，就一直坐在那兒。

「晚安，今天是芒種呢。」

聽到重松招呼，好太郎吃了一驚似地抬頭。

看到重松，好太郎也招呼：「是啊，今天芒種。」但狀似羞愧地垂下了頭。即使屋內光線昏暗，重松也看得出那神態。來客詢問有關矢須子的種種，逼得好太郎連不願吐露的話都說了出來，累得不成人形吧。重松看出這些，因此為前些日子送的泥鰍道了謝，請他取了萩餅放進大碗後，沒有多說什麼，便打道回府了。

有一股說不出來的糟糕餘味。矢須子就好像成了任人指點的笑柄，令他心疼萬分。既然如此，無論如何都得盡快抄完「原爆日記」才行。必須讓對方看看這份日記，與矢須子的日記做比較。就算只是爭口氣，他也非這麼做不可。重松明白，這股情緒把他給逼急了。

晚飯只吃了簡單的茶泡飯，繼續抄寫「原爆日記」後續。

＊

我沿著人群邊緣走，總算是穿過了東練兵場。

從市區通往練兵場的道路，難民絡繹於途。大部分的人什麼都沒帶，其中也有人用拖車載滿家私財物，上面還坐著孩子。那一家子在混亂擁擠的人潮中進退不得，卻又下不了決心拋棄什物，在那裡吵吵嚷嚷。也有夫妻帶著兩三個大包袱，用曬衣竿挑著行李箱和行李袋。還有約二十名學生排成一列，抓著一條長繩行走，免得走散。

回頭一看，從市區到練兵場大門的路上，人潮隊伍就像一條粗厚的皮帶。

來到廣島車站，東練兵場角落的調車線上的貨車及客車都塞滿了難民，擠得像沙丁魚罐頭。車站附近的客車，車頂上坐著成串的人，吼叫著：「開車！開車！」沒看見站員，感覺火車實在不可能行駛，但難民不絕於後地朝車站湧來。車站建築物不管是窗玻璃、窗框還是門都不見了，外牆處處崩落。我經過建築物旁邊，看見與二樓窗戶同高的外牆嚴重坍塌，缺損的部分勾在粗鋼筋上懸在半空中。經過那底下的時候，我用跑的通過。

來到轉轍機的地方，一名二十來歲的站員不停地扳動裝置，自言自語地說：「沒一樣能動的。」站員沿著軌道跑向與車站相反的另一頭去了。

站前的街道因為火災，無法靠近。我想繞過比治山後面回家，發現比治山上的御便殿不見了。但我不覺得自己走錯了路。就算少了御便殿，比治山還是比治山。

荒神橋因為火災無法通行。我經過大正橋，繞過比治山南側，來到女子商業學校旁邊。這一帶是住宅區，而且似乎都成了空屋，行人亦稀稀落落。感覺一片空蕩蕩，遠處傳來吹螺般的狗叫聲。兩、三名太太站在路旁說話，說水龍頭擰開也沒水，無法洗手。

聽到水，我突然口渴極了，開始覺得喉嚨發痛。仰頭望天，比治山的西側露出部分褪了色的水母雲頭部。我擔心那雲可能會撲向比治山的北側。吹起東風，火災的煙便遮蔽了水母雲，但風向一變，雲又露了出來。

我的錢包裡有一百二十圓和幾枚零錢。如果有人賣水，要我用一百二十圓買一杯水都願意。我想起這種時候可以嚼茶葉生津。我甚至想嚼茶樹的生葉子。我一邊走著，滿腦子只想要喝水，看見公共水龍頭的地方有一只水桶。探頭一看，裡面裝了約七分滿乾淨的水。我兩手撐在洗手台上，上身蓋住水桶，像狗似地一頭栽進桶裡盡情暢飲，如飲甘露。我甚至忘了剛開始喝的時候要先漱口三次這規矩，只是忘情地喝著。水美味極了，瞬間全身一陣涼爽。然而這時我忽然渾身脫力，撐在台上的雙手幾乎軟了下來，我抓住桶緣，雙腿使勁，挺直身體。一塊溼布垂掛在胸前。是三角巾。我連它何時從頭上鬆脫，成了脖圍都沒發現。

開始行走，便開始出汗，全身溼得就像被潑了一盆水。眼鏡起霧了。我停步擦拭，然後邊走邊擦。來到陸軍制服分廠的正門附近時，令人擔心的蒙古高句麗雲已經膨脹成在橫川看到時的五、六倍之大。但已經完全褪了色，僅保留著朦朧的輪廓，就像一團霧。先前雖是那樣駭人的雲，但現在看起來只是那雲褪下來的殼，似乎已經沒什麼大不了的威力了。這時制服分廠裡傳來人聲：「喂，還沒嗎？聯絡防衛課長了嗎？」還有兩、三個匆促往來的人影，我心下輕鬆了不少。

火災令人擔心。不知道哪裡燒起來了，又往哪個方向延燒開來，也不知道自家情況。如果千田町燒起來了，妻子繁子應該會去大學操場避難。我們很早以前便考慮到萬一，如此說定。外甥女矢須子今天和鄰組的太太們一起去古江町了，不必擔心。走著走著，我打算在這附近稍事休息，忽然聽見貓叫聲。回頭一看，有個穿長靴的男子，腳邊有一隻花貓。

「小花，小花。」我呼喚。

貓不理會，逕自往我前面走去，但長靴男子一停下腳步，貓又挨近他腳邊。

「閑間先生！這不是閑間先生嗎？」長靴男子說。

「啊，宮地先生！」

說巧不巧，對方竟是鄰組的宮地先生。

宮地先生從上上個月左右開始，便穿上軍用長靴四處走動，大熱天的卻穿著卡其色的高領衫，到各公司公所詢問有無物資需求。今天他一如往常穿著軍褲，但上半身赤裸，也沒戴帽子。

「你還好嗎？有沒有受傷？」我問。

「糟透了，傷得可慘了。」他說，轉身背對我。

他背部的皮膚從兩肩整個往下脫落，掛在那兒，就像片溼答答的小開報紙。兩手手背的皮膚也脫落了。臉色煞白，但沒有傷。

我以為宮地先生的背是在火災中燒傷的，但他說不是。宮地先生一早就去拜訪住在看得到廣島城天守閣的朋友家，因為路上走得很急，渾身大汗，因此在走進玄關前，準備先脫下高領衫（我猜他應該是去見相好的女人。傳聞說他在外頭有女人）。然而衣服才脫到頭部，突然一道驚天震地的聲響，同時亮起逼人的閃光。他的頭和臉都被衣服包住了，但隔著衣物和閉上的眼皮，依然能感受到閃光的威力。他不記得後來發生了什麼事。回過神時，他正朝著廣島城的內護城河奔跑。天守閣消失無蹤了。城裡的第五師團司令部也不見了。天守閣飛離天守台，掉在約一町遠的護城河邊，整個塌掉了。

「我什麼都顧不得了。」宮地先生腳步拖沓地跟在我旁邊走著說：「我覺得去山邊比較好，走到橫川橋，再走到第二總軍司令部前，結果這隻貓跟著我來了。這是好兆頭還是壞兆頭啊？」

第二總軍司令部在東練兵場北邊。換言之，宮地先生循著和我相同的路線，從橫川一帶逃到了這裡。

我們從制服分廠前面往地方專賣局走去。這裡的屋舍被破壞殆盡。電線切斷，像繩簾般垂掛著，屋瓦門窗等湮沒了路面。貓時前時後地一路跟著宮地先生。

宮地先生的狀況糟透了，整個人搖搖晃晃的，感覺隨時都會倒下。我莫名地焦急起來，撿了根竹竿想給他當枴杖，但想到他手背的皮都脫落了，用枴杖反而不好，又把竹竿扔了。我們只能踩在瓦礫堆上，挪開門窗，穿過垂掛的電線之前，牛步前進。瓦礫一踩就碎成小塊，鞋底滑來滑去，人不停地往前栽。雖然以手撐地免於跌倒，但連要爬起來都費盡辛苦。除了我們兩個以外，沒有半個行人，在一片死寂之中，踩破瓦礫的聲音異樣地響亮。有個大櫥櫃倒在一片碎瓦上，一名年輕女子僅繫著一條入浴穿的腰布，趴在櫃子上，伸出雙腳，一邊的乳房掉了。或許已經死了。花貓應該是執著於長靴的味道，繼續纏著宮地先生，一路跟到前往宇品的電車通行的大馬路來。電車停止行駛了。

來到這裡，街道景觀丕變，滿載傷者的卡車不停地穿梭行駛。也有載著陸軍將校的汽車通過。還有傷者用兩輪拖車載著傷者。步行的眾多傷者很像我在軌道堤防和東練兵場看到的難民，但這裡有許多人以竹竿或木棒當枴杖。這裡聽不太到「救命」的吶喊和尖叫，幾乎沒有傷者跑過。就算跑，也只是加快進鬼門關的速度。難民裡面也有不良於行的人，那人以手操作輪椅手把，輕鬆超越傷者前進，就好像在嘲笑他們。

宮地先生扶著專賣局的牆壁走著，彷彿隨時都會倒下。來到圍牆盡頭後，他說：

「水，給我水。」

接著搖搖晃晃地走進馬路，停在靜止不動的電車旁。我幾乎快昏厥過去，但還是走到電車旁，幾乎是用爬的進去。宮地先生在階梯坐下來。車廂裡，座位角落坐著才剛會走的可愛小男孩、七、八歲的小女孩，以及拿著乒乓球拍、約小學生年紀的小男孩。我拿出急救袋裡的三角巾，披在宮地先生皮膚脫落的紅色肩膀上，將布角在咽喉處打結。看上去像條白色的披肩。

「宮地先生，這裡有面速力達母，要擦嗎？」他搖搖頭說：「可是我想喝水——啊，你看那火災。」他指著天空說。

一道聲勢驚人的火龍捲從市中心竄上高空，形成一條巨大的火柱。火龍捲將市街各地湧出的煙霧及火焰吸到一處，將煙和火絞成了一束，使其化成拖曳著煙霧的雲。火龍捲穿出那片橫雲，周圍噴灑出小火塊及熊熊燃燒的一些東西，就像幻影一般。我看出是被龍捲吸上去的梁柱門檻等東西，著火之後又落了下來。

風向看起來沒變，但有時火焰會覆上建築物屋頂。這一刻火焰像扭成一條的大火繩般延燒出去，下一刻又化成大浪起伏延伸。火舌尖銳的前端敲打著大型建築物的窗戶。

「火舌就像蛇信子。」宮地先生聲音顫抖地說：「爬啊爬地，鑽進窗戶，一下就竄了進去。那裡，開始燒起來的是福屋百貨店對吧？」

福屋百貨店、中國電力總公司[32]、市公所等等，每當大樓遭到火浪襲擊，無數的窗戶便朝著東南方噴火。一般民宅的話，一道火浪可能就能燒掉十幾二十戶。可能是風向變了，一團火焰被吹起，從中間膨脹起來，從紡錘狀變成了球狀火焰，飛向空中。轉眼之間，那球狀的中心破裂，一邊裂開一邊噴火。好古怪的現象。我手撫著胸，也許是驚嚇過度，心跳反而很正常。至於感受，就像是被什麼東西給壓倒了，也像是被吸進地底，或是腦袋整個麻木了。

「閑間先生，我們回家吧。」宮地先生站起來。

下電車前我看了一下，車箱裡的三個孩子不知不覺間離開了。

來到專賣局正門，我從河川另一頭尚未起火的人家之間看到自家棟梁。只有極遠的地方有黑煙。看來屋子倖免於難了。我突然一陣虛脫，一屁股癱坐在地。宮地先生家是平房，所以看不到。

「閑間先生，我很擔心家裡，要先走一步了。火災燒得那麼猛，不知道什麼時候會燒到這裡來。」

宮地先生踩著不穩的步伐過了正門前的御幸橋。（後日附記：聽說隔天宮地先生就過世了。）

我走到御幸橋中間的時候發現一件事：欄杆全不見了。北側的欄杆並排倒在橋上，但南側的欄杆好像都被吹進河裡去了。欄杆是一尺正方的花岡岩，高約四尺，以一間多的間隔一字排開，頂部覆蓋著約兩倍大的笠石。原本橋上立著幾十根如此宏偉的欄杆，現在卻全被吹走、吹倒了。

橋的北側倒著一名男子。不是宮地先生。橋下的水中漂著好幾具屍體。

我依照以前就和家人討論好的，趕往空襲時前往避難的廣島文理大學操場。我們說好在操場泳池旁邊會合。操場在御幸橋四、五百公尺遠的地方，但前往那裡的途中，我一直覺得胸口發緊，彷彿被逃離柵欄的危險猛獸追趕。應該不全是因為急著趕路的緣故。

操場擠滿了難民。我穿過人群，走到池畔，在對岸發現妻子的身影。她揹著背包，膝上蓋著毯子，坐在地上。我掬了泳池裡的水喝了幾口，繞到對岸。我從以前就交代過妻子，說皮包在人群中容易鉤到，所以避難的時候一定要揹背包。如果待在泳池旁邊，即使大火燒過來，也可以立刻跳進水裡，所以叫她一定要去泳池，而妻子恪守了我的囑咐。她的膝邊放著飯鍋和小鍋子。

32　中國指的是日本本州西部的中國地方，岡山、廣島、山口、島根、鳥取五縣。

「有沒有受傷？」我問。

「沒有。」妻子說，一看到我又低下頭去，沒再答腔。

「屋子呢？」

「傾斜了，但沒有倒。」

「有燒起來嗎？」

「庭院的松樹樹梢燒起來了，但太高了，我沒辦法滅火。」

「矢須子應該沒事吧？她去了古江。」

「矢須子應該沒事。」

「會餓嗎？」

「我不餓。」

「鄰居怎麼樣了？」

「我馬上就逃出來了，除了新田家以外，其他都不清楚。」

妻子似乎整個人恍惚得嚴重，為了鄭重起見，我決定回家看看。「妳就在這裡等，絕對不可以離開半步。」我鄭重交代後，回家去了。

松樹的火已經熄了，但電線桿支柱的根部在燃燒。我抓起竹掃帚，把火撲滅。

屋子朝南南東傾斜了約十五度，二樓遮雨窗板和紙門全吹掉了，連一片都不剩。走進和室，玻璃碎了一地，紙門變成了菱形。我從大和室一路看到中和室、小和室，二樓的兩個房間也查看了一下，每個房間的紙門都歪成了菱形，完全扳不動。

從廚房繞到浴室，後面早見家的廚房連同牆壁炸到這裡的浴室來了。浴缸裡堆滿了碗、貝殼勺、筷子、鐵網、大碗等等，脫衣場的牆壁黏著鹹甜小菜、醃漬菜葉、茶渣子等等，就好像一把砸上去似的。木板地上還掉了一片魷魚乾。應該也是從早見家飛過來的。我很想舔個幾口，但魷魚乾是奢侈品，我為自己找藉口，告訴自己「這不是為了口腹之欲，而是為了紀念」，將之收進急救袋裡。

我折回起居間，就口喝掉了茶壺裡涼掉的茶水。我想包紮一下臉頰的燒燙傷，翻了一下醫藥箱，卻找不到半樣軟膏。穿衣鏡倒下來碎光了。我看了一下柱子上的日曆，今天的標語是「不殺敵誓不休」。

6

一大清早，庄吉和淺二郎便提著旅行袋，一身行旅裝扮來訪，問重松有沒有意願三人一起蓋鯉魚孵化池？他們說，除了在常金丸村的孵化場買的青子以外，他們想要一起從毛子開始養，再流放到阿木山的大池塘裡。

「聽說鯉魚從第八十八天開始產卵。」庄吉說：「從水轉溫的時候開始孵化，端看水溫，七月、八月也會產卵。我們打算請常金丸村的孵化場教我們孵化的方法。」

「我和庄吉現在要去常金丸村討教一番。」淺二郎說。

「也就是說，我們要去常金丸村留學。等我們修行回來，再和你三個人一起蓋孵化池。我們已經打定主意了，你的意願呢？你贊成嗎？」

重松二話不說贊成了。

說是去留學，但最長三、四天就可以學成歸來吧。這段期間，重松要繼續抄寫他的「原爆日記」。

庄吉和淺二郎提著沉甸甸的旅行袋，就這樣搭乘早上第一班公車出發了。他們活力十足，完全不像原爆症病患。

重松也鞭策自己，盡快抄寫「原爆日記」。

＊

我走到後院的池塘邊。水面上漂著陽傘和蚊帳。

最近在我們家，每天晚飯後都會在池塘一隅放上板子，擺上日常餐具、飯鍋和其他用品，預備好一旦遇上空襲，只要單手一掀板子，全部的用品都會沉入水中，免於燒燬。妻子繁子似乎是在情急之中由此得到了靈感。我撿起圍牆崩塌的磚塊，壓在蚊帳和陽傘上，讓它們沉入池中。蚊帳是用五升米換來的貴重物品，我放上足夠的磚頭壓下去，確保它無論如何都不會浮上水面。忽地定睛一看，池塘角落，紅豆杉枝椏覆蓋的地方，長約一尺的鯉魚和六、七寸長的鯽魚翻出圓滾的肚子死在池面。萬一腐爛，臭味會沾上其他用品和蚊帳，因此我將牠們撈起來扔在磚牆下。每隻魚的肚腹都異常地膨脹、堅硬。

以前，我借住在網本茂三家的別院時，地震造成崖坡崩塌，池子裡的鯉魚死了好幾尾。

他送了其中一尾約一尺長的黑鯉魚給我，剖開來看一看，發現魚鰾脹得跟氣球一樣，令人驚訝。我想起了這件事。魚類遭受到劇烈的衝擊時，魚鰾的調節功能和神經功能似乎就會麻痺，混合的氣體充斥魚鰾。結果內臟立刻受到迫壓，全身功能停止。

小時候，我們會在故鄉溪流用大鐵槌敲岩石捕魚。這是冬天水位下降時的捕魚方法，要大大地揮起鐵槌，全力敲打岩石側邊。隨著「磅！」一道巨響，冒出鐵腥味來。同時岩石底下會跑出魚來，在水中怔愣靜止。即使伸手去摸，魚也不會跑。是神經功能暫時麻痺了。我想起了這件事。衝擊麻痺了魚的神經。

但是，當時我雖然在横川站內的電車車廂裡，除了看到光球，感覺到爆風，我的身體卻沒有其他異狀。水中的魚類死去，巨大的花崗岩石柱被震飛，牆壁破洞，地面上的人卻平安無事，這實在匪夷所思。比起人類，魚類的皮膚確實對聲音和震動更敏感，但這次的光球是哪一種炸彈？有什麼樣的化學作用？這些都讓我湧出無以名狀的不安。

我在附近走動，東張西望。我去看了對面的野津家、中西家，西邊的新田家、東邊的宮地家、大河內家、須賀井家，但每一戶都沒有人。我也去後巷的人家看了看。鄰組裡面，能島夫妻和吉村太太、宮地太太，還有我的外甥女矢須子一起去古江了，應該沒事。但每一戶都成了空屋，並傾斜超過十五度。剛才一起走上一段路的宮地先生，不管我再怎麼呼喚都沒有回應。中村家已經垮了。

「中村先生！中村先生！」我呼喊，悄然無聲。我側耳傾聽，看看有沒有呻吟傳出，但什麼都沒聽見。屋子（日式房屋）倒得頗為規矩，倒塌的房屋被屋瓦掩蓋，看上去小小的一堆，我更拉大了嗓門喊：「中村先生！中村太太！中村弟弟！」但依舊沒有回應。倒塌的房屋比空屋更冷漠。

鄰組的人好像都去避難了。屋門都開著沒關，就和我剛才一路避難走來看見的人家一樣，沒有任何防盜措施。過去鄰組成員都非常熱心進行消防訓練，然而今天卻派不上半點用場。別說傳水桶、抬擔架了，連監督的人都沒有。感覺過去的訓練就像在玩家家酒，連先前的生活都像是玩具一樣。

「反正這一切全是家家酒，所以反而更要全力投入。聽著，你要好好記住，絕對不能拋下這一切。」

我在心裡告誡自己，折返自家，查看屋瓦剝落的地方。北側的屋瓦全掉光了，南側還剩下約二十片，棟梁上的瓦，以前我自己修補的時候用銅線綁起來的部分只剩下一片。池塘旁邊坍塌的圍牆處壓著長二間多、寬高四寸的木條，牆內掉著三根約九尺長的圓木。一定是木材行的商品飛過廣島大學的農園掉到這裡來了。那表示起碼飛越了七、八十間的距離，嚇死人了。我動員當下的知識，利用這木材與圓木撐住傾斜的自家。據說從物理上來看，撐住屋子的棒子，會頑強地將屋子傾倒的力道頂回去。這些木材看起來堅固無比。

我還想要再一根圓木，從圍牆崩坍的地方往外看，發現一名青年坐在木材上，正在重綁腿上的綁腿帶。是寄住在隔壁家的廣島高等工業學校的學生。

「橋爪，你怎麼了？」我問，對方驚嚇地回頭應：「是。」

「你們家的新田阿姨呢？」我問，青年只是盯著我，說：「是。」

「橋爪，振作一點！」我跨出崩塌的圍牆走出去，「你是從學校跑過來的吧？學校怎麼了？嚴重嗎？」

「校舍倒了。」這名高等工業生聲音空洞地說：「朋友，朋友幾乎都被壓死了。也有人差點被壓死，受了傷。」

橋爪是新田家的親戚，平日是個活潑有朝氣的青年，現在卻整個人失魂落魄。他說得很模糊，所以我也無法完全掌握狀況，但他好像是鑽過桌椅之間，爬出屋頂天花板，設法逃離現場。

「我回來這裡，卻沒有人。」他說。

「那你應該趁火還沒燒過來的時候找一下家裡人。這一帶的人應該都去大學操場避難了。我們家的繁子也在操場。你呢？要去那裡看看嗎？」

高工生應「好」，跟著我一起來。

操場一樣擠滿了傷者和難民。我們穿過人群，走到游泳池畔，看到繁子旁邊坐著鄰組的大河內太太。

「啊，橋爪。」大河內太太對高工生說：「我說，運氣不好的時候真是背到家，實在太可憐了……你新田阿姨和叔叔一起去共濟醫院了。」

大河內太太說她親眼看到新田太太受了傷。她和新田太太站在路邊討論歡送出征士兵的事，突然一道強光，爆風席捲而來，一片瓦片吹來，削掉了新田太太頰上的肉，所以她去了共濟醫院。據說那瓦片就好像被人拋到空中的硬紙板，從遠方呼嘯而來，一眨眼便擊中新田太太的臉頰。大河內太太是東京人，關東大地震的時候在東京遇到那場地震，當時她還是小學生，但非常了解瓦片的可怕。大地震搖晃的時候，瓦片不知怎地被拋到空中，像硬紙板似地射過二三十間的距離。太太說，更何況這次的光球和爆風，不知道在瓦片中注入了多強的推進力。

橋爪開始撲簌簌地掉眼淚，這證明了他總算回過神來了。

「那我也去共濟醫院。謝謝叔叔阿姨。請您們保重。」

他說完後，帶著大河內太太硬塞給他做為餞別的五圓鈔票，離開泳池畔了。

我和繁子左思右想，決定先聯絡宇品的日本通運分店。我們推測，即使外甥女矢須子要從古江坐卡車回廣島，東邊火勢凶猛，愈往東走，傷者數目愈多，車子實在不可能開得到千田町。他們一定會認為千田町也陷入火海了。但領隊的是機敏的能島先生，他一定會避開陸路，坐船從宇品上陸。以前能島先生就說過，如果廣島遭到空襲，他會從宇品搭漁船去草津避難。為此他還和宇品鎮上的釣客和草津的漁夫簽了約，讓他隨時都可以租到漁船。他的準備之周全，令我驚奇不已。

「能島先生一定會坐船去宇品。看看那火勢，他們不可能走陸路，也沒辦法走陸路。但如果從宇品上陸，矢須子一定會先去宇品的日本通運分店。我今天有緊急公務，得在傍晚前去宇品的通運聯絡一聲。這是我今天的工作，矢須子也知道，所以她一定會去宇品的通運那裡看看。」

妻子同意我的推測，我們決定去宇品的通運等矢須子。但矢須子並不一定就會去宇品，因此這算是碰運氣。

繁子對著泳池合掌，默禱片刻。

大河內太太說：

「如果矢須子真的去宇品就好了。我心下實在忐忑難安。」

大河內太太說她和任職於銀行的丈夫說好在這座泳池會合。她與丈夫之間有個大學畢業的兒子，但應召入伍，駐紮在蘇門答臘的巨港。

迫於無奈，繁子在鍋子和飯鍋裡面裝進磚牆碎片，沉入泳池。鍋子滑也似地沉入水中。

「我打算之後再回頭來撿。希望還能再回來。」我說。

「就是啊。那麼，兩位請多保重。替我向矢須子問好。」大河內太太說。

我和繁子從操場走到御幸橋。橋的北端的死屍，眼鼻爬滿了漆黑的蒼蠅。耳朵的部位形成一大片血泊，看不清是耳朵還是一團血。我加快腳步經過，身後的繁子說：

「先回家一趟吧。或許我們不在的時候，矢須子會回來。留張字條給她吧。」

一點都不錯。我為自己的疏忽大意感到懊惱。

折返家中，正在找要貼的紙，這時矢須子突然回來了。繁子蜷蹲在玻璃碎片散落一地的榻榻米上哭了起來。矢須子坐在走廊木框上，背包也不卸下來，頭上包著防空頭巾，不停地掉眼淚。

「喂，不可以搓臉。」我叮嚀矢須子。「手上有沒有沾到煤焦油什麼的？不過幸好妳回來了，我們正準備去宇品的通運那裡找妳呢。」

既然矢須子的父母把她交給我，我就把她當成親女兒看待，萬一這孩子有什麼三長兩短，我實在沒臉面對她的父母。矢須子會來到廣島，責任也在我身上。年輕女人不管在鄉下還是都市，都被徵召到軍需工廠當女工，揮舞鐵槌或削砲彈。我因為在古市工廠任職，遂利用職務之便，為矢須子安插了廠長聯絡員的位置。

矢須子看到我的臉，驚呼：「咦！舅舅你的臉怎麼了？」

「沒事，一點燒燙傷而已。」我說。

矢須子說，能島先生在草津雇了漁船，將眾人載到京橋川右岸的御幸橋下游處上岸。能島太太說要一起回去，但能島先生把她留在古江的娘家，帶著吉村太太、宮地太太、土居太太回來了。能島先生說「我會負起責任，把各位送回家」，與草津的漁夫交涉，雇了漁船。從結果來看，我剛才在操場泳池邊的推測對了一半。

火災的煙霧讓天空看起來就像傍晚。水龍頭沒水，我叫矢須子用池塘水洗手，卻沖不掉污垢。她說是淋到黑色的雨，黏在皮膚上了。那不是煤焦油，也不是黑油漆，完全不知道是什麼鬼玩意兒。我立刻去能島家道謝並詢問狀況，正急著收拾家當撤退的能島先生，手上也沾到了黑雨的痕跡。

「那是毒氣嗎？」我問。

「不，這不是毒氣。」能島先生將攜帶糧食和筆記本塞進背包說：「不是毒氣，聽說是爆炸產生的黑煙在高空和雨滴混合在一起，落到地上。黑色的雨主要下在市區西部。我剛才在那裡遇到市公所衛生課的人，他這樣告訴我，說對人體無害。」

我覺得既然有衛生課的人掛保證，應該不用多慮了。

能島先生說，火災應該很快就會延燒到千田町這裡來，所以他先回家一趟後，又跑回御幸橋下游，要船頭再等他一會兒，以便等一下搭船逃到草津。他就是在忙著收拾東西要走，不過他說如果我們要去宇品那裡避難，可以順道載我們過去。

「真是求之不得。」我喜不自勝地說：「反正這一帶一定也免不了受火災波及。而且我還有公司要務，得緊急到宇品的通運聯絡一下。也可以讓內子和矢須子一起上船嗎？」

能島先生乾脆地答應了。

「大學操場應該不會有事，但這一帶八成免不了燒燬。」

能島先生說，剛才土居太太和吉村太太回家後，很快就去操場避難了。只有宮地太太看到先生留下的字條，趕去吉島町的親戚家。能島先生的消息之靈通，總是令我驚訝。

聽到可以坐船離開，我精神大振。回家之後，我大聲說：「我們要坐船去宇品避難一陣子，能島先生說可以讓我們坐他雇的船。」

繁子和矢須子都開心極了，我們和能島先生一起離開千田町，但是從堤防上的路走到御幸橋下游一看，卻不見船隻蹤影。

「怎麼搞的？」能島先生有些著了慌，咂了一下舌頭。「從潮流來看，不可能從這裡漂到上游去了。會是在更下游的地方嗎？跟我來。」

「是不是那艘半柴油船？」我指著下游一艘船問。

「不是，那艘船進水了。草津的船是三噸半的日本船，船名叫求心號。難不成我被擺了一道？」能島先生說，信步走了出去。

我們跟在能島先生後頭。堤防下的街道，沿著十丁目、九丁目往南走去，房屋傾斜的程度愈來愈緩。屋瓦和玻璃窗的破損程度與傾斜程度並非呈正比。即使是新建的大房子，也有些屋頂嚴重毀損。也有屋頂破了大洞的。

能島先生應該是感到自尊心受損吧，一下子變得寡言起來，偶爾想起來似地連連說：「這下真是沒轍了」、「對你們真是過意不去」、「實在太丟人了」。

提防上有許多難民。因為能島先生走得太急，我喉嚨乾渴，腳也疼痛不堪，實在是跟不上了。繁子看起來也漸漸揹不動背包了。我的背包也變得沉重起來。矢須子的背包看起來也很重。

「不好意思，能島先生，我們要脫隊了。」我毅然停下腳步。

能島先生也停下腳步，表情尷尬得難以形容。

「真的很對不起。」他說：「在這樣的混亂中，卻好像要了你們一樣，真的很抱歉。但結果就是這樣。」

「不，哪裡的話。」繁子說：「那麼，能島先生，請保重。」

「那，因為實在太沒面子，我先走一步了。再見，各位請多保重。」

能島先生舉手碰了一下防空頭巾，一轉身便迅速遠離了。能島先生向來是鄰組最博學多聞、也是做事最滴水不漏的一個，亦以此為傲，卻落得像這樣尷尬道別的收場，這狀況實在太古怪了。

我的喉嚨痛得不得了，從背包取出水瓶，就口喝水。能島先生的背影消失後，我揹上背包，試探地對繁子說：「不過多虧了能島先生，我們才能下定決心撤退到宇品。幸好當時當機立斷。」不管怎麼樣，廣島的火災只會愈燒愈大，能暫時退避到遠處是對的。

宇品的日本通運分店，公司玻璃窗幾乎全毀。杉村分店長問我日本纖維公司古市工廠的現狀，我說我今天上班途中就被迫折返，所以完全不清楚。關於廣島市區的狀況，也只能描述一部分，無法說明全貌。我說出從宮地先生那裡聽來的，廣島城的天守閣被炸到一町以外的事，分店長倒抽了一口氣：「天守閣被炸掉了？」我將古市工廠給日本通運的通知書親手交給分店長，領了收據，並口頭轉達兩、三件機密事項。

在分店長的好意下，我們三人各用了一份以剛煮好的白米捏成的飯糰、黃蘿蔔及鹹甜小菜。這份餐食實在是極盡奢侈。用完飯，向分店長道別後，三人沿著電車路折返。傷者的隊伍絲毫未減。重傷者比上午多了一些，有人肩膀的骨頭幾乎露出來了；有人一腳以木片固定，抱著竹竿當枴杖，好勉強才能以一腳行走；一對男女用門板搬運渾身是血的孩子屍體；還有個女人頭髮被血糊成了塊，臉、肩膀和手也都是血，只有眼睛和牙齒是白的。每回矢須子都驚嚇萬分，說：「舅舅，你看那個人，舅媽，妳看那個人。」「那不是給人看的。我們沒法幫人家，愛莫能助，就別再說了，走妳的路吧。看地上走。」我一再告誡。

回到御幸橋時，我們家的方向已經沒有半棟房屋了。黑煙撫過地面一般，向東爬去。退避到宇品去是有意義的。我們避開餘熱，從大學操場經過無名小橋，進入大學農園，來到自家後院。繁子和矢須子都默默地跟上來。

我們的家不見了。徐緩飄過的煙霧另一頭，只見遠方的樟樹林一如既往地展現出鬱蒼的形姿。襯著這遠景，近景是河堤上宛如垂下黑色鐵絲的柳樹。我一再回望消失無蹤的自家方向。實際上，我回頭看了七、八遍有。

農園的作物燒得一片焦黑，萎靡低垂。田地角落的電線桿燒剩一半，就彷彿插了根大型蠟燭，冒著一尺多的火焰，噴著黑煙。三不五時便有熱風陣陣颳起，使那火焰發出細微的「噗噗」聲響，我們家的遺跡，炭化的木材也倏地冒出紅光來，同時升起煙霧，被風吹散。

「舅媽，今晚我們要睡在哪裡？」矢須子問。

繁子沒答話。

「只能去公司了。」我說：「如果不能去公司，就在河邊或者什麼地方過夜吧。只能這麼做了。」

我們穿過田地，來到河邊。沿著河岸來到千田小學的操場附近時，看見一頭母馬伸出四肢，倒在河邊。大得不自然的腹部被燒得焦黑潰爛，不時膨脹又扁塌下去。母馬微弱地喘氣，就像在證明牠最後一口氣還沒完。走進操場，消防蓄水池裡還有水，我們打溼毛巾，用來在濃煙撲來時掩住口鼻。

我慎重地評估前往古市的公司最短的距離，從比治山橋經過鷹野橋，來到大馬路。每當濃煙被風吹散，福屋百貨店、中國新聞社、日本銀行分行、中國電力總公司、市公所等大樓便露出身影，窗口噴出濃濃黑煙，風向一變，又從另一側的窗戶冒出虛弱的煙。此外，也有些混凝土建築的人家，窗框懸掛在窗邊，或依然燒個沒完，冒著些許黑煙。稍強一點的風吹過，煙霧便會變淡一些，可以看見電車路，以及零星人影。上一秒以為可以看到遠方，下一秒連我們也被濃煙團團籠罩，必須用毛巾掩住眼口才行。約走了半公里左右，毛巾就整個乾透了。

被濃煙包圍太危險，不能前進。萬一不小心踩進火燙的餘燼裡，會嚴重燒燙傷。「危險！別動！」我大聲制止並停步，等待濃煙散去，待視野恢復後，才快步前進。比起行走的時間，停下來等待的時間或許更長。

矢須子大喊：「舅舅！」她似乎絆到了什麼，整個人往前栽。待濃煙散去後一看，她絆到的是緊抱著嬰兒的屍體。我一馬當先，小心翼翼地清除漆黑的物體前進。但還是好幾次絆到死人，或是失去平衡，手撐在灼熱的柏油路上。有一回，我的鞋帶勾到燒了一半的屍體，扯得屍體的腳骨和腰骨在三、四尺的範圍散了一地，害我情不自禁地失聲尖叫，怔在原地動彈不得。

被烤軟的柏油路面黏住鞋底，舉步維艱。這樣的地方有好幾十處。即使重新繫緊鞋帶，鞋子依舊脫落，在分秒必爭的這當口，卻得浪費時間穿鞋，令我煩躁不堪。這樣的情形再三上演。風勢逐漸減弱，濃煙一動不動，呼吸漸漸困難起來。

把妻子和外甥女帶進這片灼熱地獄當中，或許是暴虎馮河之舉。我沒有確信能夠逃出去，但前進的方向不時有人走來，因此我有一半的信心一定能走到對面。我希望最起碼也要讓矢須子脫困。我出於膚淺的小聰明，把矢須子叫到廣島來，好讓她躲避徵召。我對矢須子的責任，和妻子是無法相提並論的。在濃煙籠罩下停下腳步，煙霧與熱度教人難以承受，如果風向不變，便窒悶難當。矢須子發出呼吸困難的尖叫聲，我吼道：

「別動！亂動會跌進火堆裡！地獄只在一線之隔，會燒死的！」

走到鷹野橋時，再過去的東北一帶因為很早就燒光了，煙霧稀薄。右邊隱約可見雙葉山。水母雲已經不見了。

「喂，我們得救了！我們可以活下去了！可以活下去了！」我打氣地說，但她倆都精疲力竭了，完全沒應聲。兩人的眼睛都布滿血絲，紅得就像噴血。但不能停下來休息，我又領頭往前走去。

放眼望去，滿地都是焦炭。無數木頭餘燼仍在悶燒，緩緩地冒著細微的煙。東北的橫川町一帶燒得正旺，烈焰翻騰著衝上高空。

白神社除了石牆以外，什麼都不剩。國泰寺的樟樹，樹幹直徑應該足有六尺，但現在三棵都連根拔倒，燒得透徹，僅留下樹木的外形炭化了，粗大的樹根朝天伸出。一旁赤穗浪士的供養碑全往南趴倒，另一頭淺野家的墓碑林，每一座不是翻倒就是側躺，橫七豎八，一片狼藉。這棵樟樹據說樹齡超過千年，但就在今天，它的一生劃下了句點。

在這裡，柏油路面一樣黏住鞋底，寸步難行。纜線的鉛融化，像水滴似地灑落地面，銀色的鉛粒在行走的路上點點成列。電車路上，高架電纜往軌道方向彎曲，纜線斷裂下垂，我覺得可能有電，不敢靠近。

在這一帶，倒地的屍體少了一些。屍體的姿勢千差萬別，共通之處只有一點：絕大多數都是趴著的。大概占了八成以上。唯一的例外是，白神社前的電車站安全島旁有一對男女屍體，身體仰躺，雙膝立起，手斜斜地伸出。屍體燒得焦黑，一絲不掛，兩人的臀部底下都壓著一坨約兩大碗的糞便。這是其他地方沒看過的情形。頭髮和其他體毛都燒得一乾二淨，僅能憑乳房的形狀等來辨別男女。我實在不懂他們怎麼會以如此古怪的姿勢死去。繁子和矢須子經過旁邊，看也不看那兩具屍體。

我們不斷地看到趴臥的屍體。根據我的逃亡歷程，我推斷應該是受到高溫灼烤、被濃煙包圍，痛苦地趴下，就這樣力盡倒地、窒息死亡。因為我們先前也都在窒息死亡的邊緣徘徊。

7

重松繼續抄寫「原爆日記」。

這個月芒種和蟲祭過去，接下來便是一連串的祭典：十一日有植田祭，十四日是舊曆端午，十五日是河童祭，二十日是竹伐祭。這許多窮酸的祭典，就彷彿象徵著過去的農家清貧但對生活的重視。重松抄寫著，想到那宛如地獄的街道，覺得莊稼人的祭典愈是窮酸，對我們所有人來說，愈顯得彌足珍貴。

＊

走到紙屋町的車站了。這裡是電車的交會處，因此斷裂的高架電桿和纜線交錯垂掛，我覺得可能有電，害怕不已。這裡的高架線平日便常迸射出藍白火花。零星往來的難民也都以匍匐前進的方式鑽過垂落的纜線底下。我來到道路左邊，想要從相生橋前往左官町，但餘燼的熱度實在太高，無法前進。我改為右轉，結果一道熱浪迎面撲來，燙得我連連後退。那股熱氣足以令人畏縮不前。而且靠近洋樓的時候，燒剩的窗框化成了大火炭，嘩嘩掉落下來。

只能走馬路正中央了。高架電桿斷得七零八落，不可能還有電，但纜線交叉相觸，感覺會發揮出電力的詭異性質。其中一條垂下的纜線底下，有三具男女焦屍。我們也是男女三人。

「喂，妳們跟在我經過的地方鑽過來。絕對不要碰到電線。我會把線撥開。如果我倒下了，只能抓我的衣服，不可以碰到皮膚。聽到了嗎？要抓我的褲管把我拉出去。」

我模仿其他難民的做法，用木棒將纜線左右撥開，該趴下的地方就跪地爬行，該匍匐前進的地方就匍匐前進。

「喂，妳們也學那些人，用毛巾裹住左臂。手臂要撐在地上，用毛巾包起來保護。」

我們總算順利穿過，三人對望。繁子毫髮無傷，但矢須子毛巾沒包好，左臂遍布擦傷，時不時便需要匍匐前進。看起來很痛。

繁子和矢須子一起在路邊的石頭坐下，用面速力達母和三角巾替矢須子的手臂包紮。我忽然注意到，這裡是大牟呂家的門前。

「喂，這石頭好像是大牟呂家的造景石。」

大牟呂家聽說是可以追溯到江戶時代的世家。當家是撚紗的化學研究家，擁有三家紡織工廠，是一名資產家，也精通古董書畫。這一年來，我為了請教纖維產品方面的問題，多次拜訪這裡。大牟呂家擁有古色古香的典雅庭院，屋舍氣派宏偉，現在卻燒得一乾二淨，主屋和土倉庫原本的位置，都成了遍地碎瓦的沙原。繁子和矢須子坐的造景石，一定是從邸內被炸出來的。雖是石頭，但經過烈火焚燒，也脫了一層皮。

「這石頭是花崗岩，在今早以前應該還裹著一層青苔。」我說。

「大牟呂先生那裡，家人都無人倖免嗎？」繁子說。

慘絕人寰，全化成一把灰了。庭院原本是池泉的位置變成一片凹凸不平的黑色泥土，隆起的土堆旁，倒著三棵化成焦黑殘骸的大松樹。最粗壯的樹幹旁，奇妙地挺立著一根嵯峨石的細長方柱。為什麼只有這根石柱沒有倒下？

以前大牟呂先生提過，這根石柱是好幾代以前的祖先立的，高約一丈餘，從頂部下來約二尺五寸的地方，刻著一個「夢」字。據說這刻字是出自一名高僧手筆，但在這樣的狀況下，也談不上什麼風流或瀟灑了。

繁子和矢須子兩人都面無血色。我的喉嚨乾到幾乎要黏成一團。走路的時候，眼睛會微微抽搐。

來到西練兵廠入口了。堤防西邊的草全燒光了，一片光禿。樹木似乎也炭化了，雖然還有枝椏，但一片葉子也不剩。師團長官宿舍、臨時陸軍醫院、護國神社和廣島城的天守閣也都消失無蹤。

我的眼睛痛了起來，邊走邊壓著眼皮按摩。那是一種隱隱的、有東西卡在裡頭的痛。繁子和矢須子恢復了一點精神，討論起已經不見蹤影的水母雲的大小、形狀、顏色、腳的形狀，以及動作等等。我覺得是腦袋過度充血，所以眼睛才會痛，因此叫矢須子對我做小孩子流鼻血時的治療方法：從後腦勺拔下三根頭髮。這下眼睛的疼痛便緩和了一些。

好像下過雨。西練兵場化成一整片沙原。我想起在電影《摩洛哥》看到的廣大沙漠。即使在電影銀幕中，沙漠亦彷彿散發出沙子的香氣，沒有半點人類的腳印。但這片練兵場的沙地散發出熱風，飄散著煙臭味，有幾行腳印往山的方向走去。沙子很細，因此可以看出遍布著蠶豆大小的洞穴。散落的報紙上也形成無數蠶豆大小的黑斑。是被黑雨淋過的痕跡。我知道水母雲的腳是驟雨，但完全沒想到竟是如此巨大的雨粒。

沙原西邊的角落掉著好幾顆黑色球狀的物體。一開始我看不出是什麼，但靠近一看，發現是一團團馬口鐵。似乎是被爆風捲上天空，經灼燒變軟後，在風吹之下捲成了一團又落下來。好像是被大火龍捲吸上去，在裡面團團打轉，被搓成了丸子狀。

我回望那片沙原。只有一個穿襯衫和長褲的男孩，襯衫被風吹得敞開，露出整個肚子，往山的方向快步走去。這孩子大喊：「喂——！」朝我們揮手。我不解其意。

我們向北走去。護國神社的堤防邊，一名哨兵將步槍豎在地面。走近一看，士兵背靠在堤上，雙眼圓睜，原來是死人在站哨。看領上的階級章，是陸軍一等兵。貌似三十七、八歲，以士兵來說，算是老兵了，但相貌品格不凡。

「啊，簡直就像木口小平[33]。」

繁子說。其實我也想到木口小平的故事，卻斥責繁子說：

「呿，不可以亂說。」

這一帶靠近炸彈投下的地點。廣島城的西角，也有一名似乎是外送的青年，提著外送盒，人跨在自行車上，就這樣靠在石崖上死掉了。這名年輕人瘦得像蟋蟀。防空演習訓練時都會教導，遇到炸彈落下時，必須不停地吐氣。哨兵和外送青年，都是

33 木口小平，戰死於中日戰爭的日本陸軍士兵。木口小平是軍隊中的號兵，據傳死後仍不肯放開軍號，其事蹟被寫入戰前日本的小學修身教科書中，成為家喻戶曉的英雄人物。

在炸彈爆裂的瞬間正好在吸氣嗎？我不懂生理機制，但如果在吸飽氣的時候遇上爆風，肺臟和心臟會受到壓迫，當場暴斃嗎？

我們正在堤防前稍事休息，巡查部長佐藤進叫住我們。「啊！看到您沒事，真是太好了。」我說。「咦，你的臉受傷了。」佐藤先生說。我暫時離開繁子和矢須子，和佐藤先生站著聊了幾句，他說他任職的中國總監府的大塚總監被壓在倒塌的自家屋子底下，活活燒死了。

我不知道佐藤先生從警察署調轉到中國總監府，也不知道有總監府這個單位，真是糊塗。佐藤先生告訴我，由於近來敵軍攻勢日益猛烈，日本為了防備本土決戰，設立了地方總監府這個地方政府組織，以便在本土遭到敵軍截斷時，各地方能夠獨立戰鬥下去。因此備後地方[34]的工廠和小學都存放了戰時物資。

聽到這話，我說：「『戰爭正要開始』的標語，指的就是這件事呢。」佐藤先生說：「也就是要推行超過半世紀以前的富國強兵政策的大方針。不過，如果說這就是富國強兵政策的末路，是有語病的。畢竟我們從小就接受這樣的教育。這是我們的宿命。」

佐藤先生說，中國總監府設在廣島文理大學內，管轄中國地方五縣，總監大塚惟精是一名富有武士風範的人。當那顆散發烈光巨響的炸彈落下時，總監人在上流川町的總監官舍，就這樣被壓在屋子底下。夫人勉強爬了出來，但總監無法逃出。夫人束手無策，結果總監一再地說：「我早有赴死的覺悟，妳一個人快逃吧！」由於火勢已近，夫人迫不得已，只好獨自逃生。

「後來總監被燒成了白骨。真是太慘了。我則是在火勢威脅下，四處逃亡。」佐藤先生說，眼眶噙淚。佐藤先生平日說起話來極為豪邁，下垂的眉尾讓他看起來和善開朗，但這時的他雙眼充血，神情看起來無比凝重。

走上堤防一看，三篠橋中間不見了。我改變計畫，沿著堤防往下游走，準備渡過相生橋。右邊堤防下的草叢裡倒著無數屍體，河裡也一具接著一具漂來。有的原本卡在岸邊柳樹根，被水沖走，轉了一圈，露出臉來；有的在水面載浮載沉，一下露出上半身，一下露出下半身；有的在河邊柳樹下漂流，舉起雙手就像要抓住樹枝，讓人懷疑是不是還活著。

遠遠地可以看到有個女人橫躺在堤防上的路中央斷氣了。走在前面的矢須子一邊喊著「舅舅！舅舅！」一邊倒退，哭了出來。靠過去一看，一個年約三歲的小女孩打開屍體的洋裝胸口，摸索著乳房。我們靠過去，小女孩便緊緊地捏住雙乳，一臉不安地看著我們。

34　備後為日本古時行政地區名稱，指廣島縣東部。

我們愛莫能助啊！我只能這麼想。我們盡量避免驚擾小女孩，輕輕地跨過屍體的腳，往下走了約十公尺。那裡的一塊草叢裡，也倒了四、五具女屍，一個五、六歲的男孩蜷蹲在其中，就像被屍體團團包夾。

「喂！快點過來！鼓起勇氣跨過來！」

我高舉雙手呼喊，繁子和矢須子都跨過了屍體。

來到相生橋橋頭，有輛運貨的牛車，車夫和牛頹坐在電車路上死掉了。貨台的繩索被解開，貨物被搬光了。

在這裡，河面也不斷地有屍體漂過來，頭撞在橋柱上，轉了個方向。那情狀令人不忍卒睹。這座橋中央隆起約一公尺，宛如浪頭的高處，一名金髮白人青年趴在上面，雙手抱頭斷氣了。橋面變形，呈現波浪狀。

來到左官町、空鞘町一帶，一望可知，火舌已經燒遍了整片街道。形形色色的屍體散亂各地：有的人只有上身燒成白骨，有的除了一手一腳外全燒成白骨，有的趴伏著，膝下燒成白骨，有的只有兩腳燒成白骨，散發出異樣的惡臭。我幾乎快吐出來了，但沒有辦法避開這股惡臭。

寺町看不到半間寺院了。只剩下碩果僅存的土圍牆，以及枝椏被扯下、露出內側樹皮的老樹等等，有寺町第一大寺院之稱的本願寺消失無蹤。自餘燼升起的煙霧詭異地翻過崩倒的圍牆，低低地爬過河面，消失在對岸。

橫川橋對面，火還在燒。在風勢助長下，對岸烈焰衝天，熾熱無比。我完全不想靠近。我們前進的路線，在這座橋完全斷絕了。弓狀的鐵橋，建材直到離岸四、五公尺的高度整個變色，立在草原上的橋墩台旁邊，一匹馬頭部到背部整個燒傷，站在那裡，渾身不住地哆嗦，看似隨時都會倒地。就在那匹馬旁邊，趴著一具上身半焦的屍體。下身是完整的，穿著軍褲以及帶馬刺的長靴。馬刺顯現出純粹的金黃色。如果是軍人，又是金色馬刺的話，那是只有將官級的軍官才能穿的馬靴。這位軍人是趕到馬廄，來不及放馬鞍就把馬騎了出來嗎？這匹馬似乎平時就受到這位軍人格外寵愛，不知是否心理作用，馬兒儘管看似隨時都會不支倒地，卻似乎捨不得離開馬刺長靴軍人。西傾的夕陽毫不留情地扎在馬兒燒爛的皮膚上，不知道該有多痛，而牠又不知有多麼地愛慕長靴軍人。然而儘管心痛不已，我卻只覺得驚悸莫名。

我們只能涉水渡河。靠岸的地方有長草的沙洲，卻不連續，因此無法全走在草叢裡。我們踏進河流，朝上游走去。水深至多及膝。我們應該走在廣瀨北町一帶。在無水的沙地，水咕嘟咕嘟地從鞋子裡流出來。我正覺得水漏光比較好走，沒想到鞋裡進了沙，痛到讓人幾乎跛腳。

在水裡走路反而輕鬆，因此我涉水而過。碎石沙洲的地方，有人雙手撐地在喝水。我靠近也想要喝水，發現那人不是在喝水，而是臉埋在水裡死掉了。

「這條河裡的水有毒嗎？」

矢須子說出我內心的疑慮。

「不知道，不過或許最好別喝。」

我繼續在水中走了起來。

從街區吹來的煙霧逐漸淡去，右邊變成農田，我們攀著半倒的石崖爬上了岸。來到稻田邊緣了。我們沿著田埂走向電車道，發現到處都是倒地死去的男女中學生。似乎是從作業場零零散散地逃過來的。也有一般平民。一名中年男子橫躺在田埂上，衣服胸口溼了一大片。似乎是喝了滿肚子稻田裡的水，不知是一陣鬆懈，還是頭暈目眩，就這樣斷氣了。我們跨過這具屍體繼續走，隨著田埂左右曲折，來到一處茂密的孟宗竹竹林。這應該是種來採筍的竹林，底下的雜草清理得很乾淨。總算來到一處蔭涼的地方，我們全都坐了下來，一語不發。

我卸下急救袋，解下防空頭巾，脫了鞋，仰躺在地。覺得身體好似化掉不見了一樣，人一下就昏睡過去了。

也不知道睡了多久，喉嚨乾到發痛，我醒轉過來。妻子和矢須子也枕著手臂躺在旁邊。我趴在地上，從妻子的背袋裡取出兩公升水瓶喝了。完全就是甘露。水居然如此美味？珍惜地飲用的愉悅，伴隨著一種驕傲感。我應該一口氣喝了兩百毫升有。

妻子和矢須子也醒了。太陽西傾。妻子默默地接過我手中的水瓶，舉起雙手，閉上眼睛津津有味地喝著。應該也喝了約兩百毫升。妻子默默地遞給矢須子，矢須子也默默地以雙手舉起瓶子。她一口一口地喝，每次把瓶子倒過來，氣泡便往上升，水顯而易見地愈來愈少。我看著，希望矢須子能留下一些，她喝到剩下約兩百毫升，放下瓶子。

妻子從背袋取出當做便當的小黃瓜，打開鹽包。小黃瓜有半面變色泛黑了。「這是哪裡買的？」我問，妻子說：「今早翠町的村上太太拿來的。」

她說村上太太今天一大早就送了三條小黃瓜和十尾小魚乾過來。因為前些日子，妻子送了一些鄉下娘家送來的番茄給村上家，這算是回禮。今早妻子把小黃瓜浸在水桶的水裡，擺在池塘邊。是照到爆炸時的光而變色了。

「這值得細究一番。我從大學操場回家的時候，看到蓑蛾在吃霧島杜鵑的葉子。小黃瓜烤焦了，蓑蛾卻活得好好的。」

我邊想邊拿小黃瓜沾鹽巴吃。

會不會是浸泡著小黃瓜的水面發生了某些物理變化？是光與熱在水桶內側反射增幅，造成小黃瓜變色了嗎？我將蚊帳沉入水中時，探頭看池塘，突出水面的霧島杜鵑的夏芽上有蓑蛾。牠們勤奮地啃蝕嫩芽。搖晃那樹枝，蟲子便縮回蓑袋裡，我撿起碎磚回來一看，牠們又爬出來吃個不停。新芽沒有變色，蓑蛾的蓑袋也沒有烤焦，對比之下，是不是光與熱碰到金屬，產生了化學變化？或者是蓑蛾及霧島杜鵑在炸彈發光時，被房屋或什麼給遮住了？廣闊的田地裡的稻子似乎就受到光的影響了。感覺明天左右就會變成黑色的。

我在竹叢旁邊的溝渠洗了毛巾，擦拭右臉頰和脖子，並一再清洗。擰乾了又洗，擰乾了又洗，不斷地重複著這看似無意義的行為。我覺得現在的我能夠掌控的，就只有擰毛巾這個動作。左臉頰陣陣刺痛。溝渠中有一群蜻蜓，那一窪水的旁邊，生了一叢石菖蒲，彷彿在訴說著這處樹蔭是安全的。

竹叢深處飄出煙霧。我納悶是怎麼回事，走進去隔著竹子一看，一群難民用青竹和樹枝搭了小屋，正在用飯盒燒飯。他們似乎是住家被燒燬了，無處可去，正在為過夜做準備。

我豎起耳朵聽那些人說話。他們說，國道沿線的人家，每一戶都門窗深鎖，拒絕難民進入。可部線的三瀧站前面有家雜貨店，不知何時有個女難民闖進屋內，死在壁櫃裡。雜貨店老闆把屍體拖出來，發現屍體身上的衣服是該戶女兒的夏季盛裝。老闆生氣地剝下衣服，沒想到屍體連襯裙和底褲都沒穿。應該是遇到火災，全身赤裸地逃到這裡來，但因為是年輕女子，比起水和食物，第一個先偷了蔽體的衣物。今天的這種炸彈，也會投到廣島以外的城鎮嗎？日本的軍艦和軍隊到底在做什麼？希望不會發生內亂——難民們議論紛紛。

我從竹林裡悄悄折回，說了聲「走吧」，收拾東西。腳趾刺痛不已。「走吧。」我再次催促，但妻子和矢須子都不應聲。她們似乎已經疲累到了極點，但我厲聲催促「走了，出發了」，兩人終於不情願地起身收拾。

每跨出一步，腳趾便一陣刺痛。痛到幾乎要跳起來。兩人也喊著痛。仔細想想，我已經走了十六、七公里路，妻子走了九公里多，矢須子應該走了八公里左右。

我們邊走邊吃炒米。把手伸進妻子提的布袋抓出一把放進口中，邊走邊嚼，炒米便漸漸糖化，變得甘甜。這比水或小黃瓜更要美味。看來邊走邊嚼比較好。古時候的旅人會以炒米做為攜帶糧食，原來自有它的道理。嚥下之後，再從布袋裡抓出一把放進口裡。這玩意兒外表樸實無華，但我在心中感謝送這些糧食過來的妻子的娘家。

國道上，難民稀稀落落地走著。就像在竹林裡聽到的，沿線人家把所有的門窗都關上了。有大門的人家關緊大門，裡面也有人關上門後，還在門外堆上半燒焦的稻草束。不知道是不是經過的難民燒的。

不管再怎麼走，沿線人家都沒有一戶開放的。異於市內，這裡沒有熱浪，吹著涼爽的風，田裡稻浪陣陣起伏。山本站北側的天主堂的神父們提著擔架，飛快地朝市內奔去。裡面有我平日通勤去公司的路上，在可部方向的電車裡經常見到的中年神父。這個人遠遠地落後提著擔架的其他神父，氣喘吁吁地從另一頭跑來，擦身而過時，他瞥了我一眼，點了點頭。我招呼：「辛苦了！」

總算走到山本站了。再過去電車仍在行駛。電車客滿了，但我們設法擠進了車廂。我一動也不能動，慢慢地用肩膀推擠著近在鼻頭的行李。那行李是個年約三十、面容姣好的婦人揹著的白布包，但看起來不像行李。我用手輕輕一摸，摸到像人的耳朵的形狀。布包裡面好像是個小孩，但怎麼這樣揹呢？人擠成這樣，會被活活悶死的。太荒唐了。

「不好意思，太太。」我悄聲對婦人說：「裡面是您的孩子嗎？」

「對。」婦人亦以氣若游絲的聲音說：「已經死了。」

我心頭一驚。

「這樣啊。不好意思推了他。」

「沒關係，車子裡很擠，彼此擔待些。」

婦人晃動肩膀調高布包，低下頭去，下一秒卻發作似地哭了起來。

「是爆炸的時候。」婦人抽抽噎噎地說：「吊床的帶子斷了，孩子砸在牆上死了。屋子也燒了，我用蓋被把他包起來揹著逃出來。我想把他帶去飯森的娘家，葬在墓地裡。」

哭完之後，婦人的話也停了。我不願再多說什麼。

老鷹在電纜上飛舞，油蟬鳴叫聲四起，國道旁的蓮池裡，小鸊鷉忙碌地游著。這幕平凡無奇的光景，現在看起來卻罕異極了。

發車的喊聲傳來，上不了車的人喧鬧了一陣。電車頓了一下，停止，又頓了一下，再次停止。

「怎麼了？到底要不要開啊？」吼聲響起，結果開始有人在車子裡演講起來：「各位，國鐵的墮落已到了如斯地步。國鐵汲汲營營於搬運黑市物資，輕侮乘客……」然而這回電車順利地動了起來，鏘啦鏘啦聲變大，演講無疾而終。

8

電車軌道與可部方向的馬路平行，路上有許多無精打采的行人，以及用兩輪拖車載走的難民。所有的人都往可部去。載著我們的電車裡超過了幾百名這樣的人，但突然間，某些故障讓電車戛然停止了。

「喂，搞什麼?這裡不是車站啊!所以才說國鐵墮落!」

有人罵著，下車去了。

那人從電車軌道走到馬路，重新揹好網狀背囊，頭也不回地往可部走。是一名看起來很健康的中年男子。

電車遲遲沒有再開動。車子裡擠得像沙丁魚罐頭，動彈不得，悶熱得不得了。

「喂，國鐵!到底是要開還是不開!不開我也要下車用走的了!」

車廂裡傳來這樣的聲音，似乎有人爬窗出去了。從我站的地方看不見，但好像接著又有三、四個人爬窗離開了。似乎走掉了十二、三人，車廂裡因此稍微寬敞了些，我也依序從車廂連接處將半個身子擠進車廂。妻子和外甥女完全進入車廂內。用白布揹著死嬰的女人站在兩節車廂之間。

車掌在窗外邊走邊喊：「各位乘客，電車故障，請稍待一會兒。」結果又有三、四個人從車窗離開了。疑似一家子的一群人也彼此攙扶著爬出窗外，對車裡說：

「請抱一下孩子。」

然後接過車廂裡的人從車窗遞出來的小孩。

也有人分開人群離開。這下車廂裡真的寬敞了，原本沉默不語的乘客有一搭沒一搭地彼此攀談起來。每個人都在談今天轟炸的事，自顧自地說著自己的見聞。因此即使綜合所有的人的話，也看不出災害的全貌，但我根據自己的記憶，記下我所聽到的。

站在我右邊，用繩子將防空頭巾吊在肩上的四十開外男子，臉部左半邊燒燙傷，皮膚整個脫落了。傷勢比我嚴重太多了。眉毛也燒掉了。他的眼睛異常凹陷，凹到讓人覺得就是因為這樣才能倖免於難。

男子頻頻瞄我的臉，說：

「你是在哪兒受傷的？」

我說在橫川站。

「我住在福島橋一帶，剛走出防空壕就被炸了。」男子說。

男子說，他去防空壕拿忘在那裡的香菸火柴，才剛走出來，迎面就是一道亮得刺眼的光，四下頓時落入一片漆黑，什麼都看不見了。他活動手腳，發現可以正常活動，因此他幾乎是摸黑來到屋子正門。他不記得是用爬的還是用走的了。不知不覺間，視力恢復，看見整個家都塌了。他覺得是遭到炸彈直擊了。他讀小學的女兒和妻子疏散到可部去，讀市立高等女學校的長女一早就去市內房屋拆除工地的中島本町了。他很擔心女兒，想要趕過去看看，在福島橋前面遇到從對面跑來的一位叫與田的人。「啊，與田先生！」「你們家怎麼樣？」「倒了。我擔心我女兒，要去中島本町的工地看看。」「不行、不行，市立高等女學校的學生全死光了。你該逃不逃，怎麼偏往火海去？」「不，我要去！」男子和與田道別，想要趕過去。但他沒能去成。因為他想去的方向已經陷入一片火海。

「不行，不行，快逃吧！」與田拉扯他的手，他只好拋下一切，一起逃向己斐町。

與田是在天滿町的自家遇到轟炸，外表雖然沒有受傷，但嘴巴在流血。男子要他張口，發現兩顆門牙不見了。與田說他感覺手腳冰冷。「你是在哪裡撞到牙的？」男子問，與田說：「沒撞到，是牙被吹走了。很奇怪，血怎麼也止不住。」

已斐町有與田的親戚。兩人去了那裡，在臉頰的燒燙傷抹上菜籽油治療，這時與田的堂弟衝進屋裡來，他的背部受了嚴重的燒燙傷。他說是在天滿町遇到轟炸的。背部整個潰爛，就像火雞的雞冠，皮膚像片油紙般掀了起來。「一定很痛吧？」與田說，堂弟說不痛，但如果太乾燥，皮肉會受拉扯，感到陣陣刺激。除了塗抹菜籽油以外，也沒有其他治療方法了。

眼睛凹陷的男子說完後，說：

「怎麼回事呢？我也不覺得痛。」

「我也一點都不痛。」

如果我們的燒燙傷是滾水或火焰造成的，起碼會痛到呻吟個兩、三天才對，然而卻只有過度乾燥時會覺得刺激而已。只憑這一點來推測整體，是過於魯莽了，但從我和眼睛凹陷的男子的例子來看，會不會是燒掉的皮膚底下的神經被強大的熱量麻痺了，因而失去了痛覺？乘客裡面，為了燒燙傷叫疼的人，似乎都不是受轟炸時的高溫所傷，而是在此外的火災受傷。（後日附記：據說也有人因轟炸造成的燒燙傷而感到劇痛。）

站在我附近的乘客說了聲「抱歉」，對著窗戶嘔吐了。他似乎察覺到又會再吐，去到車廂連接處。這個時候，覺得快拉肚子的乘客也都聚集到車廂連接處了。先爬出車窗的人，可能也是腹瀉頻頻吧。我也有點腹瀉症狀，但從早上算起，大概是三小時一次而已。眼睛凹陷的男子也說他大約每隔三小時會腹瀉一次。妻子和外甥女說她們沒有這種情形。

我懷疑是不是痢疾一口氣爆發了，但凹眼男子說應該不是傳染病，是轟炸的影響。男子說，人類和動物暴飲暴食，或是吃到不好的東西，就會透過嘔吐和腹瀉這些生理現象，將之排出體外。此外，當身體疲倦，消化功能無法正常運作時，也會將食物排出體外。對照這些條件，沒有一樣符合，但遇到轟炸的人卻有許多人出現腹瀉現象。看來是對人體有害的物質從皮膚滲透到體內，造成器官不適，引發消化不良。腸胃裡的黏液應該會將這些有害物質隨著食物一起排出體外吧。

「體內的各個器官就像機器的零件一樣，嚴絲合縫。所以如果想拉肚子，就得讓它徹底拉個夠。如果明明想拉肚子卻硬是忍耐，會讓體內的零件失常。」

凹眼男子說。

原本坐著的少年把座位讓給站在凹眼男子旁邊的老太婆。少年大約是中學三、四年級的年紀。

老太婆應該是覺得感謝或好奇吧。儘管少年不願搭理，她卻頻頻攀談，想要他描述遇到轟炸時的狀況。有點太死纏爛打了。結果少年似乎動氣了，一口氣說了出來。情節大致如下：

當光球爆炸時，少年人在家裡。他感覺到刺眼的光，接著是轟隆巨響，因此他想要衝出屋外，但這時房屋倒塌，他昏了過去。清醒過來時，他被壓在屋梁還是某些粗木材之間，他的父親正努力挪開木頭。父親鼓勵地說「振作點」，試著以圓木撬起夾住少年的腳的木頭。火勢已經逼近，燒到倒塌的自家來了。父親說：「喂，快點把腳拔出來！」但少年的腳踝被木頭夾住，動彈不得。火勢從三個方向逼近而來。父親張望四周，說：「不行了，沒救了，原諒我，我要走了，原諒我！」下一秒便丟下木頭跑掉了。少年大喊：「爸，救我！」但父親只回頭望了一眼，便消失無蹤。少年心灰意冷，整個人軟在木材堆裡，但腳踝的束縛突然消失了，他從木材堆裡爬了出來。

就像魔術環一樣，少年神奇地脫勾了。他沿著馬路跑向沒有火災的地方，奔進三瀧町的伯母家，發現父親在那裡。不知幸或不幸，父子竟以這樣的方式重逢，伯母似乎也無言以對。父親滿臉羞愧。少年跑出那裡，跳上現在坐的這輛前往可部的電車，要去投奔亡母的娘家。

少年說完後，眉頭深鎖，噤聲不語了。老太婆端坐在座位上，垂下頭去，一語不發，就好像挨罵了似的。那是個六十歲、氣質高雅的老婦人，頭上以「大姊式樣」包了條手巾。

看得到馬路的窗邊座位，有對三十歲左右的女人和五十開外的男人。女人穿著白底十字紋襯衫，以及布料粗硬的黃色束口褲。人有些富態，一雙眼睛頗為秀美。男子穿著印有家徽的麻料襯衫，似乎是用曾祖父輩的和服重新縫製的，底下是相同布料的束口褲，腳上是橡皮靴。兩人的家應該有保存過去流行的和服的習慣。

「咦，那不是幸夫嗎？」

穿家徽襯衫的男子對女子說。女子聞言，叫住馬路上的一個孩子。男孩約莫小二或小三年紀。

「幸夫！喂，幸夫！你要去哪？你不坐電車嗎？怎麼不上車？」

男孩停步看這裡，沒點頭也沒搖頭，又慢吞吞地往前走去。

我看見那孩子手上提的消防水桶寫著「中廣町第三班」。應該是炸彈掉下來的時候反射性地拿起水桶，就這樣一直提著吧。

「喂，幸夫，這班電車要去可部。幸夫，你要去哪裡？」

女子探出車窗喊，卻得不到反應。

「走掉了。他提著那水桶要去哪？」麻料襯衫男子說。

車廂裡話聲此起彼落，但麻料襯衫男子的聲音我卻聽得特別清楚。男子說了類似指責轟炸時廣島市公所的防衛課怠忽職守的話。說防衛課的職員沒有將遭到轟炸後的受災情況報告給師團司令部[35]。

從麻料襯衫男子的口氣聽來，他不僅是對官員，對軍人亦抱持著反感。

「就在兩、三天前，我在火車裡看見一幕，猶如軍人與平民之間的感情縮圖。」

兩、三天前，這名麻料襯衫男子搭火車從山口回廣島，車廂上人滿為患，一名陸軍中尉卻脫了長靴，躺在座位上，簡直橫行霸道到了極點，卻沒有人出聲指責，來驗票的車掌亦裝作視而不見。不久後，火車抵達德山，一名乘客將飯糰剁成兩半，各別丟進軍人的長靴裡，

35　作者注：但後來昭和三十年八月六日出版的柴田重暉著《原爆的真相》中如此敘述：「原子彈落下當天下午，野田防衛課長根據戰時各項計畫，想起必須向第五師團司令部報告以市公所為中心的受災狀況，遂派出傳令員。當然，當時他做夢也想不到受災範圍遍及整個廣島市。後來傳令員回來了，回報內容卻是：『司令部不見了。』『什麼叫不見了？』『什麼都沒有了。』『怎麼回事？』『不知道。』雙方有了這樣一段問答。傳令員並報告，司令部周圍的護城河——師團司令部設在舊幕府時代的內護城河裡面，天守閣旁邊——填滿了燒死的軍人，防衛課長這才察覺這場戰災非比尋常。」家徽麻料襯衫男子應是一知半解。此外，該書作者柴田後來因原爆症過世了。

若無其事地下車了。結果另一名乘客抓起兩隻長靴搖晃，將米飯搖進鞋尖處，也下車了。即便正值缺糧時期，乘客仍搖晃長靴，以使這寶貴的犧牲發揮更大的效果。軍人睡得不省人事。在一旁看戲的乘客們也都冷笑著看著軍人的睡相，但幾名乘客害怕受牽累，走到其他車廂去了。軍人在大竹一帶醒來，因為廣島就快到了，他起身套上長靴，戴上軍帽，挺起胸膛，忽然表情一陣古怪。他似乎發現不對勁了。軍人連忙脫下長靴，看見襪子上沾滿飯粒，突然大聲咆哮起來……

女人用手肘推麻料襯衫男子，要他住口。但男子應該是想裝模作樣一番，對比鄰而坐、看似商家老闆娘的女子攀談：

「不好意思，請問您要去哪裡避難？」

老闆娘迫於無奈，點了點頭，說沒地方可以去。丈夫是工人，死於戰爭，小叔也戰死了。親弟弟上了戰場，她無依無靠。唯一一個就讀小學校二年級的兒子，也在今早的轟炸中從梯子上摔下來死掉了。

女子住在以前的飯館土圍牆外的連棟賃屋。石榴樹的枝椏伸進牆裡，今年結了五、六顆石榴。剛好從疏散地的鄉間回來的小兒子今早回去之前，搬來父親留下的梯子，放在石榴枝下。女子好奇他要做什麼，只見兒子爬上梯子，逐一把嘴巴湊近石榴，小小聲地叮嚀：「要等到我下次回來，不可以先掉下來喔。」這時光球炸開，驚天動地一聲響，同時爆風席捲而來。土圍牆倒塌，梯子掀倒，孩子被圍牆的瓦片還是土塊結結實實地一砸，當場死亡。

去年，石榴伸進牆裡的枝椏結了三、四顆石榴，但還沒轉紅就全掉光了，所以孩子今年才會向它們打氣，要它們平安長大。孩子應該是想要教導石榴，但一想到這裡，更教人心酸不已。

貌似商家老闆娘的女子說完後，潸然淚下。

綜合車廂內乘客的意見，有人說閃光亮起的瞬間，發出「碰」的一聲，也有人說是「嘩」或「唰」的聲音。就我自己的感覺，那難說是「碰」的聲音，比較像「唰」的聲音。

爆炸地點應該在丁字橋附近。以此地為中心兩公里以內，或更大的圓周以內的人，都說沒聽到「碰」的聲音。

身在四、五公里遠的人則說，看到刺眼的閃光，數秒後聽見了「碰」的聲響。我猜想可能是風壓的聲音或是爆炸聲。人們說這聲音響起的同時，玻璃窗玻碎，整棟屋子搖晃起來。

因爆炸而出現在中天的積雨雲，我看起來像是水母狀的大怪物。在近距離和遠距離看到的形狀應該不同。乘客當中也有人說是蕈菇狀的雲。

我覺得電車停了快兩小時，但我問身上有錶的人，說只停了三十多分鐘而已。這段期間都沒有想要腹瀉的感覺，可見得電車其實並沒有停上太久。幸虧我在抵達工廠前，都不必擔心腹瀉問題。

到了古市的工廠，廠長和領班都為我們平安抵達開心不已，請我們到會客室。淚水止不住地流，莫名地泉湧而出。女員工用臉盆和水桶打了井水過來，守衛拿來更換的全套衣服。我擰乾毛巾擦拭身體，但臉盆的水不管更換多少次，都是一片黑濁，因此我就此打住，換掉一身髒衣。妻子和矢須子去廚房那裡了。

我進入辦公室，向廠長報告廣島市的受災狀況，雖然天已經黑了，我還是去工廠查看。玻璃窗幾乎全碎光了，但建築物和紡織機都沒有異狀。軋棉和打棉廠間的玻璃也破了，但其餘一切正常。我去廚房查看，廚房裡不像平常那樣蒸氣瀰漫，因為蒸氣都從飛掉的換氣扇口流出去了。我問廚工有無異狀，她說只有疊放在架上的盤子掉下來，摔破了幾只。

我前往員工宿舍，看到玻璃碎片被掃到一處，堆在走廊角落，用舊報紙蓋起來。女員工裡面有人正從壁櫃裡取出行李打包。

我詢問舍監，她說從廣島市內通勤的人裡面，重傷者姑且不論，輕傷者都給假讓她們返家。各課的課長和主任都擔心家人，去了廣島，除了工人和守衛以外，只有廠長和領班還留在這裡。他們說這下子工廠暫時沒法開工了，但這也是無可奈何的事。不過實際上每個人一定都和我一樣，害怕著下一波空襲。

9

六月三十日是尾道港的住吉祭。小畠村也會在此時請來住吉大神，舉辦流放燈籠的祭典，以祈禱不會發生水害。祭典中，會準備象徵春夏秋冬四季的四尊白木燭台，點燃蠟燭，放入溪谷的水潭裡。根據信仰，燭台在黑暗的水面旋繞得愈慢愈好。譬如說，倘若寫著「秋」字的燭台迅速流出水潭，便代表秋季可能發生洪水。

這天重松正在燒洗澡水，郵差送來一封寄給外甥女矢須子的速達信件。矢須子剛好去新市町辦事了。寄件人是山野村的青乃源太郎。他就是向矢須子提親的青年，但這是他第一次不透過媒人，直接聯繫矢須子。信封文字寫得極工整，讓重松覺得是個好兆頭。

「這封信就擱在矢須子桌上吧。不知道對方寫了些什麼，但既然會寫信過來，代表本人有那個心意吧。凡事就得這樣才行。」

重松把信交給妻子繁子，丟下洗澡水的柴火，進了房間。他得快點完成「原爆日記」的抄寫工作。他連放燈籠的活動都沒去湊熱鬧，努力抄寫。

＊

【八月七日　晴】

醒來的時候，朝霧從沒有玻璃的窗戶飄進來，撫過臉頰。霧非常濃。右臉和左臉感覺到相同的霧氣濃度，我心想或許是燒燙傷的左臉頰恢復知覺了。妻子和矢須子早已經起床了，床上是空的。

吵鬧的人聲穿透霧氣而來。「喂，卡車，還可以再塞進一兩個人吧！」「拖拖拉拉什麼，都五點半了！」我聽見吼叫聲。昨晚入睡以後，似乎有大批傷者從廣島來到了這裡。昨晚廠長宣布，會讓工人裡面輕傷的各自返鄉避難，因此今晨不到五點，便出動兩輛卡車，展開救護工作。卡車要載著避難者和行李到古市車站，如果車站裡和路上有我們工廠的重傷員工，就載回來。

我想要從床上爬起來，但肩膀和兩腳痛到幾乎就像要被扯下來。儘管我確實疲憊萬分，但這痛很不尋常，連從仰躺翻成側躺都艱辛無比。我想到一個法子，右手抓住褲子臀部往旁邊拉，讓身體側翻過去。接著蜷起身體，翹起屁股，手肘撐床，慢慢地推起上身。腰痛的人就是這樣起身的。一肘撐在床上，另一手推床，直起身體。這時撐在床上的手，動作就像跳日本舞踊的人趴地起身的動作。我猜想，日本舞踊的創始人會不會其實飽受腰痛之苦？

總之我可以彎腰駝背地站起來了，便一手扶窗，一手扶腰，總算挺直身子。身體一使勁，腳趾便陣陣刺痛。一動就痛到宛如踩在針山上，但也不能不動。我扶著窗，來回走了幾趟，鬆弛肌肉之後才放手。總算能走了。幸好昨晚我是和衣入睡，令我深感倒頭就睡的好處。但肚腹陣陣抽痛起來。

樓梯我是倒退著爬下去的。體重分散在四肢，輕鬆許多。就連嬰幼兒也知道要這樣下樓梯。

上完廁所後，肚腹的疼痛消失了，肩膀和腰部的痛楚也減去不少，但一走動，腳趾還是痛到差點整個人跳起來。

來到玄關口，救護工作似乎相當順利，再送走二十人就告一段落了。眾人將背包和大包袱放在石階底下，等待卡車折返。其中一人說：「是我發現的！那是我發現的！」突然便衝進廣場，撿來從天空飄落的紙片。

「那是什麼？五圓還是十圓鈔票嗎？」有人問。

但那只是一張廢紙，是燒剩的樂譜殘片。應該是小學職員室還是某戶人家被昨天的空襲炸毀，樂譜一面燃燒一面飛舞，在虛空中徬徨了一天一夜，終於落下了吧。除了五線譜以外，還印刷著歌詞：「櫻花啊櫻花，在三月的天空……」廠長拿起來端詳，說：「真是太慘了。」把那張紙揣進褲袋裡了。

卡車來了，最後一批難民七嘴八舌地向廠長道別：「請保重。」卡車駛離時，廠長也揮手說：「不殺敵誓不休！保重！」但如今再喊這些空疏的口號，也毫無助益。

離開去避難的人共計二百五十人左右，不全是輕傷者，有地方投靠的人，全都自行避難去了。這是富士田廠長英明的決定。結果留在工廠的，只有重傷無法行動的人、負責照護的人，以及從以前就住在宿舍的人及其家眷。這些約有一百餘人。

家人在廣島市內，自己一個人住宿的人，不僅無家可歸，也無從尋找家人。他們只是驚慌失措。我聯絡工務部，請他們裁切寬三寸、長六尺的木板，寫上這裡的避難地點，豎在各自燒燬的自家廢墟處。就算一個人一塊，也只要十五、六塊就足夠了，但有名中年職員說也想豎在叔叔阿姨燒燬的家，要自己裁切追加的三塊。工務部一名叫上田久作的人說，用不著調資料來看，那名職員根本沒有叔叔阿姨。上田久作特地跑到辦公室來向我打小報告，離開之前說：「若是繼續推行大東亞共榮圈的理想，只會不斷地讓年輕男丁犧牲，戰爭寡婦增加，物資分配不均，弊害叢生哪。」儘管腳趾作痛，我還是追上上田久作，警告他：「不要散播這種煽動戰敗心態的內容。」但嘴上這麼說，我倆的戰敗心態早就都寫在臉上了。

午飯後，我正在整理避難者名單，一名男工人跑過來說有一名重傷者過世了。工人姓野野宮，年紀五十開外。

「他痛苦得就像發了瘋，吐了一堆黃色的水，突然就斷氣了。」他說。

死者是五十歲的外勤人員，據說是昨天早上從廣島市內的住家正要出勤的時候遇到轟炸。他的臉變灰腫起，但視力和聽力都很正常。

我聯絡工務部，請他們緊急打造棺材，並吩咐一名姓藤木的工人帶著通知書去町公所請示該如何處理遺體。同時也請野野宮跑一趟，去請醫生和和尚。

後來兩人回來，報告說町公所形同關閉，別說討主意了，連死亡通知書都不肯收。醫生那裡也是，說去廣島找孩子了，另一名醫生則是出門去診療重傷者了。和尚則說有三名信徒過世，分身乏術。兩人說，不管前往任何地方，都求助無門。

我茫無頭緒，去找富士田廠長核計。這時出外辦事的守衛回來，說河岸到處都是火葬的煙。據說是火葬場人山人海，根本排不上號。

當然，此時是非常時期中的非常時期，死亡診斷書、火葬申請書這些繁文縟節根本因應不及。古市町這裡與廣島市，管理戶籍等資料的公所單位不同，因此就連平時，手續辦理起來都頗費時間。但事關屍體處理，還是不得不求慎重。由於不能我們自己專斷獨行，廠長派了庶務課的人到街上去詳查一番。廠長年紀與我相仿，但也許是因為算是半官半民的身分，比一般官吏更熟悉法律規章。他精通英語，比起實務，更長於理論，聽說他的畢業論文主題是自動精紡機的創始人理查·羅伯茲這位發明家。

庶務課的人回來後，說連警察都同意在河岸焚燒屍體，說這是情非得已。主要理由是基於衛生觀點。換句話說，就算有人過世，也無人開出死亡證明。即便開了死亡證明，也沒有地方受理。在這炎炎盛夏，屍體很快就會腐爛。火葬場又人滿為患，緩不濟急。因此事不宜遲，只要有屍體，不管是河邊還是山上，總之找塊遠離人家的地方燒了就是了。

廠長尋思片刻，說：

「也不能土葬吧。要土葬還是火葬，這向來是政治家該決定的事。我們應當遵守國家方針。我們公司的死者，也在河邊沙地上火葬吧。」

接著他以有些裝模作樣的嚴厲語氣對我說：

「但是閑間，不能只是燒了就算了。斷氣了，就抬去燒了——如果這樣，不覺得太對不起死者了嗎？我不相信靈魂不滅那一套，但總覺得應該恭敬地送別死者。如果有人過世，閑間，你就替和尚給他們誦個經吧。」

我窮於回答。就算是廠長命令，我也不會誦經。

「這我實在做不來。」我說，廠長便說看來往後也將有不少死人，叫我找一家寺院，將火葬時和尚誦經的內容筆記下來。不僅如此，廠長還特別吩咐，說廣島人多是真宗信徒，叫我筆記真宗儀式中的經文。

「廠長，很抱歉，但我還是必須婉拒。就算抄了筆記回來，我也沒辦法超渡亡魂。在佛教這方面，我完全是門外漢。」

「那你說，誰又有能力超渡亡魂？專家和門外漢都是一樣的。外行人給死者誦經，又不是外行人給病人開藥，不會觸犯任何法令。不過如果你不喜歡真宗儀式，禪宗還是日蓮宗都無所謂。或許得辛苦你一些，但還是得要你執行這個命令。」

我不再反駁，將防空頭巾吊在肩上，做好正式訪客打扮，並向廠長借了雙舊布襪穿上，以減輕腳痛。我也準備好名片和筆記本，趿上廚房的夾腳平底鞋，上街去了。

我知道古市町有幾間寺院。我拜訪其中一家，據說這裡有位以優秀的成績從宗教大學畢業的年輕和尚，結果是個老太婆出來招呼，說住持被徵召加入曉部隊[36]了。接著我拜訪有老和尚及雜務和尚的真宗寺院，結果老和尚因為年老體衰，臥床不起，雜務和尚去主持葬禮了。應門的是個看起來有些魯鈍的中年婦人，她轉達我的來意後，領我到老和尚臥床的房間。

那是間約十六張榻榻米大的和室，兒童用的白色蚊帳裡躺著老和尚。薄薄的蓋被僅微微隆起，幾乎可以說是平的。紙門全數敞開，配置著嶙峋岩石的枯山水庭院，地上長滿了南瓜。

老和尚聽我說明詳情，聲如細蚊地對坐在一旁的中年婦人說：

「喂，去拿《三歸戒》，還有《開經偈》、《讚佛偈》，《阿彌陀經》和《白骨御文章》[37]。」

婦人起身到隔壁房間取來經文。

「把那些拿給這位先生看。」老和尚說。

老和尚聲音細微，但婦人依言向我展示經文。

這五部經典是木版印刷。我著手抄寫，老和尚要婦人扶他起身，跪坐起來。膝蓋完全是皮包骨。

「真是辛苦你了。聽說廣島夷為平地，這實在太駭人聽聞了。這些種種，簡直教人無言

36　日本陸軍船舶部隊。

37　《白骨御文章》指淨土真宗本願寺派第八代宗主蓮如所留下的法語第五帖第十六段，為其中特別有名的部分。

以對，可悲可嘆啊！」

聲音變得扎實了些。我停下抄寫的手，望向庭院，但一看到紅色的南瓜，淚水突然奪眶而出。

我不懂經文的意義，但字面帶有節奏。《三歸戒》的開頭是「自歸依佛，當願眾生，體解大道，發無上意……」，《開經偈》是「無上甚深微妙法，百千萬劫難遭遇……」。《白骨御文章》則是優美的日文，抄著抄著，彷彿沁入心胸。

「葬禮的時候，安藝[38]的門徒依《三歸戒》、《開經偈》、《讚佛偈》的次序誦讀。接著是流轉三界的《阿彌陀經》，這時參加葬禮的人會上香。然後是《白骨御文章》，但不是對著死者，而是對參加葬禮的人誦讀。」

為了示範，老和尚以意外扎實的聲音背誦了《三歸戒》和《開經偈》。我依著老和尚的誦經聲，在自己筆記的文字旁記下發音。老和尚也為我背了《白骨御文章》。

房間裡極安靜，鴉雀無聲。我沒有超渡死者的力量，但想要起碼懷著供養的心，誦經回向。我覺得必須誠心誠意誦經才行。安靜的房間氛圍激發出我這樣的意念。

從寺院回工廠的路上，我看著筆記本預習誦經。我一讀再讀，臨時抱佛腳地下苦功。

回到工廠，已經準備好要出棺了。約三十人在員工宿舍鋪榻榻米的休息室集合，棺木安置在表演及演講用的低舞台上，拿玩具水桶臨時湊和地放了灰插香，還用一升[39]容量的酒壺插了楊桐枝[40]。富士田廠長西裝筆挺地進來了。

即將誦經之前，我換上工人藤木借給我的西裝外套。坐到棺木前，我覺得肌肉有些緊繃，但看著筆記開始誦經後，便不再在乎在座的人了。但也不到無我的境界，應該是恍恍惚惚的狀態。我念錯了兩、三個地方，誦完了《三歸戒》與《白骨御文章》，轉向眾人行禮。「辛苦了。」廠長說。眾人也七嘴八舌地說「辛苦了」、「謝謝」。我覺得臉頰熱燙起來，如坐針氈，穿過眾人之間，回去辦公室了。

不一會兒後，有人來通知又有人過世了。我聯絡工務部請他們做棺材，結果又接到人死的消息。入殮之後，我去誦經，覺得似乎進步了一些。

接近傍晚的時刻，已經死了三、四個人。來通知第一、二個人過世的消息時，還會說「閑間先生，不好意思，麻煩您來誦個經」，但態度漸漸隨便起來，變成「閑間先生，要葬禮了，請來一下」。不知不覺間，我也覺得這樣的態度讓我輕鬆許多。

---

38 安藝為日本古時行政區名，為現今廣島縣西半部。
39 升為日本傳統容積單位，一升為一點八〇四公升。
40 在日本，楊桐（榊）枝用來供奉在神壇和佛檀上，亦用在神道教儀式當中。

沒有木材可以做棺材後，就必須直接對著屍體誦經了。雖然面部覆上白布，但死人特有的變色的四肢完全露出，否則就是包裹手腳的布滲出赤黑色的血。根據儀式，原本應該要等屍體入殮之後才誦經的。只要我無法擺脫這樣的觀念，對著屍體誦經時，就容易失手出錯。但因為我是看著筆記朗讀，才不至於出大錯。

廠長逗我，說要布施我。這只是玩笑話，也就罷了，但死者的家屬或照護的人真的有人包了錢要布施給我。

「別這樣。」我把錢推還回去，有人一本正經地說：「如果您不收，死者不能瞑目。」

女職員似乎輪流來聽我誦經。有三個人請我讓她們抄寫《白骨御文章》。我問她們抄了要做什麼，有人說「文章很棒」，也有人說：「我想要背起來。——我先或人先，今日之事何如，明日之身莫知……我想要把這後續的內容背起來。」

誦經期間，這樣的訪客是無所謂，但遇到來傾訴轟炸當時情況的人，就教人頭痛了。說著說著，會漸漸地被拖進當時的情境之中，毛骨悚然，令人想要拔腿逃離。那該說是厭惡還是害怕？我找不到恰當的形容，總之只想逃避。無可避免就是會陷入這樣的心情。

傍晚天色暗下來後，我走到看得到廣島的二樓房間。和過往不同，看不到半盞燈火。只有東邊一戶民家亮著燈光，顯得形單影隻。這樣的燈火，直教人灰心喪志。索性一片漆黑，反而更讓人心情平靜，不是嗎？

一整天都是葬禮。

【八月八日　晴　酷暑】

昨晚開始換地方住。從富士田廠長借住的人家，轉移到一丁遠的民宅裡，老爺子獨居的別院。

早上，簷廊傳來叫我的聲音，把我吵醒了。起床一看，是一個姓宇田川的工人。「昨晚走了兩個，請盡快過來。」他說完便匆匆回工廠去了。他們完全把我當成了和尚，口氣卻不若對和尚那樣恭敬。

也沒什麼好準備的。我洗了臉，用了早飯，前往工廠，借來工人的西裝外套穿上，就這樣而已。葬禮方面也毫無準備。誦完經後，馬上就抬到河邊去燒了。起初我暗自發誓要誠心誠意誦經，但這天我實在不能說是全神貫注。

抵達公司宿舍一看，過世的是昨天火葬的工人的長女。聽說她在廣島天滿町的自家遇到轟炸。

死者的母親受了燒燙傷，全身膨脹，似乎已經神智不清。死者有個妹妹，看起來雖然沒有受傷，卻失了魂似地張著嘴坐著那裡。我對這妹妹說「請節哀」，她只應了聲「嗯」，表情不變。沒有哭，也沒有激憤的樣子。

死者穿著破爛的白襯衫，仰躺安放著。隆起的雙乳之間，放了兩、三支似乎是田裡採來的雜草。黃色的小花枯萎，彷彿依偎在乳房上哭泣，格外令人哀傷。我誦讀完《三歸戒》，接著要讀《白骨御文章》時，聲音哽住了。

誦完經後，一名工人對死者的妹妹說：「要送姊姊去火化囉。」妹妹說「嗯」，微微搖了搖頭。母親一動也不動。結果沒有半名親人送葬。

幫忙葬禮的人將死者搬到草蓆上，放上兩輪拖車出發。我跟在後面。

河邊的沙地，兩岸都變成了火葬場。無論上游下游，處處都有煙霧升起。有些燒得很旺，有些燒剩的還在悶燒。

我跟著的拖車停在河堤上，兩、三名工人去找地方燒。

往上游走去的一人喊道：「喂！這邊的洞火熄了，好像也已經撿完骨回去了！」「那就去那裡燒吧。」眾人從拖車搬下死者抬過去。

洞穴裡有兩塊直徑約一尺的石頭。將屍體放到石頭上，把用兩只舊木桶拎來的煤炭堆在底下和旁邊，木柴和舊木箱立放其上，也堆積在屍體上。頭部和面部用刨下來的木屑覆蓋，兩邊豎起木板。最後再以浸了水的稻草和草蓆整個覆蓋起來，這樣就準備完畢了。

捲起的草蓆縫隙間可以看到女孩的頭髮和額頭。也能看到她色如礪石的面部。眾人都蹲在沙上，一名工人站起來說：「誰來點火吧！」我誦讀完《三歸戒》，不等點火就離開了。

從堤防望過去，沙原上到處是挖出來的洞穴。大部分的洞穴都有骨頭，尤其骷髏頭特別顯眼。燒完後覆蓋骨頭的灰，似乎都被河風吹走了。有的骷髏頭眼窩瞪著天空一角，也有的看似咬牙切齒，死不瞑目。

「以前的人，說骷髏頭是荒野曝屍。」

我在內心說。

有些只有頭部和腳燒成白骨。有些洞穴赤紅的火舌若隱若現。我想起另一個死人，在口中誦著《白骨御文章》，從堤防上的路走了回來。我可以不用看筆記，從頭背到尾了。

10

隔天重松也繼續抄寫「原爆日記」。是八月八日的後半部。

＊

回到工廠的路上，我一路背誦《白骨御文章》，然而法語中的教誨卻無法沁入心胸，火舌爬過屍身的景象就像白日夢一樣，在眼前不停地閃現。來到辦公室玄關口時，我發現自己渾身大汗。

進入一樓辦公室，裡面沒有人。去廠長的辦公室一看，炊事主任和女廚工在木兼坐在廠長對面的椅子上。

「啊，閑間，辛苦了。」

廠長聽完我送葬的報告後，說在木兼照顧的傷者充田高過世了，要我在葬禮上誦經。

充田高這名婦人是個黑市商人，向來都從廣島市內過來這裡，賣些蛤蜊、小魚給工廠廚房。她在前天的空襲中遇到轟炸，臉部和雙手都受了傷，今早來到這裡的工廠廚房投靠在木兼。在木兼和充田高並沒有血緣關係，但聽說高嫂總是用比一般黑市商人低廉許多的價格賣東西給廚房。我依著兼嫂說的，將高嫂的身分抄寫在記事本上。如果要為工廠以外的人辦葬禮，應該記下該人的姓名住址、身分、家屬的名字，以供日後查詢。但兼嫂也不是那麼清楚高嫂的來歷，結果成了以下不完全的備忘：

【故人充田高的紀錄】

住址——廣島市水主町，住吉神社附近的巷弄。年齡——四十八、九歲。身高——約五尺一寸，身材胖碩，平時相當健康，門牙上下有四、五顆是鍍鉻的假牙。

死因——轟炸造成的燒燙傷。面部及雙手都燒爛了，左手皮膚脫落剝離。轟炸瞬間正好要脫下防空頭巾，因此頭髮倖免於難。

充田高抵達敝工廠時的狀況——昭和二十年八月八日上午八點左右，充田高搖搖晃晃地走進廚房，說著：「兼嫂，水、給我水，水……」兼嫂從那聲音聽出是高嫂，用鋁杯盛了水給她。那張臉完全看不出是什麼人。高嫂喝了水，接下來便奄奄一息，叫她也答不出話來。

兼嫂拿手探高嫂的胸口，只能隱約感覺到心跳。應該是在上午十點左右嚥氣的。

高嫂的家人——據高嫂以前來賣東西時閒聊提到，她的丈夫在滿洲事變[41]時病死在軍中，唯一一個兒子進了山口縣柳井町附近與軍方有關的特殊學校。那裡到底是什麼機關，高嫂平日都避而不談，但兒子在那裡就讀，似乎是她這個母親唯一的驕傲。

高嫂過世以後，照顧的人找到的身上物品——大皮革束口袋裡有九張十圓紙鈔、十二張五圓紙鈔、二十二張一圓紙鈔，銅板有三圓四十九錢。一條舊手巾、一只人造皮革夾，裡面是穿著陸軍上士軍服的丈夫照片，以及穿短袖襯衫的兒子照片。（以上根據炊事主任及在木兼口述。）

高嫂身上的財物，以及皮革夾裡的月票及兩張照片，在富士田廠長、炊事主任、在木兼、閑間重松的見證下，存放至廠長辦公室的保險箱，由廠長在帳冊記下「廣島市水主町充田高寄存一百七十五圓四十九錢整」。（閑間重松記）

一百七十幾圓這筆錢，應該是充田高去收購要賣的蛤蜊魚類的一天的本錢吧。或者也有可能是她全部的家當。這筆錢照理應當寄去給高嫂的兒子，但高嫂在水主町的家已經燒掉了，必須聯絡她住在山口縣柳井町附近的兒子。

「我說，廚房大嫂。」廠長說：「說到柳田町附近的學校，那不是培訓人操魚雷的地方嗎？那裡是軍事機密機關吧？那裡的兵舍叫什麼？」

「廠長先生，我實在也不知道。」在木兼沒把握地說：「賣蛤蜊的黑市大嬸說那是軍方機密，不可洩漏，只說是一種特殊學校。而且火車經過那一帶時，都會把車窗拉上，保密防諜做得可透徹了。」

「可是火車的廁所窗戶卻是開的。」禿頭的炊事主任說：「什麼保密防諜，都只是做做樣子罷了。虛應故事，根本沒那個心。」

廠長避開爭論，對廚工說：

「總之，那個賣蛤蜊的黑市大嬸的兒子，將來要執行人操魚雷任務。無庸置疑，是為國犧牲，英勇赴義。他的母親在我們這裡過世的話，必須予以厚葬才行。也得請閑間誠摯地為她誦個經。廚房大嫂，我這話不錯吧？」

「當然了，廠長先生。真是太感謝您了。還有，勞煩閑間先生幫忙誦經了。」

在木兼應該平日就很喜歡賣蛤蜊的黑市婦人。也許是為了讓我更誠心地誦經，她說當黑

41　即九一八事變。

市婦人的兒子要進入柳井那處類似學校的機關時，也替他縫了一針千人針[42]。在祈求武運昌隆的日之丸國旗上的簽名，也以笨拙的字寫上「在木兼」幾個字。

我渾身膩汗，但聽到葬禮已經準備好了，便借了工人的西裝外套穿上，前往宿舍大廳。死者仰向安放在木板上。臉和手腳都用床單包紮起來，整個人像個大布包，但我只覺喉嚨抽緊，無法順利發聲。一定是因為頂著烈日走回來，連水都沒喝的緣故。一部分也是因為才剛聽完死者的生平吧。死者在生前沒有制止兒子志願進入人操魚雷的學校嗎？戰爭會麻痺一個人的判斷能力。我誦讀的《三歸戒》從頭到尾聲音沙啞，到了《白骨御文章》，更是聲如細蚊。但我離開死者身邊時，擔任臨時喪主的在木兼還是感動萬分地說：「閑間先生，太謝謝您了。」

我去洗手間喝了水，用溼手巾用力擦抹全身。但用布蓋住燒燙傷的左臉頰沒辦法擦拭。我覺得好像一塊溼黏的布貼在傷口上。自受傷以來，我便完全不感到痛，因此蓋了塊布以後就沒再理它，不過既然擦了汗，我想順便包紮一下，取來急救袋，對著洗手間的鏡子端詳。

撕下固定的膠帶，輕輕地除下布塊。燒焦的睫毛結成一團黑色球狀，就像燒焦的黑色毛線。左邊臉頰整面變成泛黑的紫色，燒過的皮膚變形皺縮，一層又一層貼在上面。左側鼻翼化膿了，凝固變硬的膿底下似乎冒出新的膿水。在鏡中看著左半邊的臉，我驚駭自己的臉竟變成這樣，悚然心驚，覺得鏡中的模樣更陌生了。

捏起發皺的皮膚邊緣，輕輕拉扯，有點疼，讓我覺得果真是自己的臉。我這麼想著，接二連三撕下那些皺皮。就像是拔掉搖搖欲墜的牙齒時，雖然痛，但仍然繼續左右扳動，享受著那痛的過程，是類似這樣的快感。我將起皺的皮膚大致上都撕掉了。最後用指甲前端捏起鼻翼凝固的膿塊，膿塊從上方開始剝落，整塊落下，黃色的膿水滴到手腕上。

我不知道化膿是正在惡化還是好轉。總之我將化膿的部位及傷處用清水洗淨，再於化膿的地方灑上自家調配的藥粉，左臉頰整個用布蓋住，貼好固定。藥粉是家鄉的工匠傳授的配方，主藥是韭菜。那名工匠說，這對切割傷及化膿特別有效。

時間近中午了。我回去暫住的地方用餐，但爬坡的時候腳格外疼痛，結果變成躡手躡腳般的動作。來到坡道轉角，我停步仰望，發現妻子繁子正從崖上俯視著我。

「看你輕手輕腳的，好像很難受。要不要拄個枴杖？」

繁子說，拿了一支近身戰用的竹槍過來。她說是剛才屋主太太做給他們的竹槍。

42　千人針是源自於日俄戰爭時期的一種護身符習俗，據信請一千名女子在白色布塊上各縫上一個結，讓軍人佩帶在身上，即可保佑在戰場上刀槍不入。

我拄著竹槍，讓繁子攙扶著爬上坡道，覺得這模樣簡直像江戶時代敗逃的起義農民。這時我第一次發現繁子的頭髮燒焦了。

「妳的頭髮什麼時候燒焦的？」我問，她說好像是六日空襲那時候。

午飯是攜帶口糧的炒米，配菜是菜籽油炒味噌。此外就只有櫻花茶，但在我們家的飯菜裡，這已經算是數一數二高檔了。

繁子說，她也是今早才發現自己的頭髮燒焦了。六日早上，空襲警報都解除了，卻還是聽到爆炸聲，因此她從廚房窗戶探頭看天空。瞬間一道強烈的閃光掠過，待她回神時，人已經趴在木板地上了。「好像是被那時候的光燒焦的。」一會兒後她站起來，環顧廚房，東西散落一地，走出後門一看，磚牆也坍倒了。好像也有地方起火了。

繁子心想大事不妙，衝上二樓想要瞭望情況，但玻璃窗碎光，紙門扭曲，庭院的松樹樹梢和旁邊的電線桿變壓器都熊熊燃燒著。市公所的方向升起漫天濃煙。到處都冒著黑煙。看起來火災正不斷地擴大。繁子心想必須盡快逃生才行，第一件事就是望向祭祀的柱子，上面應該掛著安放祖先牌位與神社護符的袋子，卻不見蹤影。她也看了隔壁房間的柱子，但空無一物。

繁子無奈，只得收拾其他東西。將餐具、寢具、蚊帳、鞋子等拿到庭院，準備沉入池塘裡，結果一看水面，收著祖先牌位和神社護符的白色布袋浮在上頭。一定是從房間裡被吹到這裡的。繁子將袋子撿起來放進背袋，把拿到庭院的東西一樣樣扔進池子裡，也去了防空壕，拿磚牆碎片堆在出入口。這時，隔壁新田家傳來求救聲。

繁子趕到新田家，發現新田先生腋下受傷，太太的面部受了重傷，模樣淒慘。她撕開千人針的布，緊急包紮，取來擔架，結果對面的野津太太也受了重傷，正在求救。繁子丟下擔架，拿手巾緊急包紮。受災狀況非常嚴重。中西家、早見家、須賀井家、中村家，繁子發現鄰組成員每一戶或輕或重都有人受傷，只有自己一個人毫髮無傷，四處奔走。但她一個人沒辦法抬擔架。

一會兒後，在通信部隊擔任上尉的野津先生領著士兵回家來，帶著太太不知道撤離去哪裡了。新田夫妻說要去共濟醫院，兩人以血淋淋的慘狀彼此攙扶著離開了。

繁子折回家裡，又把一些家當搬進防空壕，然後前往大學操場避難了。

繁子的描述中，有一處不管是從物理學還是常識來看，都無法解釋。我們住的家，爆風是從北往南通過。庭院的樹木和房屋、屋內的門窗等等，都是往南或西南方傾斜，然而只有收藏著祖先牌位與神社護符的袋子，是從南朝北北西，飛過室內約八公尺、室外約五公尺後，掉進池子裡，浮在水面上。這太不合道理了。但也可以像這樣解釋：布袋從室內吹向南方或西南方，又因為風壓的反作用力，被吹回了北北西方。

【八月九日】

昨天用完晚飯後，攜帶口糧也告罄了。

從今天開始，我必須從公司食堂拿吃的回去。早飯由繁子去要來，午飯則是矢須子去要來，但用午飯的時候，繁子和矢須子發起牢騷。應該是兩人說好同時發難吧。她們說，要菜要米也就罷了，但去要人家煮好的吃食，光吃卻什麼事都不做，教人內疚難安。昨天還可以幫忙救援難民，今天起卻無事可做，實在沒臉去要吃的。今天廠長交代矢須子可以暫時休養沒關係。

我心煩意亂，吩咐兩人差事：

「明天妳們去一趟千田町的屋子廢墟，仔細打聽鄰組的情況，順帶從防空壕拿出當下需要的衣物和裝白米的瓶子回來。那白米是緊急糧食，現在就是緊急時刻，現在不吃，更待何時？」

兩人聞言似乎定下了心，說今天的晚飯她們會一起去食堂領。

千田町的家裡的防空壕，存放著收音機、毯子、餐具、炊煮工具、配菜等等。庭院空地裡，埋著四只一點八公升的瓶子，裡面裝米，還有十八公升的罐子，裡面裝大豆，另一個罐子則裝了內衣褲、洗完澡穿的浴衣等等。我在避難途中回家查看時，確定它們沒有被燒掉。

繁子和矢須子除了身上穿的衣物，什麼都沒帶，所以小聲討論起外衣和內衣褲在清洗晾乾的期間，該怎麼辦。

我教她們到河邊去，脫下全身衣物清洗，衣物乾透前在河裡游泳就行了，兩人聽了，帶著手巾出門去了。

也許是因為心情放鬆下來，感覺暑熱更難熬了，坐著不動，睡意逼人，彷彿就快昏厥過去。但躺下來閉上眼睛，又會想起河邊與山腳升起的無數煙柱，無法成眠。

不管是坐是躺，汗水都冒個不停，但臉上的汗只能擦拭右半邊。左半邊更慘，不僅像是在理髮店用熱毛巾蒸臉，我幾乎懷疑覆蓋的布底下是不是積蓄著漿糊般的膩汗或是膿水。除了從布上輕按，讓布吸取汗水或膿水以外，別無他法。我按了又按，漸漸地，布塊溼透起來。換上新布就行了，但又沒有別的布可以更換。於是我拿三角巾裁下臉部大小，用滾水煮過，再放在大太陽底下曬乾。

我靠在簷廊柱子昏昏沉沉地打著盹，一名姓田中的庶務課員來聯絡我，說有士兵來領糧食，所以給了對方。

「喂，你怎麼幹出這種蠢事？什麼時候給的？」我問，職員說：「就在剛才，一小時前交出去的。」

「哪裡的軍隊？拿去哪裡了？」我問。「他們是步兵，應該是從西部第二部隊來的。我把糧食給他們了。」職員答道。

那些糧食是通信部隊與西部第二部隊存放在工廠的，約兩個星期前，三更半夜的，千田町我家對面的通信部隊的野津主計上尉匆匆忙忙跑來我家，說想存放糧食在我們工廠。我詢問理由，他說接到師團參謀來電，指示依目前情勢，廣島隨時可能遭到空襲，下令他立刻運走保管的軍隊儲備物資。但野津上尉是召集軍人，除了軍營以外的事，一竅不通，因此懇求我設法協助。我打電話到工廠，取得富士田廠長的同意，要他當晚把東西搬到工廠倉庫存放。

隔天早上，西部第二部隊的國分中尉來找我，說想要疏散軍糧，希望能寄放在我們工廠倉庫。他說狀況緊急，而且正愁找不到地方，結果在電話中聽到野津上尉那邊通信部隊的情形，故而來找我求助。我詢問公司意見後，一樣答應了，但量實在太多，無法全數保管，其中一部分稻草袋裝的米，由我聯絡一戶姓田內的榻榻米店，請他們幫忙保管。其餘的都放在公司倉庫，職員說士兵來取的就是這些米。

這完全不合情理。聽說國分中尉在爆炸中受了傷，但如果是西部第二部隊來取軍糧，應該會帶著國分中尉的介紹函或文件。看來是遇上了趁亂取糧的騙局，但也只能認了。事到如今，說什麼都於事無補。

得小心謹慎才行。就像寄交的時候說定的那樣，來取第二部隊的軍糧，就要國分中尉本人出面，若是代理人，就必須出示國分中尉的名片，除此之外，絕對不能交出軍糧。這是寄交時的條件，必須要底下的人恪守。

我如此嚴厲交代田中。

另一方面，通信部隊的軍糧保管事務不再歸我們管了。因為我們公司辦公室二樓六張榻榻米大的和室，被通信部隊拿去當會計部了。

我去公司看了一下倉庫，確實少了田中說的數量的米。自從炸彈落下廣島，治安怎麼一下子敗壞成這樣？我曾聽人說過，自古以來便說，一個地區一旦發生重大戰亂，就得耗上百年光陰，居民的劣根性才能再次矯正回來，這是真的嗎？

11

「原爆日記」八月九日的後續如下。

＊

我帶著當天的負責人田中，前往公司辦公室報告軍糧詐騙事故。事情牽扯到軍方，非同小可。田中固然有疏失，但這依然是我的責任。這也會累及野津主計上尉吧。

被偷走的有白米七袋、牛肉罐頭十箱，以及甲州白葡萄酒「佐渡屋特選」五箱。在糧荒嚴重的當口，挑選這樣的非常時期，現役軍人駕駛軍用卡車，騙取寄放在民間的軍用儲備糧食，簡直無法無天到了極點。據說共有四名士兵，兩人各駕駛一輛卡車，領頭的一輛引擎蓋上插著淡藍色小旗。將牛肉罐頭搬上卡車時，看上去年紀頗大的上兵說：「這牛肉罐頭要吃的時候，得配著茄子一起吃。如果直接吃，容易起疹子的人就會起疹子。」這牛肉罐頭是軍方儲備來用在焦土抗戰上的，但這名士兵居然已經吃過了。

田中把這件事報告給富士田廠長。

「那麼，一定也有尉官級的軍人涉入。沒想到軍人竟然腐敗到這種地步。」

廠長憤憤地說，嘴唇陣陣發抖。

田中臉色蒼白，幾乎是立正不動地站在廠長面前。庶務課職員田中四十八歲，可部町人，住在公司宿舍，妻子在可部町的鑄造工廠上班。兩個兒子都成了戰場英靈，合葬之後，立了塊大墓碑，兩人的名字並排刻其上。

為了供日後參考，我將田中與廠長這時候的對話據實記錄下來。

田中是立正姿勢，說話的聲音卻有氣無力，彷彿厭倦無比。

「是的，廠長。一個老的上兵，其餘三個是脫了軍服外套的士兵。四個都紮綁腿，穿大頭鞋。」

「不過你不是說車子插著淺藍色的旗子嗎？淺藍色的旗子是尉官軍人的車，紅旗的話是校官級的將校。如果是黃旗，就是將官。你的孩子都成了英靈，你也該知道軍方的這些基本常識吧？」

「不過，因為裡頭有個上了年紀的上兵，所以我想一定是西部第二部隊的士兵了。又因為有淺藍色的旗子，我以為他們是奉尉官級軍人的命令過來的。這是田中小的的疏失。廠長，是我不對。」

田中垂下頭去，下一秒鐘，他肩膀顫抖，啜泣起來。

「總之，得向西部第二部隊提出書面報告才行。田中、閑間和我三人聯名，緊急通知對方。」

廠長說，吩咐我製作書面報告。

「好的。以檢討報告的形式來寫就行了吧？」

但西部第二部隊由於空襲，整個兵營消失無蹤了，通知書要送到哪裡才好？通信部隊的會計部遷移到我們辦公室二樓，但要給西部第二部隊會計部的文件，可以交給通信部隊的會計部嗎？我們平民不懂軍部內部組織的運作方式。

總之我以檢討報告的形式製作文件。廠長和我蓋了章，田中捺了拇指印，將這份文件送到進駐二樓和室的通信部隊會計部。狹窄的和室裡放著桌椅，長靴脫下後擺在紙門內側鋪的報紙上。當然，我脫了鞋入內。隊長野油上尉外出辦公，房間裡有兩名似乎是下士官的軍人。他們沒穿外套，我看不出階級，其中留著小鬍子貌似長官的那一個接過我手中收在信封裡的文件。

我說我認識野津上尉，那名軍人便說「辛苦了」，讀起信封內容。然而看完後他把信塞還回來：

「傷腦筋，這不行。這文件是要給西部第二部隊會計部的國分中尉的。這裡是通信部隊的會計部。」

「我希望可以請貴部門代為轉交國分中尉。我們不知道西部第二部隊在哪裡。」

我這話讓對方動怒了。

「荒唐！要是由我們部隊把這份文件轉交給國分中尉，等於是我們部隊在揭露國分中尉的瘡疤，同時也會影響到西部第二部隊會計部全員的考績。總而言之，我們絕對不能收。」

對方嚴詞拒絕，我只好折回樓下向廠長報告。田中已經離開了。廠長說，田中說他會花一輩子賠償軍方被騙走的軍糧損失。

我回到寄住的別院。整個人累壞了。繁子和矢須子都還沒有回來，我決定睡到傍晚。我掛起蚊帳防蠅，躺下來休息。

雖然睡了一下，但又被貓頭鷹的叫聲吵醒了。夕陽投射在灌木叢另一頭的倉庫牆上，我看見主人太太往灌木叢走去。不可能有貓頭鷹在叫。我發現我是因為腳冷而醒來的。時值八月盛夏，天都還沒有黑，腳卻覺得冰冷，令人不解。我摸了摸腳趾，發現左右拇趾都在疼，驚覺不妙，爬起身來，掀起蚊帳來到簷廊，左臉頰感覺到一陣冷風。伸手一摸，左臉頰的布不見了。是被蚊帳邊緣扯掉了。

對鏡一看，鼻翼化膿的地方開了個大口，整個乾燥。沮喪的事一樁接著一樁。我打溼毛巾，輕拭患部，蓋上更換的布，用膠帶貼好。

包紮完畢，我正在疊蚊帳，繁子和矢須子從公司廚房要了三人份的晚飯回來了。擺在借來的餐桌上的，有鹹甜煮芋頭葉、醬菜、摻了麩皮的麥飯。我們一邊用飯，繁子和矢須子說起在河邊向人打聽來的廣島市內的情況。她們把洗好的束口褲和上衣、底褲晾在河邊，等衣服乾的時候，聽一樣泡在河裡等衣服乾的三個女人說的。

她們聽到的情節如下：

廣島縣立第一中學的操場有座泳池，池畔死了上百名中學生和勞動服務隊員。衣物都燒破了，形同半裸，圍繞在池邊一具具相疊。因此遠遠地看去，就好像池邊種了一圈鬱金香花圃。靠近一看，屍體層層疊疊，宛如菊花花瓣。

白神社前面的電車路上，有一輛電車只剩下燒剩的鋼筋外框，半焦的駕駛還握著方向盤，還有四、五名乘客在車廂連接處燒得半焦。

八月六日早上，西練兵場上，一隊見習士官聆聽指揮官訓示後，脫下外套準備做體操，這時強光一閃。此時身在隊伍最末尾的一個人，背部剛好貼在枝葉茂密的樹幹上。這名見習士官目擊了廣島城被炸飛的瞬間。他說天守閣形狀完好地，就這樣立在空中飛向東南方。下一瞬間，見習士官什麼都看不見了。但他說他一清二楚、親眼看見五層的天守閣保持著原狀，從原本的位置朝東南方飛出四、五十公尺遠。應該也不是刻意去看，而是這幕景象映入眼簾吧。

據事後看到現場的人說，天守閣在後方的河堤分崩離析，成了一堆泥土與碎瓦。炸彈爆裂時造成的風壓，似乎具有作用力與反作用力。我不知道天守閣有幾千噸重，但一定是受到比地球引力更強的力量推動，才能保持原狀飛過空中。

那顆炸彈直擊廣島市後，郡內各町村立刻派出救援部隊。雙三郡三次町也是其中之一，目的是救出被徵召到廣島市的三次女高的學生及三次町一帶的受徵召者。三次女高三年級以上的學生，有一部分被動員到廣島市擔任陸軍醫院的護士助理，另一部分則被動員到吳市的十一航空廠，協助工人製作飛機。三次町的救援部隊約一百人在七日清晨便進入廣島市，但遭到大火包圍，大半都燒死了。救護部隊第一班的班長，也是三次女高專攻科教授的田淵實夫逃到市外的祇園町後昏了過去。當然，爆炸時人在市內的三次女高的學生，無一倖免。

（附記：戰後，我因緣際會認識了田淵實夫先生。

田淵先生說，昭和二十年八月六日早上，上班前他正在看報，忽然覺得天空掠過一道火花。他覺得可能是錯覺，但中午左右，從廣播聽到軍方報導，得知廣島遭到轟炸。到了下午三點左右，逃離廣島的傷者們被火車運送到三次町來。這天藝備線從下深川再過去就停止運行了，傷者是徒步走到下深川，再從那裡坐上火車逃難的。

三次站（當時的備後十日市站）前面，雙三郡醫師會與三次町消防團搭起了帳篷，為傷者急救包紮治療。

下午五點左右，郡醫師會、三次中學、三次女高的職員、消防團員、町村熱心人士討論之後，決定派出救援隊。田淵先生被推選為第一班的班長，率領三次女高教員、町村志願人士共八十名，在七日清晨五點左右，搭乘火車抵達下深川，從下深川徒步進入廣島。當時是上午十點半左右。廣島的慘狀令他們震驚無比，但還不知道是遭到什麼樣的炸彈轟炸。他們嚇得魂飛魄散，但也只能接受眼前如地獄般的景象。他們從廣島站附近出發，在稻荷町、紙屋町、大手町、千田町四處走動，逃離火災後的高溫、屍臭、垂死者的慘叫，連水筒裡的水都一下子喝光，別說救人了，形同在焦原上胡亂奔逃。前前後後走了約兩小時，田淵先生發現自己和隊員走散了，只剩下自己和另外兩個人。他連一個三次女高的學生都沒能找到。跟著他的其中一人幾乎陷入昏厥，腳步踉蹌，下午四點半左右，他們終於走到市外祇園町認識的人家。田淵先生在這裡休息了約四小時，晚上八點總算起身，雖然精疲力盡，但還是三人一起踏上歸途。他們從來沒有這麼疲累過。三人從祇園町走了三個小時到下深川，在下深川的候車室過了一晚。隔天早上六點左右，搭乘滿載難民的火車回來了。

事後得知，被徵召去廣島的三次女高的學生全數死亡，三次地方出身的人，遇到轟炸的有九成當場死亡，或是在年內死去。田淵先生等於是在災後的廢墟走動了兩個多小時，聽說他現在罹患了輕度的原爆症。

三次町因為隔了一座山，應該沒有看到廣島的水母雲。三原市距離廣島市三十里遠，但因為西邊的山不高，聽說就看到了那團雲——後日附記。）

廣島市內被轟炸波及的木造橋幾乎全數燒燬了，但燒法相當古怪。先是橋板悶燒起來，延燒到橋墩，隨著水位因退潮下降，逐漸燒到露出水面的橋墩處。但開始漲潮之後，火應該也要滅了才對，然而到了隔天，木頭依然持續悶燒，逐漸完全燒燬。

廣島市內國泰寺的墓地，有一座墳墓，基石與塔身之間卡了一塊三寸正方的碎磚。塔身是直徑三尺五寸的筒狀，應該是被爆風抬起的瞬間，碎磚飛來，正好嵌在了中間吧。磨得油光水滑的花崗岩墓碑，只有照到閃光的那一片燒得粗糙斑駁，沒有照到光的那一片則依然平滑。連花崗岩都燒成了這樣，沐浴在閃光下的屋瓦等等，不僅是變成了深紅色，表面還冒出一顆顆疙瘩，就像水泡，頗有古伊部灰釉茶罐子質地的趣味。

這件事是工兵隊的一等兵在前往戶坂的傷者臨時收容所避難的途中，向大賀村的農家討水時說的。工兵隊在轟炸中死傷無數，因此在上游是白島的河川沙洲上，將屍體疊成井字狀，予以火葬了。入夜以後，仍有衛兵站崗，他們把這些衛兵稱為「死屍衛兵」，是極難熬的任務。據說自從炸彈落下以後，軍方的命令系統頓時失靈，軍紀廢弛，甚至有些將校對底下的兵卒畏懼起來。

以上主要是矢須子所說的內容紀錄。

繁子說她泡水太久，腹部抽痛，不太說話。她們說在等岸上的底褲晾乾之前，兩人都用手巾圍著腰部，蹲在水淺處。

天色整個暗下來後，主人的老父親叫我們可以開燈。今天開始供電了。

【八月十日　萬里無雲】

矢須子和繁子去宿舍廚房要來早飯，把摻了麩皮的麥飯捏成飯糰後，出門去廣島市內了。我送她們到車站。就我看到的，許多人不像在等人，也沒有買票，就這樣混進候車室裡。有幾個人電車來了也杵著不上車，車子開走後，就躺到候車室長椅上。也有人在問站員要怎麼找到失散的孩子。

從車站折回公司後，我發現有緊急任務在等著我。我必須火速弄來煤炭，為此必須前往廣島市內或宇品一趟。

富士田廠長從別的房間取來一個大包袱說：

「辛苦你跑一趟，但這個問題必須盡快解決。在災後廢墟會用得上的東西，都在這只包袱裡了。或許會遇到空襲，千萬要小心。」

我留了話給繁子，請廠長代我轉達，包上防空頭巾，帶上急救袋，穿上膠底分趾鞋，揹上包袱出發了。

電車把我送到山本站。再過去的運輸還沒有恢復。乘客有五、六十人，但沒有半個人在山本站走出車站，全都排成一列，繼續沿著軌道往廣島方向走。俗話說，「出外靠朋友，廣島人小便必招朋友」，這時卻沒有半個人交談，只是逐一踩過枕木往前走。身上有行李的除了我以外，就只有走在前面的兩名東腳褲女子而已。帶著像是便當的東西的，占不到全體的四分之一。這赤裸裸地說明了連近郊的農村都陷入物資短缺。電車一天不知道來回幾趟，將如此沉默的人群送進廣島的廢墟裡。

不久後，隨著進入焦原地帶，帶著臭味與高溼的風吹了過來。原本呈一列行走的人，走掉一個，再走掉一個，和我走在同一個方向的只剩下幾個。從這一帶開始，碎瓦散亂一地，成了坑坑窪窪的荒廢道路。

「對了，剛才經過的是什麼橋？」

回頭一看，是燒到只剩下拱形鐵架的橫川橋。

六日我在逃難的時候，這附近路邊的大型消防蓄水池裡，有三個接近裸體的女人死在裡面。當時水應該有八分滿。這回經過，我叫自己絕對不要看那裡，但儘管不去看，不小心瞥見，也是無可奈何之事。其中一個女人頭下腳上，臀部噴出三尺多長的大腸，脹成約直徑三寸之粗。腸子形成有些糾結的圈狀浮在水面，像氣球似地隨風左右搖擺。

寺町的寺院廢墟豎起一塊鋸開的木板，用木炭寫著「貓屋町屍體收容所」。我瞥向土圍牆裡面，角落堆了六尺多高的屍山，有貌似壓死的、燒了一半的，還有白骨。土圍牆早崩了，即使不去看，只要張著眼睛，自然就會映入眼簾。那堆屍山爬滿了蒼蠅，看上去幾乎是一團漆黑，這時不知道是風吹還是怎麼了，牠們「嗡！」一聲同時飛了起來，立刻又貼回屍山上。同時一股令人窒息、催人欲吐的惡臭襲來。我屏住呼吸，小跑步逃離。恢復正常步伐後，我用手巾覆住鼻子，但惡臭窮追不捨，令我幾乎頭昏眼花。

穿過寺町的焦原後，臭味稍微淡去了一些。但開心不了多久，路邊的屍體和白骨逐漸增加，我又再次闖入強烈的惡臭之中。簡直是惡臭的無間地獄。這段期間，唯一覺得惡臭淡去，就只有來到河風吹拂的相生橋上的時候。我喘了一口氣，將背上的行囊靠放在石欄杆上，稍事休息。

市街徹底焚燒殆盡，因此可以瞭望到遠景。我看見東南方有大河町蒼黑的山，南方是向宇品的原始樟樹林，對面是似島的須彌山，西邊是江波的小丘，東邊是東照宮所在的山。市內的焦原，僅有幾處留下大樓殘骸，放眼望去，全是散亂的炭化木頭與瓦片。各處都有零星的白色或黑色的東西在動，大部分都是在翻找骨頭的人。這一切都教人悲傷極了。

橋頭處，有個人呈大字躺在地上。臉都變成黑色了，臉頰卻不時鼓脹，像在呼吸，眼皮好像也在動。我懷疑是不是眼花，將行囊靠放在欄杆上，提心吊膽地走近一看，只見屍體口鼻不斷地湧出蛆蟲。眼珠子也爬滿了蛆。由於蛆爬來爬去，所以看起來像眼皮在動。

我想起了某個詩人的詩句。應該是小時候在雜誌之類的讀到的詩。

——啊，蛆，我的朋友……

我還想起了另一段詩句：

——天空，撕裂吧！大地，燃燒吧！人類，死絕吧！多麼動人，多麼壯觀的景象啊……

簡直太可怕了。蛆怎麼可能是朋友，把人說得像蒼蠅似的。胡言亂語也該有個限度。但是八月六日上午八點十五分，事實上天空真的撕裂，大地燃燒，人類幾乎死絕了。

「我無法忍受。什麼壯觀，什麼朋友！」

我明確地說出聲來。

我好想把行囊扔進河裡。我痛恨戰爭。管他誰輸誰贏都無所謂，只要快點結束就行了。

比起所謂的正義之戰，不義的和平更要好多了。

我折回欄杆，沒有把東西丟進河裡，而是牢牢地揹回背上。包袱裡裝的東西，全是住在廢墟的人會需要的，像是裝了征露丸的瓶子、鏟子、舊雜誌、桉樹葉、乾燥麵包、塗柿漆的團扇。

走到紙屋町附近時，一群戴口罩貌似士兵的男人分成三、四處在生火。走近一看，他們在約六尺長寬的洞穴裡放了舊枕木燃燒，搬來屍體扔進去焚燒。赤炎炎的日頭底下，枕木燃燒的劈哩啪啦聲更為火堆增添了迫力。屍體身上冒出的火焰是細微的藍白色，被捲入周圍強而有力的赤紅火焰，高高升起。

士兵們源源不絕地用門板和鐵皮波浪板搬來屍體，把臉別開後，將屍體「咚」一聲倒進洞裡，接著又默默地離開去別處。士兵將波浪板的四角捲起來搬運。他們應該是奉長官的命令這麼做，從他們的表情，看不出他們心中有何感受。彷彿只有沉重的軍靴透露出情感。洞裡的屍體太多，火勢減弱後，就把屍體倒在洞旁。倒入屍體時，一團蛆隨著屍水從屍體的口中流瀉而出。太靠近洞穴的屍體，身上的蛆受不了灼熱的火焰高溫，從全身蜂擁爬出。其中也有倒下去的時候關節扭斷的屍體。就像童話故事中的皮諾丘被拔掉關節的釘子那樣。皮諾丘是用木頭和鐵釘做成的玩具，雖是木頭，但故事中說他的小腿撞到東西，還是會感覺到痛。更何況屍體生前可是活生生的人。

「這些屍體實在沒完沒了。」

抬著波浪板的前端過來的士兵說，他的搭檔應道：

「真希望我們生在沒有國家的國度。」

在這裡，我聽到的人聲，就只有抬波浪板的這兩名士兵所說的這段對話。放在波浪板上的屍體，就像被拔掉全身釘子的皮諾丘一樣癱軟。

不知不覺間，我在口中誦讀起《白骨御文章》。

廣島已經消失無蹤了。但我做夢也想不到，廣島這座城市，竟是以如此的慘況步上她的末路。

12

胃部陣陣抽痛，因此即使石階上堆滿了厚厚的塵土，我仍一屁股坐了下來。那土就像蕎麥粉一樣鬆軟，以指尖摸著摸著，可以在上面畫圈或寫字。可以寫許多東西。我想起學校黑板，想要畫幾何學的畢氏定理圖，卻畫不出來。

片刻之後，抽痛緩解了。不過這裡到底是哪裡？我回頭一看，原來是散亂著燒剩的木樁的市公所正門玄關。前些日子還是時尚的乳白色外牆，現在燒成一片灰褐色，別說玻璃了，連窗框都不見蹤影，一派荒涼。玄關通往屋內的走廊上，不知道是破掉的頭盔還是鐵片的東西散落各處。如同字面形容，這裡也是一片慘絕人寰的廢墟，但屋內深處傳來拖拉東西的聲響。聽起來像在拖行空箱之類的東西。我豎耳聆聽，那聲音變得像是從地底深處湧出來。

我覺得頭皮發麻，抓起背包搭到肩上，這時突然有聲音叫我：「閑間先生，這邊。」

是宇品罐頭工廠的老技師田代先生。

「啊，田代先生，你沒事！那是什麼聲音？」

「是市公所職員在收拾燒焦的木頭。你的臉燒傷了。你家裡的人都好嗎？」

「託福，都沒事。你們公司的煤炭怎麼樣了？我在找煤礦管制公司，卻完全看不出在哪裡。」

「那家公司也毀了，也不知道員工去哪裡避難了，所以我來向市公所要煤炭。」

宇品罐頭工廠也是糧食廠的管轄工廠，部分產品會供應制服分廠的食堂，但現在為了缺煤炭而頭疼不已。

田代先生說，市公所已經在柴田助理的總指揮下，有二十多名職員在處理事務。但煤炭配給的陳情卻遭到了拒絕。因為煤炭屬於管制公司的權責，如果市公所隨意置喙，只會招來軍方斥責。把事情鬧得更複雜，不會有好結果。

「結果我只是來市公所抱怨而已。」

田代先生冷言冷語地說。

我因為必須向廠長回報，請田代先生帶我去煤炭管制公司的廢墟。這位老人是宇品罐頭工廠的技師長，擁有豐富的煤炭知識，和煤炭管制公司的社長也有很深的交情。

「不過沒想到堂堂一家管制公司，」田代先生說：「居然不公告避難去處，教人不解。背後肯定有什麼名堂。」

煤炭管制公司的廢墟就像田代先生說的，殘餘的混凝土牆上寫了許多文字。「藤野先生，請通知住址，三日市鑄造工廠」、「請留下貴公司的臨時辦公室地址，三協中林」、「本田先生，您平安無事嗎？請公告避難地點，海田市津津木工廠」、「村野先生，請在這裡留下聯絡地址，己斐內山」，就像這樣，以或潦草或工整的字跡寫了許多留言。都是用燒剩炭化的木條寫的，並附上日期。

「田代先生，留言沒有半則得到公司回覆呢。看上面的日期，有的都過了三天了。」

「所以有可能遇到最糟糕的狀況了。」

「最糟糕的狀況？」

「全公司的人都死光了。」

田代先生家裡，好像也只有他一個人倖存下來。續弦的年輕太太和年幼的女兒都被壓在倒塌的房屋底下，因此肯定燒死了，但田代先生年事已高，實在沒有力氣挖開倒塌的房屋。

「沒辦法的事，只能擱下了。不管屍骨在哪裡，最終總是會成為土地裡的有機物質。」

「蓋墳墓的時候怎麼辦？」

「內子的娘家有她和女兒的照片，我想把照片放進墓裡。但如果內子娘家的人說要來收屍，也不能說那是有機物，要他們置之不理。」

我覺得這位老科學家會不會太過於科學觀點了一些？我對此感到有些異議，但另一方面也能夠想像：田代先生已經垂垂老矣了，但他的太太還很年輕美麗，可愛的女兒也還沒上小學。如果為了替她們收屍，挖出屍骨，烙印在田代先生腦海中兩人的美好形象，可能會毀於一旦。他是不是害怕這一點？至於為什麼，因為這幾天之間，田代先生一定也和我一樣，看見太多被壓死、燒得半焦的腐屍。

「那麼田代先生，找個第三者幫忙收屍怎麼樣？」

田代先生沒有回答這個問題，而是說：

「煤炭的事，咱們去制服分廠問問看如何？除此之外也沒有別的法子了。那個方向，鷹野橋一帶屍體應該比較少，臭味也會像話一些吧。」

說完後，他以意外踏實的步伐走了出去。

前往鷹野橋的路上，我被迫不斷地目睹與四天前幾乎相同的火災後廢墟情狀。田代先生沒有提到周圍的景色，告訴我剛才從市公所聽來的訊息。空襲前，市公所約有九百名職員，但現在那裡只剩下二十餘人，而且每一個或多或少都受了傷。

在廢墟看到的景象，六日與今天不同的地方在於除了士兵以外，還有兩名貌似工人幾乎半裸的男子，抬著波浪板在處理屍體。這兩名男子瞪著倒塌的土圍牆旁邊的消防蓄水池，一動不動。蓄水池裡泡著一具只有頭部化成白骨的屍體，胸部以下沉入水中，水面積著一層看起來像黏膩油脂的褐色泡沫。工人老大不情願地把波浪板靠近蓄水池旁邊，結果白色的骷髏頭面朝前方，咕嘟一聲沉進泡沫裡了。就連田代先生見狀也不禁呻吟：「太慘了，太慘了。」

田代先生說，市長粟屋先生也在空襲時死於自宅。副手柴田先生右腳底受了穿刺傷，左腳小腿深深地扎進了碎玻璃，拄著枴杖來上班。粟屋市長家在水主町，當然燒得精光。空襲隔天早上，柴田副手上班後，派黑瀨會計去粟屋市長家查看，在應是粟屋家起居間的火災後廢墟處，看到大人與幼兒半焦的屍體緊緊相擁在一起倒臥著。粟屋先生平日就非常寵他的孫子。應該是在出門上班前，正要抱孫子時，遇到了轟炸。

粟屋市長是內務官僚出身，但十分親民，體恤部屬，卻又深具風骨氣節。以前他在大阪府擔任警察部長時，曾因看不慣軍人的蠻橫，挺身對抗，為了交通指揮問題引發軒然大波，還因此上了報，謂之「號誌燈事件」。那件事情真相如何，我並不清楚，但認為那起事件可說是明確地顯示出軍方剝奪警察權限的初期代表性事件。

田代先生說，粟屋市長過世後，便由柴田副市長統括市政。二十名職員在市政府堅守崗位，僅靠奇蹟似地碩果僅存的十多張椅子、一台騰寫版，並利用背面空白的文件紙張，執行各種事務。每個職員的家都燬於祝融，因此除了身上的衣物，一無所有，他們與幾十名傷者雜居於此，過著職場兼住家的共同自炊生活。把玻璃碎片、焦炭、鐵屑等等掃到房屋角落，向軍營借來帳篷，掛在窗上代替玻璃窗。辦公室只有一樓東南側的防衛課、保健課、援護課三課災後倖存。（後日附記：事後參閱當時的副市長柴田重暉先生的紀錄，八月七日下午三點，宇品的曉部隊船舶司令部長官佐伯中將拜訪市公所，通知他已被任命為廣島地區防衛司令官，從今晚到明晨，島根縣的部隊及曉部隊的部分軍隊將抵達廣島。因此柴田副市長及市幹部終於找到了應變對策的頭緒。八日，西部軍司令部「司令官畑俊六大將」通令相關職員帶著市防衛相關文件前往報到。因此中原考察員、濱井配給課長、伊藤勇清掃課長等人前往郊外雙葉山半山腰防空壕內的司令部）。

我們來到制服分廠，異於平日，大門只有兩、三名守衛站著說話，沒看到人員進出。我和田代先生一起去找管理部的笹竹中尉，交涉煤炭配給事務，卻被命令絕對不能動用宇品的儲備煤炭。至於此外的事，只得到避重就輕的回答，毫無所獲。

「就如同我再三聲明的，關於煤炭問題，我們將會召開會議，做出結論。總之我會向上頭請示。運輸方面，技術部分也必須研究一下，還得評估其他公司的要求。在開會得出結論之前，請稍安勿躁。」

亢奮的笹竹中尉如此敷衍，不願認真看待我們的陳情。

迫於無奈，我們要求會見管理部長，卻也被閃躲過去。到最後，就連沉穩的田代先生可能也失去耐性了。

「部長先生，不好意思，」田代先生說：「我就直接說出我們公司的要求。會您們還是照開，但請提出臨機應變措施。如果宇品的儲備煤炭嚴禁動用，那麼現在是非常時期中的非常時期，可以請部長先生先派個人去宇部煤廠嗎？現在立刻派人過去的話，傍晚就能到煤廠了。廣島市內的管制公司，暫時還無望恢復運作吧？」

「這些點我們也都納入考量了。」部長說：「但還是必須請示上級，聽令行動。我們馬上就會開會討論。」

「部長先生，很抱歉，」我說：「您的意思是現在才要開會，等到做出結論再派人去宇部煤廠對吧？這樣的話，到底什麼時候才會有煤炭送到這片焦土廢墟？煤炭管制公司的人不曉得去哪裡避難了，連臨時辦公室在哪裡都不知道，我們實在是無所適從。」

「你們那裡還有幾天份的煤炭？」

「我們那裡有四、五天份。」我說。

田代先生說：「如果工廠照平時運作，我們那裡只能撐兩天。」

「對了，那麼這麼辦好了。」部長靈機一動地說：「你們的公司都是軍需公司，所以不必請示軍方，可以依你們的想法去做。所以能不能考慮一下，配合我們？」

「當然，只要做得到，我們都願意配合。」我說：「不過有條件。可以請您提出官方委任狀嗎？只要有官方委任狀，我們願意立刻前往宇部交涉。」

「但是站在軍方立場，這有點困難。不過你們公司負責製造軍服布料，因此可以依你的想法採取任何必要措施吧。你能考慮一下，配合我們嗎？」

我知道宇部的煤礦廠現在投入大批礦工，提升採煤效率。美彌煤礦也是，產量大增，挖出來的無煙煤堆積如山，甚至來不及運出。要開會是無所謂，但我不明白為何不加緊煤炭運輸。只要煤炭運過來，煤炭管制公司也能立刻恢復運作。然而部長突然沉思起來，不管我們說什麼，都毫無反應。那態度就像在說，不管是制服布料還是罐頭，都別再繼續生產了。

我覺得荒謬透頂，丟下田代先生回來了。田代先生的公司製造的是罐頭，因為原料是新鮮肉類和蔬菜，即使只是停止生產一天，亦會出現問題。

仔細想想，我們公司因為仰賴制服分廠的訂單，對於賞飯吃的制服分廠，向來有種過度討好的風氣。一大原因也是因為物資不足。僅憑正規配給，不論糧食或是日用品都不敷需求，因此我們總是走斷了腿，四處探詢，利用制服公廠的名義狐假虎威，弄來糧食等物資。此外，為了讓公司順利經營，我們向來對制服分廠提供傳出去不堪聞問的服務。於我們，是犧牲自我提供血汗服務，於制服工廠，卻是坐享其成。

為此我有過多次不舒服的經驗。第一次是剛進公司不久，購買味噌的時候。我們向備後府中町一家松岡味噌製造所買了四斗木桶裝的味噌五十桶，把一半的二十五桶送給制服工廠了。後來買了一貨車要送給煤炭廠的研缽時，也把一半送給制服工廠。買了兩貨車水甕時，也送出了一貨車。買了一船爐子時，還有買了三十桶蜜柑酒時，都送出了一半。每次買了什麼，都會遭到制服工廠勒索。

與其依賴軍方，卻遭到虧待、榨取，事已至此，另謀生路才是正辦。我立下決心，要這樣報告廠長。煤炭短缺迫在眉睫，我卻徒勞地來回跋涉六公里路，簡直太傻了。

走出制服分廠大門，我所熟悉的蓮花田變得一片荒廢，令我印象深刻。葉片全倒向南方，慘一點的變得宛如破傘，沒有一片葉子是完好的。

我在進入現在的公司前，寄住在旭町一位叫網本茂三的巡查家別院，在陸軍糧食廠工作了七年。我每天帶便當徒步通勤，因此旭町與翠町交界的稻田與蓮花田是我所熟悉的景色。每天通勤途中的獎勵，就是看見烏鴉飛下沾滿朝露的田壟。早晨的烏鴉漆黑的羽毛，與稻田的綠相得益彰，和即將轉黃的稻田也十分調和，看上去令人說不出的舒爽。若是大好晴天的拂曉時分，亦會令我怦然心動。在我的故鄉，都說「清晨的烏鴉有好『man』」。意思是一大早看到烏鴉，就會為這天帶來好運，這不就是在讚頌動植物的色彩調和之美嗎？我剛開始上班的時候，在糧食廠的圖書室查了一下「好『man』」的「man」是何意思，原來是「ma」的訛音，意思是「好運氣」、「福氣」、「幸福」。

但由此來看，廣島這座城市，運氣實在是背透了，連蓮花池裡都有死屍。蓮花池岸邊的草叢裡蹲著一隻白鴿。我悄悄靠近，雙手一把抓住，發現鴿子右眼潰爛，右肩處的翅膀有些焦黑。原本我食指大動，準備抓了沾醬油烤來吃，這時卻朝天空一丟，放牠走了。鴿子頗靈活地拍動翅膀，貼在蓮葉上，朝左畫出水平拋物線飛走了。然而看著看著，牠卻一頭栽進了蓮花田裡。

我決定直接前往御幸町，沿著和六日同一條路線走去。櫻花堤防另一頭的共濟醫院玻璃窗都不見了，但看得到走廊上忙碌往來的人影。醫院裡似乎擠滿了來找傷者和幫忙看護的人。路邊的人家不是傾斜就是倒塌，也有人家任由房屋傾斜，收拾清掃周圍，將缺了紙的紙門斜倚在牆上。那戶人家屋內傳來人聲。也有用燒得焦黑的木材撐住斜屋的人家。有人把燒得焦黑但保持原狀的椅子搬進屋內未鋪地板的地方，用碎碗邊緣削去炭化的表面。我想起在雜誌照片上看到的梵谷畫的歪斜椅子。不知為何，喉嚨突然渴了起來。

比治山底下的大馬路，有兩、三名傷者經過，模樣就和六日看到的難民一樣。也就是右手扶著廣島地方專賣局的圍牆，搖搖晃晃地走向宇品。每一個都呈半裸，臉色蒼白如幽靈，瘦得乾巴巴的。沒看到六日的時候跟著宮地先生的花貓。御幸橋北端的死屍清走了，但留下了一塊黝黑油膩的人形污漬。

御幸橋一帶，四下是一片燒焦的原野和住宅區，我們家的土地只留下一座小池塘，成了平凡無奇的廢墟。看上去比印象中更要狹小多了。繁子和矢須子已經從防空壕和池塘裡取出家當，工人把物品放上兩輪拖車，正在做出發前的休息。

鄰組的廢墟，只有中尾家的土地搭了間臨時小屋，其他人家似乎都去別處投靠親友了。工人說，剛才小屋的人來向繁子和矢須子打招呼，說完全打聽不到小兒子的下落。所以中尾家現在只有中尾先生和女兒。

中尾家的小屋，屋頂和外圍都是燒過的波浪板，坪數約一坪至一坪半。中尾家原本光是主屋就有四十多坪，屋頂是常滑瓦，屋材全是檜木，極盡奢華。中尾先生在貿易公司上班，持有許多股票債券，嗜好是蒐集剔紅、剔黑漆器。裝飾在客廳的貓腳桌子，據說是室町時代的漆器骨董，感覺像是古時女文人清少納言或紫式部會憑靠其上的桌子。

我去慰問中尾先生，順便將背包裡的尤加利葉、鏟子和征露丸當成慰問品帶去（只有罐頭留在背包裡）。這些東西是廠長叫我當成慰問品送給煤炭管制公司的人的，但那裡的人下落不明，因此也無處發送。或許我應該把它們帶回去，但我不是三歲小孩，因此臨機應變，自作主張送掉了。

不必我說明，中尾先生也知道這些寒酸慰問品的用途。他說特別是尤加利葉和鏟子非常寶貴。他向我道謝：「實在是太感激不盡了。」

尤加利葉可以取代蚊香。在掩蓋式的防空壕裡燒尤加利葉，便可以驅趕即使大白天也猖獗肆虐的黑斑蚊。在廢墟搭棚屋而住的人，白天都是到防空壕深處去解手。但由於蚊子猖獗，有時只好一路忍耐到天黑。中尾家的女兒正值閉花羞月的年紀，應該很為此困擾。

團扇在薰尤加利葉時也很管用。

鏟子不管在防空壕內或露天處，都是挖土填土不可或缺的工具。

「真是謝謝你。」中尾先生再次感謝我。「我們家的防空壕，空襲前出現大量的蟋蟀，是褐色的小蟋蟀，藝備銀行的行員說那是叫做兔子蟋蟀的種類。但是空襲後卻冒出大量的黑斑蚊。那蚊子真是太可怕了。你的這些慰問品，真是比什麼都要寶貴。」

「這些慰問品不是我挑的。」我沒有提它們本來是要送給別處的。「是我們公司廠長聽人說廢墟有很多黑斑蚊，要我帶這些慰問品出來。如果需要的話，下次我再多帶些尤加利葉來。」

中尾先生不停地嗅聞尤加利葉。廠長把這種常綠植物的草塞了滿籠子要我帶上，因此布滿白粉的橢圓形嫩葉都軟掉了。半圓形的老葉則是硬邦邦地彎折。

中尾先生說他打算暫時留在這裡，直到找到小兒子。糧食方面，他說承市公所關心，每天可以拿到一顆大飯糰，還有梅乾或蘿蔔乾當配菜。

我暫時向中尾先生道別，折回家後，將綁在拖車上的長繩一端搭在肩上，負責在前面拉。同時我發現在前方拉車的辛苦。每當車輪爬上碎瓦，繩索便用力勒住我的肩膀向後扯。我的上身前傾，全身壓在牽引的繩索上，因此整個人前進不得。不是被拉直起來，而是被向後拖。

我對工人說：

「六郎，這根本拖不動。這繩子沒有彈性，從物理上來看，也是個大問題。如果要靠這條繩子拖上七、八公里路，肩膀的肉都要被磨光了。」

「不是用肩膀拉，要靠身體的重量去拉。這樣做就行了。」

工人在繩索前端打了個環。

我依照工人的指示，把繩環套在右肩到左腋下的地方，讓環結位在背部正中央。這下拖車的重量便大範圍分配在身上，稍微好拉了一些。

從六日到現在，我們的拖車似乎是第一個經過這條路的車。通過之後回頭一看，散落滿地的玻璃碎片被車輪輾成了粉末，畫出兩條閃亮亮的線。

工人在車上放了兩瓶一升容量酒瓶的水。我們前進一小段路，抹去汗水，再前進一小段路，抹汗，並喝水補充水分，因此離開市街時，兩瓶水都見底了。一頓一頓地拖拉車子，還有街上的惡臭，感覺讓熾烈的陽光熱度加倍了。期間我提議過一次：「喂，六郎，咱們在這附近好好休息一下吧！」但工人說：「不，先離開市區再說。」

我全神貫注在走來的路上，拖拉車子前進。內心估算著：這樣大概就三公里了、這樣就三公里半或快四公里了、應該走了四公里了吧？來到約四公里半的地方時，向路旁人家要了點井水喝，也裝滿瓶子，好好地休息了一頓。工人是工廠女廚工介紹的五十多歲清瘦男子，名叫益田六郎，為人豪邁，韌性十足。

出發。走到約五公里的地方時，路面不再像市內那樣布滿碎瓦，車子拖起來也不再一頓一頓，鬆輕不少。總算回到寓居處時，屋內亮著燈。我正準備坐到簷郎好好休息一番，卻嚇了一跳。因為燈光底下，意外地竟看到妻舅和妹夫呈大字形躺在屋內，正打著鼾。

我付錢給六郎，到屋後井邊叫繁子。

「喂，我回來了。強行軍回來了。喂，兩個遠方的客人是什麼時候來的？」

矢須子正在隔壁屋主家燒洗澡水。繁子在流過屋裡的溝渠洗衣場，天都黑了，卻在那裡搓洗衣服。

詢問之後，才得知繁子和矢須子從廣島回來一看，發現兩個客人正精疲力盡地坐在簷廊。

他們是擔心我們的安危，特地從深山村落遠道而來。聽說他們看見千田町化成了一片焦土，改為拜訪我上班的地方，好不容易才找到這裡來。

「我真是太開心了，哭得可慘了。他們實在太掛念不下，遠路迢迢過來探望我們。他們是費盡千辛萬苦，用走的經過蘆田川的鐵橋過來的。」

繁子像個孩子般哇哇大哭起來。

13

【八月十一日】

昨天我先擱下遠來的客人，回公司食堂和廠長一起吃晚飯，並報告廢墟的煤炭狀況。我也建議煤炭部分，應該立下決斷，由我們公司自行設法。鏟子與尤加利葉的處理方法也報告上去了。

「這麼說或許難聽，但你等於是去給人耍了一頓。問題在於，制服分廠的軍人為什麼不肯釋出字品的儲備煤炭？你應該追問理由才對。又不是小孩子跑腿傳話，不能人家說不行，你就摸摸鼻子回來吧？在這種非常時期中的非常時期，那個軍人到底在想什麼？真是教人想不透。」

廠長非常激動，一邊說著，連開牛肉罐頭的手都在發抖。

晚飯美味極了。主食是七成麥飯拌三成麩皮，但配菜是原本要送給煤炭管制公司卻沒送成的罐頭牛肉。我已經太久沒吃到如此甜美的食物了。厚實的玳瑁色肉塊、濃稠的琥珀色肉汁、令人垂涎三尺的香氣教人招架不住。要不是臉頰用手巾固定起來，真是好吃到臉頰肉都會融下來。

在廢墟享用如此美味的東西，實在太奢侈了。罐頭一打開，肯定就會被蒼蠅團團包圍。昨天宇品罐頭工廠的田代先生說，他在廢墟吃便當時，一打開牛肉罐頭，蒼蠅立刻從四面八方飛來，一眨眼就讓牛肉變成了黃色。是蒼蠅在肉下滿了黃色的卵。火災後的廢墟惡臭固然教人反胃，但數量驚人的蒼蠅也令人消受不了。從後方看去，田代先生揹的洗褪了色的背包爬滿了蒼蠅，看起來就像黑色的毛線刺繡。我的背袋應該也半斤八兩。

廠長和我將牛肉均分吃掉了。兩人都再添了一碗飯。用餐時，作業部的工人仁科五郎來請我去為葬禮誦經，解釋說：「剛剛嚥氣的。」

「我吃完飯就去。再三十分到一小時就過去。」

我說，工人仁科看到桌上牛肉空罐，露出譴責的眼神。那是保存起來做為廠長給客戶的贈禮的，廠長沒有向仁科說明原委，而是說：

「閑間用完飯後，會漱口淨身後再去誦經。今天會讀《白骨御文章》吧。」

仁科嚥了口唾沫。

死者是仁科的小姨子，三十六歲，名叫蜜田咲的寡婦。蜜田咲對仁科說，六日清晨，她在廣島市內的長壽園這處農園忙農活時，遇上了轟炸。當時咲在種大野芋的田裡除草，頭上包著頭巾，蹲在地上，因此芋頭的寬葉遮蔽了閃光。儘管沒有當場死亡，但她可能嚇軟了腿。咲在芋田裡趴了好一會兒。看看天空，一片漆黑，白島中町和西中町化成了火海。她覺得不能繼續待在原地，便用爬的爬到河邊去。河水看起來是泛黑的紫色，她覺得世界末日到了，害怕不已。火勢逐漸擴散到這裡，咲覺得做寡婦的就該在這種時候拿出氣魄來，硬著頭皮跳進河裡，抓住竹筏，躲在水裡（這是市公所呼籲民眾準備，用來在空襲時避難的竹筏之一）。河水正值漲潮，深約四尺多。很快地，一陣驟雨襲來，她被淋得渾身冰涼，因此爬上竹筏，披上從上游漂過來的被子，用流木板當槳，划到下游避難。她的左耳、頸脖和肩膀受了燒燙傷。她在前天晚上前來投靠工人仁科，當時人看起來好端端的，也還能行走，昨天卻突然整個人衰弱下去，聽說直到上一刻，雖然人還在呻吟，但還有氣息。

我身為主持外人葬禮的負責人，將這些記錄在備忘錄裡。

廣島市內的長壽園以前是河岸公園。去年春季開始，依據妥善利用空地的國策，幾乎全面改為農田，種了茄子、小黃瓜、番茄、芋頭等等。聽說空襲的時候，這一帶的人，包括正在勞動的第一女高、市立女高的學生，幾乎無一倖免。像蜜田咲這樣活到今天的，已經算是苟延殘喘了很久。

廠長執著於一廂情願的想法，對我說：

「閑間，誦完經後，你今晚早點上床吧。明天你得再去制服分廠陳情一趟。你說應該由我們自行設法弄到煤炭，但我認為反過來說，這未免過於消極。雖然得辛苦你一些，但還是要請你拿出勇氣去陳情。要懷著鍥而不捨的氣魄去做。」

「這是白費工夫。」我不悅地說：「與其如此，倒不如請通信部隊的野津上尉寫介紹函，直接去向宇部煤炭廠交涉。煤炭管制公司都沒了，也不能再照著管制令走吧。」

「雖然你這麼說，但野津上尉出差不在。我今天上去二樓的通信部隊臨時辦公室看了五、六回，那裡只有一名下士，我問他上尉去哪裡出差，他推說是軍方機密。問他什麼時候回來，答案也千篇一律。我剛才也去倉庫看了一下，煤炭只剩下兩天份了，這真是教人一籌莫展。」

廠長真的抱頭苦思起來了。

「那麼，或許只是白跑一趟，但我明早還是再去一趟吧。」

我明知是白費力氣，但還是決定再去一次制服分廠。又得踏進那片焦原廢墟了。

結束葬禮誦經，我回到寓居處，儘管由於燈火管制令，遮雨窗板都關得牢牢的，卻連外頭都聞到烤麻糬的味道了。我聞出刷了醬油。

我從後門的泥土地房間進屋。兩名客人都已經醒了，和矢須子及繁子一起圍著餐桌（是房東借給我們的，黑檀的豪華餐桌）。餐桌上擺著盛烤麻糬的碗和小碟子。麻糬應該是客人帶來的，矢須子和繁子都吃得狼吞虎嚥。

「啊，你回來了！」繁子一見我便開心地說：「我們先開動了。」

「舅舅，您回來了。」矢須子說：「不好意思我們先用了。看到麻糬烤好了，實在是無法忍耐。除了麻糬，還有炒米。還有剩下的飯糰。」

我先向客人致意：「抱歉讓你們擔心了。」然後坐在木板地邊框上，避免露出左頰的燒燙傷。兩名客人目不轉睛地看著我，眼睛紅得像兔子，淚如雨下（一個是繁子的哥哥，渡邊正人，另一個是矢須子的父親，高丸好男）。高丸重新坐正，雙手用力抵在膝上，咬住下唇的鬍子，啜泣不已。矢須子和繁子見狀，也露出疑惑的表情，跟著停止了吃麻糬。渡邊抹去淚水盯著我，又抹淚看我，一句話也不說。

我努力撐著不掉淚，胸口卻一陣灼熱，鼻水流到上唇來了。因此我背對兩人，重新在木框上坐好。

「你們都沒事，太好了，真的太好了。」渡邊說：「你們都活著，謝天謝地。我們原先都抱定了再也見不到你們的覺悟，打算至少替你們收個屍。」

「真的太好了。」高丸也哽咽地說：「矢須子平時就有兩位照應、疼愛，我一直以為她也跟你們一起走了，已經放棄希望了。不管在小畠村還是廣瀨村，有親人在這裡的都已經不抱希望了。」

我喝著矢須子為我倒的茶，坐著說：「讓你們擔心受怕了。」渡邊斷斷續續地說起故鄉的人聞此噩耗，有多麼震驚。高丸在一旁偶爾補充。

兩人說，廣島被投下一種叫「高性能特殊炸彈」的威力極強的炸彈，包括士兵和勞動服務隊的人在內，全市市民有三分之一，都在一眨眼之間死去了。剩餘的三分之一重傷，其餘的三分之一，也沒有一個平安無事。房屋全數燒燬，一棟也不剩。這絕非流言蜚語，而是事實真相。這樣的消息口耳相傳，在六日傍晚被帶到小畠村，七日、八日，逐漸傳播開來。傳聞比一開始接到的消息更要淒慘。在廣島受傷的人陸陸續續回到鄰近村莊，有些人一到家就死了，也有人歷經火深火熱的痛苦折磨。廣瀨村有從神戶疏散過來的小兒科專門醫學博士，他診察之後，也說：「我只能說，這是不知名的疾病，或是沒有治療方法的疾病。」對於燒燙傷，就塗抹藥膏，對於表示劇烈疼痛的病患，就注射潘多邦，但博士手上只有一打潘多邦安瓶，而傷患太多，一天就藥物短缺了。

有兩名傷者回到小畠村，兩人都受了燒燙傷和骨折。他們拜訪這兩人，打聽廣島市內千田町一帶的災情，但只知道房屋燒燬，活下來的也都受了傷，甚至無從推估我們是否安好。即使受了傷，如果還活著，應該就會回來，但既然還沒有回來，連是不是死了都不知道。但無論如何，房屋全燒光了，也不可能住在焦土上。他們認定絕對是凶多吉少了。

但就算死了，也不能就這樣任人曝屍路邊，最起碼也該收個屍。渡邊正這麼考慮，十日早晨，五名親戚便不約而同地上門來，眾人商討之後，決定由渡邊和高丸代表到廣島來。他們不抱希望，帶著當時手上所有的麻糬和炒米出發了。

從村子出發以前，兩人到我母親那裡打招呼，結果我妹妹從福山市帶著兩個孩子回來了。母親相信我們三人不是死於轟炸，就是被倒塌的房屋壓死了，將我們三人的照片供在佛壇上，供上三只裝了清水的茶杯，還插了大理花。

「渡邊和高丸願意去一趟廣島的話，至少也帶把香吧。還有，帶點小畠村的水和綠葉過去吧。請把香插在屋子那裡，水和綠葉，請灑在屋子的廢墟。重松喜歡吃玄圃梨，順便帶顆梨子過去吧。」

母親說，用「醋精」的空瓶裝了井水，將線香、冬青葉用紙包了，託給正男。聽說她撿了兩三顆未熟便落地的青玄圃梨，放進正男背包裡的小袋子。

小畠村的平均海拔為五百五十公尺，是三面山地環繞的高原村落，亦是經廣島縣東部往南流的蘆田川，以及流入岡山縣的小田川的分水嶺。以前是九州中津藩在此地的獨立領地，因此也有武家大宅，但現在日漸沒落，交通也極為不便。渡邊與高丸花了兩個多小時走下蘆田川溪流旁的坡道，來到一處叫魚斷淵的地方，剛好遇到一輛燒木炭為動力的空卡車，便請對方載他們一程。他們在晚間十點多的時候，抵達一片焦土的福山市。

福山市在本月八日遭到轟炸，除了市區北部一隅，盡數燒燬，一片漆黑，沒有半盞燈火。兩人在黑暗中摸索道路，找到山陽線的鐵軌，沿著軌道往西走，來到一處像車站的地方。他們想要買票，卻一直沒看到站員，只好在黑暗中與陌生男子呆站了老半天。聽男子嗓音似乎是五十開外，口音像東京腔。男子在一個月前疏散到福山市來，卻又遇上火災，無家可歸，他道出了空襲時的情況。

夜半時分，六十架B29呼嘯而來，在福山市區周邊的小丘投下無數照明彈，接著轉為正式的波狀轟炸。

「燒夷彈投下的時候，會有沙沙聲響。落到地面的時候，也不是『咚』的一聲，而是『噠噠噠噠』的聲音，發出強烈的光。有一次是『叮』的一聲，就像玻璃窗破掉的聲音，讓我印象深刻。」男子說。

燒夷彈似乎是一次好幾個，用類似鐵皮的東西包裹起來，再以黃銅絲綁住。從天而降的時候，鐵絲鬆開，鐵皮打開，燒夷彈便會在空中散開來，發出沙沙聲響吧。「叮」的聲音，我猜是鐵絲掉落在造景石之類的物體敲出來的聲音。

聽說福山城也遭到空襲。五層高的天守閣，第三層的窗戶被投入燒夷彈，霎時熊熊燃燒起來，衝出巨大的火柱，轟然倒塌。從京都伏見城移建過來的淀君的湯殿也燒掉了，相連的納涼樓、賞月樓也燒掉了，石牆也燒成了斑駁的白。餘下的只有三層的伏見樓，以及城門黑鐵御門。

「雖然我軍的高射砲陣地不只是城裡有，蘆田川的鐵橋旁邊也有，但敵機在天上亂飛，我軍卻連一發砲彈都沒有擊發。事實上不管B29飛得再怎麼低，都沒有半發砲彈發射出去。完全就是『靜如林，不動如山』，真正一副『真人不露相』的姿態。」

這名木頭人般的男子說道，不知道是語帶譏嘲，還是在替軍人說話。

福山站裡似乎也聚集了許多在火災中失去家園的人，但因為一片漆黑，看不分明。走到軌道望過去，西邊叫鄉分的聚落，以及備後赤坂站的方向有燈光。看起來就像早已精疲力竭的草民村落，連遵守燈火管制的力氣都沒有了。兩人決定去赤坂站買票，便沿著軌道摸索前進。

經過蘆田川的鐵橋時，因為一片漆黑，兩人像猴子一樣四腳著地，逐一按著枕木移動身體。他們計畫如果上行列車過來，就移動到下行軌道，下行列車過來，就移動到上行軌道。兩人分別在上行線與下行線移動，只要火車一來，就能拉著另一邊的人過來避難。「喂、喂」，「這邊、這邊」，兩人彼此吆喝著過橋，但背上的背包卻成了燙手山芋。頭一低，背包便沉沉地壓上後頸和後腦，但背部水平爬行，背包又會溜到側腹部或腋下。每回背包滑動，身體便會搖晃，失去平衡，險象環生，只得緊緊地抓住軌道。他們不知道冒了多少冷汗，但總算是平安抵達了赤坂站。

赤坂站的中年站員聽了兩人的狀況，賣了前往廣島的車票給他們，但說火車不知道何時才會來。兩人只能耐著性子等待，正悠閒地吃著便當時，上行列車進站，約三十名乘客走下月台。其中有一半受了傷，剩下的一半是要去廣島找親戚的。從火車進站前就一直在等待的約二十人，與下車的人七嘴八舌地大聲交談：「找不到。」「找到了嗎？」「房子怎麼了？」「有沒有遇到認識的人？」「我在橋欄干貼上告示了。」好像沒有半個人找到要找的傷者。摻雜在這些人當中，帶小孩的男人、抱小孩的女人、貌似兄妹的男女、傷者等等，默默地走出驗票口，消失在黑暗當中。

「看這樣子，我們也沒希望了。」「但或許可以在廢墟找到遺體。」「都走到這裡，也不能折返了。」兩人討論說。

下午一點多，兩人坐上火車，在五點多抵達廣島，找到千田町燒燬的我們家時，已經是七點多了。我並沒有在廢墟貼紙告知避難到何處，但渡邊以前來過我們家兩、三次，他看到松樹和池塘，認出是我們家。但面對這片火燒後的廢墟，喊人沒有用，也沒有工具可以挖開灰燼，兩人認定我們一定是死在某處了。他們心想不管死在何處，就當做死在這裡，點了香，站在池塘邊，供上醋瓶裡的水，將冬青的綠葉灑在半焦的松樹底下，玄圃梨則供在香前。這時有陌生人走來，問：「你們在找閑間先生嗎？」陌生人自我介紹說是在附近臨時搭棚屋居住的中尾，並說閑間夫妻與養女矢須子三人搬到古市的公司了。「他們三個都沒有受傷嗎？」兩人問，中尾說：「閑間先生臉頰受了燒燙傷，但不嚴重。」

兩人向中尾先生請教前往古市的大略路線。渡邊將中尾先生用木炭在灰燼畫出來的路線圖抄到筆記本上。兩人靠著這份地圖，途中多次向人問路，走到山本站，從那裡坐電車到古市，再從公司打聽到我們暫住在這裡。這時已經十二點半多了。不過，昨天我在千田町的廢墟拜訪中尾先生時，他怎麼沒告訴我有人來找我？一定是廢墟生活讓他有些痴呆了。

昨天繁子和矢須子去千田町的廢墟時，看到松樹根部灑了綠葉，也看到池塘旁邊擺了一只醋瓶。瓶身上「醋精」的標籤畫著一個村姑，以紅色衣帶束起和服袖子，十分顯眼。那只瓶子毫髮無傷地立在焦土上，又有玄圃梨的青果，因此繁子覺得十分納悶。我完全沒注意到那些東西，但母親請他們供上玄圃梨，是為我回向之意。母親的心意令我感動。小時候我經常等不及玄圃梨成熟落下，用小石頭丟樹枝，挨父親的罵。有時小石頭還會砸到浴室屋頂。母親似乎還記得這些事。

兩位客人說，故鄉的鄰居好友都為了我的事，到老家慰問。名目上是慰問，但說的話顯然是在致哀了。只有附近一家叫觀音堂的雜貨店老闆不同，他對母親說：「不要把照片放在佛壇上祭祀，太不吉利了！再過一陣子，一定會平安回來的。」也沒說什麼像樣的慰問就走了。

明天我得早起，便向客人告罪，到隔壁小和室躺下了。聽傳來的客人話聲，小畠村也在進行挖松根的工作。母親也上山去挖松樹根，衰老的身子都磨出了滿手水泡。挖松根是為了從松樹根蒸餾出松油，用來做為擊落B29的飛機等等的引擎燃油。聽說有海軍士官到村子來，在村民面前如此宣布，因此展開了挖松根的勞動服務，還在溪谷河畔蓋了蒸餾松根的小屋。

以上是昨晚的紀錄。

今天我起了個大早，想要寫信託兩人捎給母親，卻百感交集，無法成章。我留下還在睡夢中的客人，搭上第一班電車，一樣從山本站之後改以徒步走向橫川橋。這段路程約三公里。

廢墟的景象與昨天並無太大差異。到處都有尋找屍首的人，上身下彎，臀部高翹，接著霍地挺直身體，下一秒又彎下身子，令人聯想到挖蛤蜊的情景。我邊過橫川橋邊觀察，六日在橋下渾身燒傷、不停顫抖的馬，幾乎只剩下骨頭了。下游處有貌似父子的兩人將鐵皮折成漏斗狀，正在汲水。橋的上游處也有兩名中年婦女，用折成相同形狀的鐵皮在汲水，但汲了一陣，似乎是累了，兩人都癱靠在石牆上。這些人用竹子或木棒插進石牆洞穴裡，以木板、草蓆或鐵皮覆蓋，搭出遮雨的屋頂。遙遠的上游處，也有幾間這樣的小棚屋。

走到相生橋北岸的空鞘町，在一堆破瓦片中，兩個女人坐在地上嚶嚶哭泣。兩個都不到二十，看起來像姊妹。

物產陳列館和產業獎勵館的上層折斷垂下。相生橋是鋼筋橋梁，然而正中央隆起了近一公尺高，橋面的混凝土呈龜裂狀，布滿了寬二、三公分的裂痕。貼著橋跨越河川的直徑五十公尺的水管也折斷了，露出大口，可以看見水管內部。

我來到本川橋的南岸。由於退潮，可以看見河床。低處的水窪裡沉著三、四條像烏魚的魚，露出腐爛的背骨。到處都有爬出石崖後死掉的河蟹。河岸雜草嚴重抽高，幾乎蓋掉了雀稗草等禾本科植物。但轟炸聲與強光會讓植物徒長嗎？我怎麼想都無法理解。

每座橋的欄杆都貼滿了聯絡通知的貼紙，或是直接拿木炭在欄杆上寫字，數量驚人。有時風一吹，貼紙就隨風拍動。偶爾有不少人對著那些告示看得入神，就像在看報社快訊告示板，或抄寫下來後，匆匆離去。每一則告示都非常簡潔，但逐一細看，可以想像寫下那些訊息的人內心之焦急和當下窘迫處境。

我將幾則本川橋欄杆上的告示抄寫在筆記本上。

〇幸之助，到祇園姑姑家來，父。

〇爸，媽，請留下您們的所在，真弓，投靠廿日市／櫻尾阿部家。

〇孩子們在擔心父親，蓮枝。寄居八本松／新宅彌一處。

〇渡邊新藏平安，落腳綠井／瀨原繁記先生處。

〇同學們可都平安？我每早十點會到這裡來。高工二A，小川泰造。

〇祖父母、惠美子、行衛下落不明。正司、夏代，到大河町的伊田德郎家來，保岡。

〇紙屋町西口幾夫先生，欲償清債務，請告知目前住址，至為感謝。中廣町，知名不具。

〇八重子，回府中時到三原來，父。

為了甩掉跟上來的蒼蠅，我揮舞手巾往前奔去。很快就上氣不接下氣，變成普通的步伐。這條路也一樣，看看石牆與造景石之間，酢漿草和野豌豆等新芽抽得極長，支撐不了自身重量，整個垂了下來。植物也因為空襲的震盪，導致細胞組織產生變化了嗎？

我想起指導農事的巡迴講師說的話。栽培水稻時，如果以深水種植，接觸水面的莖的部分，細胞會徒長肥大，導致莖的結構弱化，造成倒伏。講師說這是經過證實的學說，但我不知道光線、聲音和熱度等衝擊，也會造成植物徒長。這次的炸彈助長植物與蒼蠅的繁殖，卻壓抑了人類的生命力。蒼蠅與植物極盡猖獗。昨天這條路上的烏龍麵店的廢墟處，後院的芭蕉竟抽出了長達一尺五寸的新芽。原本的莖在爆風肆虐下，連根折斷，形影不留，原處長出了一條包起的莖，說是新芽，看起來更像筍子。然而今天一看，它竟已長高到二尺以上。目睹這一天成長五寸以上的速度，就連出身農家、熟悉樹木生長的我都驚訝極了。

這家烏龍麵店我很熟悉。在陸軍糧食廠上班時，每個星期天我都來這裡吃晚飯。老闆也都叫我「老大」。糧食陷入短缺後，有時我會利用我跟老闆的交情，偷偷來跟他要一些配給的烏龍麵。

老闆做的咖哩長蔥烏龍麵很好吃。我一邊想起這些往事，一邊用指頭測量芭蕉的新芽長度，結果烏龍麵店養的㹴犬從石頭後面探出頭來。異於平時，今天叫牠的名字、吹口哨，牠都不肯靠近，也不搖尾巴，只是定定地看著我的臉。似乎是火災時逃到別處，火熄之後回來找主人。在沒有半點食物的這片焦原沙漠當中，牠是怎麼活下來的？我百思不得其解。牠變得瘦巴巴的，整身的毛都變成了灰黑色。我想要分一點飯糰給牠，但又擔心牠因此跟上來，最後還是見死不救。

烏龍麵店再過去第四、五間房屋的廢墟傳出打鐵般的聲響，有個人正用鑿子鑿開燒成褐色的大保險箱。那是一名中年男子，穿著卡其色短褲和同色短袖衫，戴了頂頭盔。我好奇地走到旁邊攀談：

「天這麼熱，您在忙什麼？那個保險箱打不開嗎？」

戴頭盔的男子瞥了我一眼，手上的鐵槌繼續敲打著應：

「鑰匙完全轉不動，所以才想從背面鑿開。」

「用大鐵槌之類的打掉門鎖怎麼樣？」

「大鐵槌有辦法嗎？不趕快把裡頭的東西拿出來，會被偷保險箱的幹走。」

為數驚人的蒼蠅試圖爬上頭盔，有些攀不上去，就在男子旁邊瘋狂地打轉。男子看起來不像宵小，因此我說「打擾了」，離開原地。

商店街的廢墟，無論放眼何處，到處都是生鏽的保險箱。我在千田町的家沒有保險箱，在我們鄰組，好像也只有中尾家和宮地家有保險箱。看到廢墟，我才知道原來家家戶戶都有保險箱。不過宮地家是在今年七月中旬，敵機從廣島上空飛越中國山脈，不停地投下水雷到日本海之後，才買了保險箱的。應該是疏散到鄉間的人一下子變多，一堆鋼琴、風琴、保險箱拋售，賤價得難以置信，是在那時候買的吧。七月中旬以後，敵機頻繁來襲，德山、岩國、吳等地發出空襲警報，日本海開始遭到水雷轟炸，這時除了保險箱、鋼琴以外，櫥櫃、棕櫚竹盆栽、竹竿、精品盆栽、棋盤、扁額、洗衣板、洗臉盆、球拍、古董壺、掛軸等等，都在市面上賤價拋售。

都說廣島市是陸軍城市，吳市是海軍城市，吳市在六月二十二日遭到空襲，七月一日遇到燒夷彈大轟炸，平地地區的市街大半都被燒燬了。七月二十四日再度遭到空襲。這時躲在島嶼後方的日本戰艦由於重油不足，停留原地發射高射砲應戰。有望取代重油的松根油的產製供應不及，因此戰艦儘管具備戰鬥能力，卻困在原地動彈不得。七月二十四日，敵機也來到宇品上空，投下炸彈。接下來就是八月六日，投下神祕炸彈的廣島空襲。整個市街化成了一片焦土。

我們從來沒有聽說過、也想像不到世上居然有如此駭人聽聞的炸彈。絕大多數的人應該都是如此。小孩子很老實，從他們的反應就可以知道了。在轟炸中幾乎全軍覆沒的勞動服務的中學生們，直到八月五日前，幾乎每天都在幫忙拆除房屋。不管任何一張臉，都沒有想要開溜或逃避的神色。勞動服務的女學生頭繫白布帶，戴著「學生挺身隊」的臂章，去程與回程都組成路隊，高聲合唱著〈動員學生歌〉往返製鋼所。

你持步槍我持槌
戰鬥大道再無他
為國犧牲殉大義
學生榮光動天地

這些女學生在製鋼所擔任車床工，加工高射砲砲彈。她們兩班輪替，晚班好像要工作到深夜十點。她們應該連做夢都想不到，竟然會有像這次這樣的炸彈落在她們頭頂。

14

在廢墟翻找屍骨的人比昨天多了幾成。除了衣衫襤褸或半裸的人以外，也看到不少穿得像消防團員、戴著「特設救護班」臂章的人。也有人帶著擴音器和竹擔架。應該是從郡轄區前來救助災民的人。

我到了制服分廠，得到了不出所料的回應。笹竹中尉聽完我的陳情後，慢條斯理地說：

「關於這一點呢，閑間先生，面對這樣的局勢，我們無論如何都必須克服現下的難關。我們必須軍民一體，想方設法，突破目前的困境。畢竟現在面臨的是這樣的超級非常時期，我們要以國民總奮起的精神來面對。」

這番抽象的空話，對於只想要得到煤炭配給的我來說，毫無安慰作用。

「那麼，中尉大人，可以請您幫我寫封介紹信給宇部煤礦廠嗎？」

「我無法作主，這得請示上司，開會決定才行。但我們必須想辦法撐過目前的困境。」

「可以請您釋出宇品的儲備煤礦嗎？」

「我昨天也說過了，絕對不行。這不在我們的管轄範圍內。」

和昨天一樣，被徹底拒絕了。但是異於昨日，感覺口吻柔和了幾分，也似乎沒那麼盛氣凌人了。我放棄繼續堅持下去。

離開制服分廠，穿過袋町的廢墟，沿著電車經過的路線走向郵電局。這時有戴著「救護班」臂章的人從我旁邊跑過，呼喊著：「喂！有沒有甲神部隊的人！」我看到那名軍人的側臉，對方也回頭看我。

「咦，保兄？」

「啊，重松哥。」

這實在太巧了。保兄是我的同鄉，幾年前加入姬路的連隊，聽說前年榮升為醫護兵伍長。他戴著新的防暑帽，腰間佩著軍刀，襯衫領子別著曹長[43]的階級章。

「保兄，居然佩了把那麼威風的軍刀，你真是出人頭地啦！」我驚訝地說。

「我不久前被調到福山連隊，八月七日又調到這裡。我現在是負責清理廢墟的特設救護班醫護下士官。」保的表情有些尷尬。

43 曹長為日本舊陸軍的軍階之一，為下士官的最高階級。

保兄帶了兩個人，我也都認識。一個是小畠村阿下區的消防團員陸男，這人非常沉默寡言，但聽說打火技術一把罩。另一個也是小畠村人，時安區的阿勝，也是消防團員，據說打火技術與陸男不分軒輊。兩人都是廣島市遭到轟炸後的隔天被警察找去，加入特設救護班，來到廢墟救援甲神部隊的隊員。

（後日附記：甲神部隊是從廣島縣甲奴郡及神石郡徵召的青壯年所組成的部隊，從事廣島市的房屋拆除工作。八月六日早上，他們離開臨時宿舍第二部隊兵營時遇上轟炸，來自小畠村的二十一名隊員裡面，有十八名當場死亡或因燒燙燒死亡，有三人生還回到村子，但其中一人因原爆症過世了。小畠村其他還有「庄吉」和「淺二郎」等人去廣島協助房屋拆除作業，遇到轟炸。但庄吉和淺二郎並非受徵召，而是志願前往廣島服務。）

陸男脖子上掛了個擴音器，和阿勝一起抬著青竹把手的擔架。

「那竹柄是小畠觀音寺竹林的竹子吧？真懷念。」我說。

「怎麼可能？這是三次町的警察給我們的擔架。」阿勝說。

陸男和阿勝這些救護班成員，聽說不是直接從小畠村前來這裡的。他們先是在小畠村長的召集下，在公所集合，前往油木町的公所報到（命令書只寫著要他們換上消防團的制服去報到），和來自附近村莊的人會合，聆聽町長題為「振奮後方國民士氣」的訓詞。一行人接著被送到上下町，在那裡再次與來自附近村莊的人會合，又聆聽町長的訓詞，被送到三次町。在三次町，又一次與鄰近村莊的人會合，聆聽町長訓詞，交代「你們身為特設救護班成員，即將前往廣島市的焦土廢墟，是在國難之中英勇赴義的勇士」。從小畠村到油木町和上下町的路途，沒有火車，因此乘坐木炭卡車前往，從上下町到這裡，則是坐火車到矢賀町。路上沒有任何一個人埋怨或逃跑。班員的任務不是救助一般傷者，而是救出來自各村莊或鄰近村莊、不幸遇到轟炸的甲神部隊隊員。

我再次向兩人行禮，慰勞「辛苦你們了」，也對曹長保兄敬禮說「辛苦您了」。

「仔細想想，這真是神祕的因緣湊巧。」保兄說：「再沒有這麼巧的事了。我現在隸屬於小畠村和高蓋村的救護班。我們正要前往郵電醫院尋找傷者。」

「小畠村的傷者目前只找到五人而已。」阿勝說：「我們不停地用擴音器呼叫，陸男喊得喉嚨都啞了。下回換我來喊。」

自然而然地，我和他們一起走向郵電醫院。工廠沒有門禁，我覺得今天和他們一起行動，是順理成章之事。

陸男拿著擴音器，邊走邊喊：「喂！有沒有神石郡小畠村甲神部隊的人！高蓋村的甲神部隊！喂，有沒有甲神部隊的人……！」我東張西望，尋找有無反應，但眼中所見全是碎瓦、斷垣殘壁、燒燬的汽車、密密麻麻垂掛宛如曬魚網的電線、電車軌道、焦黑的木椿、燒爛的保險箱、焦黑的窗框等等。

曹長突然停下腳步，重新戴好防暑帽說：

「那可能是布告。」

定睛一看，燒得只剩下框架的電車上貼了幾張紙。曹長往那裡走去，我也提心吊膽地跟上去。那是用整捲的紙張裁成長方形貼上去的大字報。廣島市應該只有報社才會用這種紙。我將布告之一抄寫在記事本中。

西部軍管區司令部公告。八月九日上午十一時許，兩架大型敵機侵入長崎市，投下疑似新型炸彈之物。詳細損害狀況正在調查當中，但推估不甚嚴重。

另一張布告如下：

八月十日，廣島警備主責司令官向市民公告。萬一受到燒燙傷，應先浸泡以清水稀釋一半的海水，如此便可充分防護此種攻擊。電車軌道及主要幹道目前已可通行。

旁邊的公告如下：

大本營公告：（一）昨日八月六日，少數幾架B29敵機攻擊廣島市，造成莫大損傷。（二）敵機於上述攻擊中使用的疑似新型炸彈之武器，目前正在調查詳情。

空白處用木炭寫了「八月十日，蘇聯參戰」，應該是有人墊著鋼筋寫上去的。字跡潦草，而且是用隨手撿起的路邊的木炭寫的，怎麼看都只是隨手塗鴉，我卻無法將之視為無憑無據的流言。與其說終於走到了這一步，我更覺得這實在是屋漏偏逢連夜雨。我差點就要當場癱坐下去。連自己都一清二楚地感受到，受傷的左臉頰正陣陣抽搐。不過大字報應該兩、三天前就張貼在廢墟各處了，我怎麼一直都沒有注意到？

曹長和陸男等人都默不作聲，跨步往前走去。我們四人一路默默無語。走到郵電醫院門口時，陸男自言自語地說：

「要浸泡稀釋一半的海水啊……」

這間醫院也變得宛如廢洋樓，但從玄關望去，也能看出收容了大量的傷者。通道上，穿著手術服的人忙碌穿梭，傷者有氣無力地遊蕩。一名女人站在石階，口中大聲喊叫著，聽不出在叫些什麼，似乎是瘋了。也有人結伴而來，說是從鄉下來找人的。曹長保兄吩咐我在玄關門口等候，帶著陸男和阿勝走進像櫃台的房間。一會兒後，保兄出來說：

「我們進去病房找找。你不是救護班人員，請在這裡等。這家醫院應該收容了來自小畠村的傷者。」

然後他帶著陸男和阿勝走進通道深處了。結果疑似發瘋的女人對著他們鬼吼鬼叫起來，彷彿詛咒。

玄關石階處，角落坐著兩名女子縮著身子，嘰嘰咕咕說個不停。兩個都不像爆炸傷者。年紀約四十上下，都穿著髒兮兮的上衣、束口褲和高筒鞋。聽她們談話，一個是收容在這家醫院的傷者妻子，另一個是傷者的妹妹。兩人聊得起勁極了。

她們說，蘇聯大軍突破蘇滿國境，正勢如破竹地攻入滿洲國。對此駐守滿洲的日本軍決定對蘇聯軍投下B29在廣島投下的那種炸彈。日本軍好像也決定在美軍占領的南方諸島投下這種炸彈。也就是展開報復攻擊。現在竹原市外海的某座小島正在祕密製造這種炸彈。必須讓敵人認清，除了陸軍以外，日本還有無敵的海軍。

除了蘇聯參戰的消息以外，我還從兩名女子的談話得知了這家醫院的部分內情。院長蜂谷道彥博士在炸彈落下時，全身被碎玻璃及木片扎出了三十多處傷口，活像是歌舞伎戲碼中的角色，遍體鱗傷的與三郎。院長就此無法起身，躺在病床上，指揮醫院在緊急狀況下運作。傷者的症狀就和院長一樣，許多人食欲不振、嘔吐、腹瀉、血便，因此院長認為這次的新型炸彈含有毒氣或痢疾菌，要內科醫生採取措施，預防傳染病散播，並吩咐代理院長小山醫生緊急興建隔離病房。

小山醫生善於機變，富有行動力。他立刻看出有能力在這片焦土大興土木的，就只有軍隊了。因此他與接收隔壁郵電局的軍隊長官談判，動員士兵在醫院南邊蓋了一棟棚屋臨時病房。工事順利進行，但這家醫院周圍都是軍方機要建築物，如西部總軍、西部二部隊、幼年學校、師團司令部、工兵隊等等。這些機關都已經在轟炸中灰飛煙滅，但如果敵方登陸攻打過來，這一帶絕對會成為攻防戰的據點。也因此每當空襲警報響起，傷者們便會喊著：「飛機！飛機！」「撤退！撤退！」

我坐在石階，等了快一個小時。我覺得未免太久了，進玄關去探個究竟，發現小窗內的台子上有一只燈皿，裡面盛著種籽油，燈芯是繃帶，但燈皿本身是極出色的三彩陶瓷品，感覺應該要收藏在保險箱裡才對。

「重松哥，讓你久等了。」聲音傳來，我回頭望去。

陸男和阿勝抬的擔架上躺了一個人，看起來幾乎像死人，連呻吟的力氣都沒了。包紮著雙手的繃帶冒出沉黑色的斑點，面頰紫脹，看不出是誰。破得稀巴爛的襯衫胸口，用別針別著手寫名片：「廣島縣神石郡小畠村，甲神部隊員，半田仲三」。

仲三是小畠村店號谷口屋的商家之子，小時候他的父親教過我鰻魚的穴釣方法。當時他還告訴我在等魚上鉤的閒暇，可以在河邊生火，從竹林砍竹筍烤來吃。連著筍皮一起烤，熟了再剝皮，向附近人家要來味噌，抹在熱燙燙的竹筍上享用。

擔架上的仲三散發出一股刺鼻的腥臭味。那股異樣的味道難以形容，不知道是膿的臭味，還是體熱的氣味。我說要替陸男抬擔架，他說：「不行，抬擔架的工作就交給救護班吧！」

曹長保兄領著擔架走在前面，不時大聲呼喊：「喂！有沒有甲神部隊的人！喂！有沒有高蓋村的人！」為了走在擔架上風處，我和保兄並肩走在一起。天空藍得近乎可怕。

保兄說，剛才在郵電醫院的病房，是一位叫乘岡圓了的醫生幫忙在眾多病患裡找到仲三的。病房容納不下，大量的傷患滿出走廊，加上來幫忙照護和找人的人，擠得連踏腳的地方都沒有。而且在爆炸中受傷的傷者，他們的發燒具有強烈的傳染力，由於體質關係，有時沒事的照護者，會比受照護的傷患更先死亡。到處都同時發生了這樣的現象。就在這樣的混亂當中，乘岡醫生幫忙找到了仲三。

「那位乘岡圓了醫生實在是仁心仁術。」保兄說。

乘岡醫生是大阪郵電局派來的救護班班長，在昨天率領背包塞滿了救護資材的班員抵達郵電醫院。一名護士說，乘岡醫生一行人抵達的兩天前的八日，不知哪來的士兵來到醫院，把藥品和繃帶全數拿走了，因此來自大阪的救護班，讓他們覺得宛如在地獄中見到了佛祖。

抵達救護班臨時總部時，擔架上的仲三已經死了。

「斷氣了。」

將擔架放到簷廊時，衛生曹長保兄說道，對遺體敬了個禮。

阿勝從庭院洗手缽旁邊摘來硃砂根的葉子，擱在遺體枕邊，和陸男一起合掌膜拜。

我誦起《白骨御文章》。誦完經後，陸男說：

「那麼送去火化吧。總覺得很對不起仲三哪。但這也是情非得已的事。」

陸男與阿勝又一起抬起擔架。這裡的人都把死人送到鐵路沿線附近火化。

救護班的收容所臨時總部，是雙葉山山腳附近的民家，前面可以看到東練兵場。屋主姓桑原，住址是尾長町山根。屋主是學校老師之類的，一早就出門，星期天則外出參加勞動服務，白天都不在，因此救護班的人難得看到他。兒子聽說名字叫「稔」，是海軍士官，現在應該在海上的軍艦。夫人知性高雅，此外還有兩名正值花樣年華的美麗女兒。一家子都非常優秀，不管是對救護班員，還是對受傷的甲神部隊成員，都沒有半點不悅。

一開始是救護班的人路過，看到這戶人家，也沒有介紹函，就直接登門請求想要借來當做甲神部隊的傷者收容所。因為他們覺得這屋子看起來夠大。當時屋主不在，只有夫人和女兒，但夫人二話不說便答應下來，簡直就像在等他們開口。夫人充滿奉獻精神，令人感佩。

救護班借用的，是一樓四間八張榻榻米大的和室。加上甲神部隊的傷者在內，約是五十人前後，有些傷者全身燒得潰爛，奄奄一息，有些人呻吟不止，也有些人血便連連，同時散發出強烈的惡臭，不知道是膿汁還是體熱的味道。保兄說儘管如此，夫人和女兒們似乎都不好意思在二樓就寢，晚上都睡在廚房。只有屋主不知道是不是睡在二樓。

我坐在簷廊，一邊吃便當，一邊和保兄討論明天的事。我們坐在洗手缽附近的簷廊，免得傷者聽到我們交談，但連這裡都能聞到強烈的惡臭。有兩、三人的呻吟不斷地傳來，或突然傳來「撤退！撤退！」的大叫。夫人提了一壺麥茶過來，不特別客套或簡慢地行個禮說：

「辛苦您們了，請用麥茶，雖然不夠冰涼。」

接著行了個禮離開了。

我不好意思盯著她的臉看，只匆匆瞥了一眼，但與那張容貌相襯的美麗背影，則細細欣賞了一番。

15

【八月十二日】

早晨微陰，腳痛了一陣。午後放晴。

昨天五點多我離開尾長町的收容所臨時總部，回程沿著山陽本線的軌道，走到橫川站附近。途中一名中年婦人超過我之後，又回頭喊住了我：

「這不是閑間先生嗎？天吶，真的是閑間先生！居然在這麼奇妙的地方重逢，啊，真是太不可思議了。你家裡的人都好嗎？」

不是看臉，而是從那聲音，我認出對方是我的青梅竹馬貞子，小學同學藤田貞子。她從高等小學畢業後，便進入倉敷的紡織工廠工作，親手縫製了自己的結婚禮服，嫁進福山市外湯田村細川醫院附近的農家。婚後沒多久就守了寡，把家業交給小叔子夫妻繼承，到倉敷的旅館做女傭了。滿洲事變當時，她暫時回到小畠村來，但後來一直在福山市的加加美旅館做包吃住的女傭。我在廣島謀職之後，都會在公司中元年節假期返回小畠村，這時也都以加加美旅館做為中繼休息站。我會借旅館的電話、請旅館轉話給親朋好友，或是寄放行李等等，拿自己的私事煩擾貞子。

今年過年時，因為痔瘡發作，我在加加美旅館住了一晚。當時貞子說要介紹專治頑痔的醫生給我，替我寫了封介紹信給湯田村的細川醫院，還親自打電話關照院長。我打了長途電話到公司，向廠長請了長假後住院，花了半個多月才痊癒，但昨天貞子說，我出院幾天後，她曾去細川醫院探望我。

「讓妳撲了個空，真是太過意不去了。」我說。

「哪裡，那時候我是順便去我小叔子家進黑市米。不過今天真是太巧了。」貞子說。

貞子也不例外，說她是來廣島的廢墟找人的。她湯田村的小叔子今年春天接到預備徵召，到第二陸軍醫院當炊事兵，炸彈落下後都過了幾天，卻一直沒消沒息的，會不會已是凶多吉少？留在湯田村的老婆前些日子為了挖松根報效軍方，扭傷了腳，臥床不起，說沒兩句話就直掉眼淚，活像得了哭個不停的「哭中風」。小叔子的母親只會出張嘴，但老人家出了門，什麼事也不會辦。貞子束手無策，只好去向湯田村的細川醫院院長討主意。

細川院長家原本寄住了一位岩竹先生，是東京疏散來的，在十天前被徵召到廣島第二陸軍醫院了。岩竹先生是細川院長的小舅子，是一位醫學博士。不是去當炊事兵，而是遇到世人一般說的「懲罰徵召[44]」，入隊擔任軍醫預備員，因此應該和貞子的小叔子在同一個兵營。轟炸之後，這名博士怎麼了呢？而且岩竹先生的姪子就讀廣島第一中學，這孩子的安危也令人憂心。細川醫院打算如何處置呢？貞子也想知道這些，因此去慰問院長，順帶討論。

細川院長對貞子說：

——實在太可怕了。我覺得我小舅子和他的姪子都已經成了焦屍了。很遺憾，但也只能死了這條心。我也叫我太太接受事實，但夫婦、骨肉之情，讓她還是難以放棄吧。她哭哭啼啼地去了廣島，我也送她到福山站去。那是九日的事了。到今天都已經過了兩天，但沒有電報，也沒封信。不過現在不管是郵務還是電信、電話，對平民百姓來說，都形同虛設。報紙也是，應該每天都在出刊，但就算到派報社去，也空空如也，經常五、六天都沒半份報紙，在第七天一口氣送來七天份的報紙。昨天我出診的病患埋怨說，已經二十多天沒收到半張明信片，教他心慌得不得了。那一戶的主人為了讓病人多攝取點營養，偷偷出去釣河魚，但他說這陣子連當釣餌的蒼蠅蛆都營養不良了。他嗟嘆不已，說全是些令人心碎的事。畢竟聽說投到廣島的新型炸彈，即使只有火柴盒大小，威力也有五十公斤炸彈上千倍的威力。居然發明了這麼可怕的化學物質呢。可是，千萬不能有拿那種東西殺人的念頭，萬一真的這麼做，那就要天下大亂了。至於我那小舅子，應該已經成了白骨，我已不抱希望了。

細川院長淚流不止，說完後便再也不吭聲，對於貞子的小叔子，沒有建議她去找或別去找。但知道貞子決定要去廣島，便給了她一小瓶征露丸做為餞別。

貞子來到廣島後，向收拾街道的人問路，來到第二陸軍醫院的廢墟。焦土上搭了一頂小帳篷，她叫住裡面的士兵打聽，士兵翻了三本冊子，最後說：

「抱歉，這份文件裡面沒有妳要找的人——不，沒有符合的炊事兵。很遺憾。這個部隊的傷者，不是送到藝備線戶坂和庄原的收容所，就是送到可部線的可部收容所了。戶坂的話，距離這裡約三里遠。可部線從橫川站到山本站之間的電車不通，但山本站的話，從郵電局沿著軌道往左走就到了。我簡單說明。山本站大概在這個方向。」

文件上沒有姓名，是因為沒有找到屍體嗎？還是因為沒有受傷，逃離此地的關係？是文件有疏漏嗎？

貞子茫然佇立，和士兵坐在一起的年輕男子說：

「我得提醒，這個部隊的傷者，大部分臉部都因為燒燙傷而嚴重腫起，連近親看了都認

---

44 懲罰徵召指的是日本二戰期間，在一般情況可免除兵役者，卻因為各種原因（批判政府等）被徵召入伍的情形。

不出是誰。有些人連叫名字都無法回話，因此軍褲的腰帶上都掛上寫有原籍和姓名的牌子。妳要鎮定下來，檢查那牌子。」

說話口氣不像士兵。

貞子猶豫要去可部還是戶坂，但她打起精神，覺得事到如今再猶豫也不是辦法，決定前往可部。然而她大意地竟忘了打聽細川院長小舅子的下落，就離開了帳篷。接下來她只是照著士兵指示的方向一路走去，經過軌道旁邊的時候，就遇上了我。

我和貞子走在一起，除了這段經緯，還聽到了福山近郊在戰時的氛圍，以及各種小道消息。旅館房客常會透露這類祕辛。某個客人說，備前伊部町有二十多家窯戶接到軍方命令，正用備前燒陶瓷來燒製手榴彈和水筒。前些日子，某部隊派來一群下士官，在伊部町試驗這批手榴彈的性能，結果就和真正的手榴彈一樣厲害，炸破了五分厚的松木板，讓池塘裡的魚全翻了肚。又有另一名住客說，在緬甸戰線，英軍搭乘的美國製中型坦克，射擊日本軍的中型坦克，砲彈直接貫穿，但日本軍的坦克發射的砲彈，只炸掉了敵軍戰車的塗漆。「太可怕了。如果英國的馬來亞戰線有兩輛那樣的坦克，日軍可能早就完蛋了。」那名住客說。即使這些都是真的，也屬於不折不扣的流言蜚語。

來到山本站時，電車遲遲未來，上車時天都已經黑了。貞子客氣不來我的寓居處，我們在古市站道別了。

（後日附記：貞子揹著背包，穿著束口褲和白襯衫，戴著紅十字臂章。好像是細川院長夫人教她，替她弄來臂章的。就是因為戴著這臂章，帳篷裡的士兵才會禮遇貞子吧。）

我沒有回家，先去了工廠，在食堂找到廠長，報告煤炭的經緯。我說目前的狀況一籌莫展，不是我們能夠處理的。廠長失望地仰望天花板說：

「這樣啊，失敗了啊。對方軟硬都不吃是吧。好吧，總之辛苦你了。」

我也向廠長說明甲神部隊的事，得到前往大野浦的許可後回家了。

繁子和矢須子已經用完晚飯，掛起蚊帳，坐在簷廊納涼。我的那份餐食放在膳台上，收在蚊帳裡。掛蚊帳應該是為了營造清涼感，卻只教人覺得悶熱極了。

兩人說，遠道而來的兩名客人搭乘上午的電車回去了。

今早我被兩腳的腳趾痛醒了。明明沒有傷口，卻莫名其妙地疼痛。不是陣陣刺痛，而是擰絞抹布那樣，左右均等地痛起來。

「聽說艾灸對轟炸傷者有幫助，你要不要艾灸一下？我去跟人家要點艾草回來。」

繁子沒穿束口褲，也沒戴防空頭巾就出門了，但兩個多小時就回來了。她說她到處打聽，在町郊的農家用一條新毛巾換了艾草回來。裝艾草的紙袋印刷著含著樹葉的神農圖案。

聽說要預防腳痛，要艾灸三里的穴位，但我不知道三里穴的正確位置，遑論繁子和矢須子，繁子去請教了房東的老父親。

「三里是膝頭下方外側的凹處，說是這裡。」

繁子說，整個撩起沒穿束口褲的裙襬，一點都不端莊。我忽然想起昨天保兄在收容所說的話。保兄和陸男都說，遇到爆炸的人，即使輕傷，也都失去了性欲。我雖然在爆炸中受傷，但只有一邊臉頰燒燙傷，我反芻自己是否還有性方面的欲望。結果令我不安：我似乎也受到了炸彈的毒氣影響。

我自己艾灸了三里穴，忍受著腳尖的疼痛，站了起來。痛到全身骨頭都在吱嘎響。發出呻吟，似乎減緩了幾分疼痛。連去一趟廁所都千辛萬苦。做好外出準備後，我坐在進屋的木框處吃飯。這頓早飯用得很晚，離家的時候都十點多了。

幸好抵達大野浦的時候，腳痛已經減輕了。看來要站就站著不動，要躺就躺著不動比較好。

在大野浦，國民學校被拿來充當軍民混合的傷者收容所。我從大野浦站前往國民學校的途中，一名三十前後、容貌姣好的婦人迎面走來，與我擦身而過，這時我嗅到一股異樣的臭味。是昨天在尾長町的收容所聞到的相同的惡臭——炸彈傷患散發出來的臭味。

「請教一下。」我向婦人攀談：「不好意思，請問您是傷者收容所的醫生還是護士嗎？」

「不是。」婦人從容回答：「我是大野浦國防婦女會的人，志願前往照護傷者。昨天路上也有人問了和您一樣的問題，我身上一定很臭吧？」

「是的，不好意思，味道很重。」

「您要去探望傷患吧？我帶您過去。我身上很臭，離遠一點比較好。」

她人真好。我不計較味道，跟在一旁打聽收容所的狀況。

（後日附記：這名婦人名叫大島民代，參加婦女會，熱心照顧爆炸傷患。她的丈夫出征去了滿洲，在終戰的時候被扣留在西伯利亞，但沒多久就被放回來了。大島女士應該是想到丈夫在戰地的艱辛，才會對傷患如此奉獻。士兵和年輕的平民傷患都很景仰她，叫她「阿姨」。有傷患背部的傷口長蛆發癢，撒嬌地說：「癢死我啦，阿姨，幫我抓背！」也有許多垂死的病患說著「阿姨，我不想一個人走」，一個接著一個枕在大島女士的膝上，結束了生命。戰爭結束後不久，大島女士特地將兩名甲神部隊隊員的骨灰送到神石郡的高蓋村和上下町。當時公車尚未通行，因此她先來到小畠村，在友成虎雄帶領下，跋涉山路，從高蓋村前往上下町。友成虎雄是收容在大野浦的傷患當中唯一一個生還的。同樣收容在那裡的高蓋村的福島，以及上下町的前原，都在大野浦過世火化之後，由大島民代女士送回故鄉。現在虎雄仍然尊稱這位女士為「大島南丁格爾」。）

據貌美卻惡臭四溢的這名婦人說，大野浦距離廣島市的爆炸地點約四里遠。八月六日炸彈落下的時刻，婦人和姊姊一起在田裡除草，卻不知道有炸彈落下了。只聽見「咚」的一聲，眼前的稻葉嘩嘩作響，她以為是地震了。除了約兩小時的草，踏上歸途的時候，看見布匹行廁所的磁磚剝落了，東側上方的磁磚掉了一堆。東邊的天空布滿了漆黑的雲。

「那是什麼雲？是演習的煙幕嗎？如果不是的話，未免太可怕了。」姊姊說。

中午過後，卡車從大馬路往國民學校駛去。但她們依然糊裡糊塗，又過了兩、三個小時。

四點左右，國防婦女會的幹部拿著擴音器四處宣傳：

「大野浦婦女會的會員，請各位到國民學校集合！請過來支援傷者的照護工作！請立刻到國民學校來！」

婦人匆忙準備好出門，許多輛滿載傷者的卡車從旁邊駛過。她看到的全是膚色泛黑、泛灰、皮膚脫落的人，或是頹靠在車後框或側框感覺已經斷氣的人、臉部貼著紙張或手巾，只有口鼻處挖洞的人，以及乘坐在副駕駛座的軍人。婦人說她嚇得呆在原地，好半晌動彈不得。

婦人領我到國民學校，說：

「我介紹您那邊的軍醫先生。這位軍醫先生非常好心，而且熱心研究。」她為我引介了站在教員室門口的軍醫加藤少尉。

軍醫相貌和善，讓我覺得他應該是個不拘小節的爽快人，同時也覺得他有種豪邁的氣質。儘管第一印象這麼好，軍醫卻沒聽完我的話，便說：

「這家收容所現在不是國民學校，而是陸軍醫院分院。由於目前狀況緊急，因此除了軍人以外，也收容平民傷患，但傷患的移動，不容地方人士干涉。我不是懷疑你，但你說尾長町的收容所收到這家收容所的文件，應該是當地人捏造的消息。依我判斷，應該是如此，因此這件事我就當做沒聽到吧。我必須強調，這家收容所歸陸軍管轄。」

總覺得這是在強詞奪理，但我二話不說便同意，改為求見甲神部隊的傷患。結果軍醫一樣沒有聽到最後，說在轟炸中受傷的傷患會散發含有毒素的熱氣，相當危險，不能靠近。還嚇唬我說，事實上就發生了許多來幫忙照護的健康人士遭毒素侵蝕，比受照護的病人更先死去的例子。愈是精力十足地活動的人，愈容易受到毒素影響。還說有鄉親來接輕傷平民回去，結果在途中接人的反而病倒求救。（後日附記：加藤少尉在終戰後回到故鄉鳥取過世了。據說果然是近距離接觸太多位原爆症病患的緣故。）

軍醫似乎心情很差。也有可能是不希望一般百姓得知軍方收容所一團混亂的內幕。

我認為多說亦是白費唇舌，折回廣島，將這段經緯報告給尾長町的甲神部隊傷患收容所臨時總部。即使徒勞無功、白跑一趟，但腳部的疼痛消退，是最大的收穫。

回家以後，我又在三里穴艾炙。去大野浦的時候，腳趾的疼痛是偶然消退，但在尾長町的收容所，我聽到救護班的陸男和阿勝也從昨天開始艾炙，以預防轟炸後遺症。衛生下士官保兄說，救護班的人這樣胡亂艾炙一通，實在不值得鼓勵。應該要有人去向艾炙的專家請教，再回來指導眾人。

（後日附記：大野浦國民學校的原爆傷患收容所，自八月六日下午五點至九月二十一日的四十七日間，共收容了一千二百四十六名傷患。收容教室有十六間（每一間教室二十坪，共計三百二十坪），負責治療的醫師有四名，軍醫七名，護士一日平均二十五名，志工一日約七十名（一天四班，共計二百八十人次，全期間共計九千三百八十人次）。火化的遺體約二百五十具。無人認領的骨灰移送至廣島市。這是大野浦公所的紀錄。當時廣島市周邊的各町村國民學校皆收容了傷者，但不清楚各町村公所現在是否還保留著當時的紀錄。據說戶坂村的國民學校收到數千名傷者，由於收容不下，不只是學校庭院，連村中農家庭院也成了臨時收容所。）

（以下亦是後日補記，除了訂正我對從小畠村派遣到廣島的特設部隊救護班的錯誤訊息之外，還有另一個目的。救護班有兩團，一團是根據警察命令出動的消防團員（十六名），另一團則是縣政府下令出動的保健所職員（保健婦十二名）。我是最近才得知這件事的。

八月六日，炸彈直擊廣島，入夜以後，小畠村的消防團員接到村長通知，前往村公所集合。

村長說了大意如下的內容：

「抱歉晚上突然把你們集合，我接到警察命令，所以召集各位前來。其實今早八點左右，廣島市遭到轟炸，損傷慘重。詳細情形尚不清楚，但你們將和神石郡各町村的消防團員一同前往廣島救災。也就是說，你們將在上級指揮下從事勞務。在進行拆除房屋作業時要充分留意，避免意外事故，並格外付出心力，救助中國第三二〇六〇部隊甲神部隊的同鄉。祈禱各位武運昌隆！」

接著應該輪到消防團長致訓詞，但團長家離公所很遠，而且由於燈火管制，不能點燈籠，因此聯絡不上人。出納兼消防副團長兼重先生代理致詞：

「我們消防團本次出動，除了拆除房屋的作業以外，主要任務應是救助甲神部隊的隊員。我希望各位可以盡量救援甲神部隊，尤其是我們小畠村的同鄉，將他們平安帶回，以充實我們村子的防衛能力，為必將來臨的那一天做準備。由於現在還不清楚詳細情形，到達廣島後，請各位盡心盡力，發揮所長。」

這段訓示即是餞行。

團員的服裝是消防服與分趾膠底鞋，身上攜帶鋸子、繩索、消防鈎、防空頭巾，可做蓋被的斗篷等等。交通工具是所謂「木炭車」的卡車，因此必須緊急砍柴供應燃料木片。全村出動幫忙砍柴、送行，鬧得雞飛狗跳。車燈必須遮蓋起來，只能照亮前方三四公尺處，因此送行者與被送行者看不清彼此。丈夫與妻子靠著聲音，從車上與底下伸手互握。

車子首先抵達高蓋村公所。熱心人士送來小麥粉、壽司捲、砂糖等大餐招待，在鄉軍人分會會長致詞激勵，他們與該村的消防團員一起從高蓋村折返，繼續與豐松村、油木町、福永村及其他四町村的消防團員會合，在黎明時分抵達了上下町。一行人搭乘第一班火車出發，在十點左右抵達廣島市郊的矢賀町，徒步進入市內，執行救援倖存者及火化遺體的作業。

由於廣島市內化成了一片焦土，用來拽倒房屋的繩索和鋸子派不上用場。眾人四處蒐集水壺和空瓶裝水，分給口渴的傷者。他們要受了嚴重燒燙傷而虛弱地遊蕩或癱坐的傷者張開嘴巴，小心翼翼地把水餵入口中，避免溢出。光是這些工作與遺體火化，就讓他們忙得分身乏術。

然而拯救倖存者的工作卻不順利。小畠村共二十一名甲神部隊的隊員當中，雖然救出了幾名傷者，但加上當場死亡和重傷死亡的隊員，他們在當地失去了十九名同鄉。

另一方面，小畠村的保健所在八月六日晚上，所長收到電報通知：「災情嚴重，速來。」所長佐竹博士出發後（佐竹先生在廣島只待了兩、三天就回來，戰爭結束後過世了），接著醫務課長加納先生接到電話命令，要他立刻帶著神石郡的保健婦出發進行救護工作。加納先生帶了十二名郡內的保健婦，於八月十日徒步出發，但遇上水患，無法從福鹽線上下站乘車，便一路走到三次町，在那裡過了一晚。隔天早上，一行人搭火車到矢賀町，進入廣島市內，抵達救護總部（災後的東警察署廢墟）。

救護總部遷到陸軍制服分廠裡的磚造倉庫一隅。保健婦主要負責治療傷者。所長是縣政府的衛生課長喜多島，在轟炸中臉部受傷，包了三角巾。保健婦長姓丸山。

加納先生被任命為事務長。傷患如同文字形容，蜂擁而至，但對於發燒腹瀉的病症，所長和其他醫生都不知道該如何治療。不過他們評估給予營養劑應該不會錯，加納先生帶來的護士們便施打了出動時帶來的維生素及葡萄糖針劑。第十幾天，這些針劑全數用完，一行人奉上級命令撤離，由攜帶藥品自其他郡前來的護士接手。加納先生也卸下重擔，回到村子。

返鄉以後，有些護士和轟炸傷者一樣腹瀉，或是脫髮，但沒有治療方法，也沒有藥物可用。這些人不知道該如何是好，惶惶不可終日。有些人靠艾灸讓自己心安，有些人盡量避免曬太陽，拚命吃番茄，免得白血球數目下降。也有人吃盆栽裡種的蘆薈葉。我明白那種連一線生機都不願放過的心理。

和護士們不同，在焦土四處走動的救護班成員，高蓋村二十一人當中，有一人死於當地，十一人回來後死於原爆症。光是在廢墟走動就這麼慘了。來見村十六人當中死了十五人，僅有一人倖存，仙養村派出去的則全數罹難。

由於我再也沒有必要隱瞞原爆的可怕，因此將護士們對於艾灸的迷信也據實記錄下來。在廢墟中走動過的人們的死亡率，也記下統計數字。理由是前些日子，外甥女矢須子的婚事原本大有進展，對方青乃卻突然反悔，而且矢須子也開始出現原爆症的症狀了。一切都完了。到了這步田地，既不可能隱瞞到底，也無須隱瞞了。矢須子似乎流淚寫信，通知對方自己出現了這類症狀。是出於對對方的情意，令她決心坦白嗎？還是絕望讓她衝動之下這麼做？

矢須子說她的視力日漸衰弱，不停地耳鳴。當她在起居間第一次向我坦白這件事時，瞬間整個房間消失無蹤，我看見藍天上冒出了巨大的水母雲。我一清二楚地看到了它——後日附記）

16

「原爆日記」在終戰當天的八月十五日結束。再抄寫三天份就完成了，但重松擔心矢須子的病情，無法投入瑣碎的抄寫工作。而且臨時出現和庄吉及淺二郎一起蓋養鯉池的工作，當前他必須每天前往崖下的庄吉家。

矢須子的病情急劇惡化。原因是一開始重松夫妻對矢須子的狀況過於疏忽，而矢須子又對重松夫妻過於客套了。當時對方尚未來信拒絕，婚事似乎成功在望，矢須子由於開心和害羞，出現頭痛、暈眩等失調症狀，她連對同是女人的繁子都不敢坦白，也沒有私下就醫。這些都是事後才知道的。繁子第一次帶矢須子去小畠村的聯合醫院就診時，症狀已經不容小覷。這一點不管強調多少次都不為過：矢須子對重松夫妻實在是太見外了。雖說當時婚事看似就要談成，她也過度怕羞了。

繁子從醫院回來，對剛好走到庭院的重松說：

「我真是太難過了。矢須子居然瞞著我們所有人。」

「舅舅，對不起。」矢須子垂著頭走過。

這是下午三點左右的事。重松帶著預先備妥的便當和手電筒前往養魚池，和庄吉、淺二郎調整產卵池的水溫。已經七月了，但母鯉產卵的池水，適溫是這個地方第八十八天左右的十八至二十度。然而不能一開始就是這個溫度。另外，也不能一開始就把公母魚放在一起。產卵前，必須先隔開公母魚，讓水溫維持在九到十度，適應一段日子，待時機妥當，再引入適溫的新水，將公母魚一起放進產卵池。公母魚在產卵池相遇，浸泡在舒適的新水，便會立刻受到刺激，在深夜十一點至凌晨準備好產卵。魚巢是棕櫚葉、冬北石松或金魚藻等等。

這是庄吉和淺二郎從常金丸村的養魚場學來的採卵法。這是第一次實地操作，而且兩人對養魚充滿了熱忱。淺二郎說要看守鯉魚到天亮，防止鼬鼠來襲，庄吉也說要一起守到天亮。重松說他隔天清早再來，十一點左右，鯉魚在池塘裡拍水的時候，他便回家了。

起了大霧，庭院的玄圃梨樹梢看起來彷彿融入了夜空。主屋不管是玄關還是簷廊的門都關上了。重松咳了兩三下，這時簷廊有片門神祕兮兮地滑了開來。重松用手電筒一照，只見穿著衣袖過短的睡衣的繁子悄聲說道：

「等一下。」

重松立刻熄燈。繁子反手關門，在簷廊外框蹲下來，附耳對重松細語：

「矢須子或許還沒睡。我們去外頭私下說吧。」

「好，私下說吧。」重松亦壓低了聲音：「矢須子怎麼了嗎？快告訴我。」

繁子踩上踏石，趿上拖鞋，躡手躡腳把重松拉到玄圃梨樹下。

重松待繁子鬆手後，才發現自己被扯著手。不管是去年過世的母親在世時，還是尚未成親前，兩人都不曾有過這種偷偷摸摸的舉動。

以這樣的濃霧來說，庭院實在過於明亮了。繁子出於激動時的習慣動作，不停地撩起頭髮說：

「醫院的梶田醫生說的話，我也得私下告訴你才成。這事不能讓第三個人知道。」

「好，妳快點告訴我。」

剛才晚上九點多，繁子趁著矢須子躺下後，拜訪梶田醫生的住家，詢問診療狀況。結果醫生說，矢須子一直瞞著重松夫妻，參考家庭療法書籍，自行治療。這事如果傳出去，外人可能會誤會養女得了嚴重的原爆症，重松夫妻卻置之不理。原爆症是不治的死症，如此的觀點更容易招來這樣的曲解。最近鄰近村子也發生過相同的例子。梶田醫師說，年輕小姐的羞恥心，有時簡直就是冥頑不靈，因此才會釀成悲劇。

「矢須子一開始是發燒，」繁子細語說：「所以她看了家庭治療的書，吃了阿斯匹靈。但燒還是不退，所以她又看書，服了山道年。」

「山道年是驅蟲藥吧？」

「結果她開始腹瀉，兩、三天後，燒是退了，但屁股那兒冒出膿瘡來，痛得不得了。但她實在太害羞了，不敢看醫生，覺得是什麼不好的病，自己塗了抗生素軟膏。」

「這麼說來，矢須子有好一陣子沒有入浴。是擔心傳染給別人，所以不敢泡澡吧。」

「後來膿瘡破了，舒服了一些，卻又開始發燒、掉頭髮，她想這一定是原爆症，不得了了，趕緊吃了三、四片蘆薈葉。後來實在是承受不了，才向你坦承。這都是梶田醫生告訴我的。」

「這麼說來，咱們家的蘆薈突然被拔得根都露出來了。蘆薈能治貧血，太可憐了，她一定是想設法增加血球。」

「別說可憐了，我都快被她氣死了。介意那膿瘡做什麼呢？可是，她明明沒什麼好懷疑的，怎麼就不早點告訴我們呢？」

繁子說到這裡哽住，深吸了一口氣。

重松也跟著嘆息。現在只能讓矢須子多多攝取營養，指望醫生和運氣，要她寬心休養了。

隔天下起一場大驟雨，代官所遺址的大松樹被雷擊中了。雨停之後，醫院的梶田醫師來看矢須子，說接下來每隔三天會過來診治一次。在梶田醫師的指示下，病房設在通風良好的別院，由繁子負責照護，並瞞著矢須子記錄病情日誌。

病人的飲食根據梶田醫師交代，和輕微原爆症的重松吃一樣的東西。醫師交代，矢須子想睡的時候就讓她睡，想散步的時候就讓她散步，但三餐絕對要按時吃。繁子在別院的壁龕掛上江戶時代畫家田能村竹田的山水畫。這幅畫作是戰爭結束過了五個月的初雪日子，新市町的織品店老闆一副走投無路的模樣，到小畠村來採買糧食，用這幅畫和重松換了三升米和五塊蒟蒻。重松看不出是真貨還是假貨。

重松覺得不能讓病人感到拘束，盡量不去病房打擾。同樣身為原爆症病患，先飛的烏鴉和後飛的烏鴉病情卻顛倒過來，先飛的烏鴉回頭看，只會讓後飛的烏鴉心裡頭不舒服吧。繁子也說，病人不太願意見到重松。但話說回來，矢須子也沒有想要回去老家的樣子。矢須子遷到別院的第二天，重松將早開的石竹花送去插在壁龕的花瓶裡，看到矢須子急速衰弱的模樣，大吃一驚。重松靜靜地看著，病人醒了過來。短短兩、三天之間，她整個人變得面無人色，近乎透明的蒼白面頰顯示貧血嚴重。

繁子逐一把病人的症狀告訴重松，上床睡覺前也會拿她記錄的病情日誌給重松看。格式不像醫院護士記錄的病床日誌，只能說是一般日記，摻雜了描寫與主觀，但也頗有價值。重松為了矢須子的病況愁眉不展，決定去向為他動痔瘡手術的湯田村細川醫院的院長請教往後的治療指引，便帶著這本日誌當做矢須子的病狀表帶去。

細川院長看了一、兩頁後說：

「把這份資料送去廣島的ABCC如何？我在這當中看到三個人所形成的構圖：醫院醫生、醫生治療的原爆症病患，以及照護者。這是一組典型的原爆症受害者，以受害的病患為中心，身邊的人迷惘無助，疲於奔命。很清楚地呈現出這一點。廣島的ABCC保管了原爆受害者的調查資料，有時會公開原爆症病患的真實狀況。」

重松從來沒聽過什麼ABCC。細川院長說，戰爭結束那一年秋季，美國駐軍的調查班與東京大學的醫生一起來到廣島的廢墟，在執行任務的過程中組成了調查委員會，即「美國原子彈傷亡調查委員會」（Atomic Bomb Casualty Commission），秉持偉大的理念，對原爆受難者進行研究調查。但院長說ABCC是調查原爆症病患的發病過程，並不是治療病患的機關。

比起偉大的理念，重松更關心矢須子的病情。

「醫生，抱歉百忙之中占用您的時間，不過——」

他轉移話題，提出剛才欲言又止的問題：

「請醫生有空的時候，讀一下這本日記好嗎?只要讀了內容，應該就可以了解我把希望放在醫生身上的心情。其實就像日記上寫的，我們家裡有人得了原爆症。」

「原爆症……」

醫生表情苦澀。

「我是治療痔瘡的醫生。就像你也知道的，我專門治療各種痔瘡，痔核、裂肛、痔瘻、裂痔等等。說到原爆症，那就像疾病的怪物。我小舅子的原爆症也讓我束手無策，我實在愛莫能助。但這本日誌，我會在今晚讀完。那就暫時放在我這裡了。」

院長爽快地答應，重松說最近會再來訪，就此告別。

交給細川院長的日誌，記錄了矢須子接受梶田醫生出診第一天及接下來七天的狀況。繁子以潦草的字跡記下，重松另用格紙謄寫，文字語句也修改為重松自己的風格。

*

【高丸矢須子病情日誌：七月二十五日　雷雨　天神祭】

上午十點半，劇烈疼痛，矢須子痛苦不堪。持續十多分鐘後緩解，發燒三十八度。略微脫髮。

下午兩點，傾盆大雨，兩、三道巨大的落雷。

下午三點半，雨停，梶田醫生前來出診。發燒三十九度。聽說臀部的膿瘡破裂，別的地方又冒出一顆。顧慮到矢須子的感受，我離開迴避。治療膿瘡後，醫生說好了，我便將洗臉盆和熱水、冷水放在簷廊，進了房間。醫生出去簷廊後，矢須子用毛巾掩住了臉，醫生笑道「被剛才打雷嚇到了」，又替矢須子把脈，自言自語地說「打個針吧，盤林西林十萬單位」，以熟練的動作注射。

送醫生到門口，醫生說：「比起昨天，病人似乎更倦怠了些，應該是發燒的關係。」

晚飯是燉河魚、雞蛋、昆布、辣薤、一碗飯、番茄。剛才醫生說每隔三天會過來出診一次，但和外子商量，也和矢須子談過之後，前往梶田醫生家請他每天出診，獲醫生同意。

病人於晚上八點就寢。

【七月二十六日　晴　涼風】

早上，體溫三十八度，發寒。味噌湯、海苔、辣薤、醬菜、雞蛋、白飯半碗。

中午，體溫三十六度。沒有食欲，只吃了番茄和鹽漬萵苣。

下午三點，梶田醫生出診。醫生說為了鄭重起見，最好驗個糞便，說服不情願的矢須子答應。聽說第二顆膿瘡破裂，出現第三顆膿瘡，進行治療。開了藥膏及藥粉。

晚飯：湯、竹輪、鰺魚乾、鹽漬小黃瓜、兩碗白飯。

病人讀了矢田插雲寫的《太閤記》，晚上九點半左右就寢。

【七月二十七日　晴　積雨雲】

早上，體溫三十七度。感覺不錯，早飯吃了茄子味噌湯、菜豆、雞蛋、兩碗白飯。

矢須子時隔許久展露笑容。

繼續讀昨天的矢田插雲的《太閤記》。

中午，體溫三十七度。醃小黃瓜、鹹甜牛蒡絲、燉鰺魚、煎蛋、一碗白飯。

以前在古市的朋友來信，矢須子寫了封很長的回信，親自去郵筒投遞。

三點梶田醫生來看診前午睡。

體溫三十六點四度，正常。醫生說未驗出十二指腸鉤蟲、蛔蟲等，聽診正常。治療完膿瘡，臨去前交代說：

「今早我家鄉石見那裡打電話來，說家父中風病倒，因此明天一早我得趕回老家去。接下來的事，森谷醫生會負責，請勿擔心。」

表情不由得變得苦澀。傳聞說，森谷醫生從以前就與梶田醫生交惡。

「醫生，您不會去了石見就不回來了吧？」「沒這回事。聽說家父的中風症狀並不嚴重。那，病人就請妳多費心了。」「醫生，我總覺得您走得太容易了。」

剛好外子從崖下的養魚池回來，外子和我一同送醫生到坡道口。醫生靈巧地騎機車下坡去了。

傍晚，三十七點五度。鹽醃剛採的辣薤、鹽醃萵苣、燉鯵魚、可樂餅、兩碗白飯、番茄。

晚上十分悶熱，矢須子也一起到玄圃梨樹下的涼台乘涼。邊吃鹽炒豆子邊閒聊。庄吉家八十九歲的老爺子瀧藏說後天就是土用丑日，送了三尾鰻魚來給矢須子進補，在涼台閒話家常。瀧藏老爺子顧慮病人，沒有提到病症，加油添醋地說些自古以來的傳說故事。老爺子說得煞有其事，矢須子笑得很開心。老爺子笑也不笑，一本正經，更顯得滑稽。

……從前、從前，俺爺爺年輕那時候，把涼台搬到這棵玄圃梨底下納涼，結果一隻野鼬從涼台底下探出頭來，想要撿人掉下來的食物。這是古早以前的往事啦。

……從前、從前，俺爺爺年輕那時候，小畠村尾形里那兒有個孝子叫尾形與一。他是個遠近馳名的孝子，連旅人都知道他的名字，就連咬人的蝮蛇都得要敬與一三分。蝮蛇常咬旅人。行旅的人一看到蝮蛇，就複誦三次：我是小畠村的尾形與一，我是小畠村的尾形與一。如此一來，蝮蛇就會垂下頭去，灰溜溜地跑掉了。真是皆大歡喜。

……從前、從前，俺爺爺年輕那時候，有獵人獵了鹿回來，在路上被山犬狼盯上，一路跟了過來。獵人如果回頭，就會被一口咬住，因此他拿出暗藏的袋子，抓出裡面的鹽巴四處灑，驅逐邪靈，結果平安回到家了。這是古早以前的往事啦。

【七月二十八日　晴　中午陣雨　隨即轉晴】

外子一起床便送醫藥費和餞行禮去梶田院長家。回來後，他說梶田院長似乎不準備回來小畠村了。外子蒼白的臉色和激動的口吻，讓我覺得是真的。

病人覺得舒服，體溫三十七度。早飯是芋莖味噌湯、辣薤、雞蛋、醬菜、兩碗白飯。第三顆膿瘡破裂，病人自行貼上膏藥。

三人討論要找哪位醫生，卻意見分歧，談不攏。外子束手無策，拿來《易經》卜卦的書，卻只是隨手翻頁。結果決定由病人自行挑選，用完午飯後，本人說她覺得舒服，體溫也正常，出門去看醫生了。我要送她，她卻強烈拒絕，不要人陪，只得由著她去。

外子去崖下的養魚池。見他興沖沖地出門，我好生羨慕。他說鯉魚第一次產卵失敗，第二次補充了公母魚，成功了。

殺了一條鰻魚做白燒鰻。煮飯前曬了矢須子的被子。

下午四點左右，雜貨店老闆飛奔而至：

「剛才府上的小姐打電話來，要我傳話，說她下定決心住進鄰村的九一色醫院，但病情不嚴重，要府上放心。」「是不是搞錯人了？」「就是府上的矢須子小姐。」這突如其來的消息，令我茫然無措。我打起精神，打電報到矢須子的老家，請他們派人去九一色醫院。去崖下養魚池聯絡外子。外子直接前往九一色醫院。

傍晚，雜貨店老闆又飛奔而至。「府上先生打電話來，說和矢須子小姐的父親商量後，讓病人依她的意願住院。他要我轉達今晚可能很晚才回來。」「病情怎麼樣？」「我沒有聽說，應該沒事吧？」我想到今早曾有一陣奇妙的心悸，難道是不祥的預感？

【七月二十九日 晴】

昨晚深夜外子回來了。九一色醫院的診斷和梶田醫生的診斷有些出入，說發燒可能是膿瘡發炎造成的。膿瘡可能不是單一細菌，而是多種細菌混合感染形成。簡而言之，九一色醫院的醫生診斷除了輕度的原爆症以外，還有其他疾病，注射了結核病素。

今早去九一色醫院時，我先去雜貨店致謝，老闆說昨天中午過後，看見矢須子從黑田醫院出來。剛好在店裡的吉村屋大嬸聞言說：「這麼說來，我也看到了。她撐著黃色陽傘。我看見她去大村醫院。」在這座村子裡，只有矢須子有黃色陽傘。吉村屋大嬸說在兩點半看到陽傘，雜貨店老闆說在一點左右看到。矢須子似乎是先去黑田醫院看診，接著去了大村醫院，最後去了九一色醫院。俗話說病急亂投醫，這話還真不錯。病人會不停地左右搖擺，無時無刻不為病情煩憂。連一絲希望都不願放過。

九一色醫院的病房相當狹小，不過是一棟木造沙漿洋樓，室內明亮，通風良好。病床有一半用簾子遮住。躺在床上的矢須子一看到我便掉眼淚，臉埋進枕頭裡說：「我自作主張，對不起。」我避開這個話題，從帶去的白燒鰻魚，聊到聽外子提起的鯉魚繁殖法。然而就像在唱獨角戲一樣，矢須子一點精神都沒有。

十點半左右，院長來巡病房。結核菌為陰性，體溫三十八度。在治療膿瘡期間，我暫時離開，在池邊看了一陣鯉魚才折返。在走廊遇到九一色醫生，站著聊了片刻。

醫生這麼說——

昨晚夜半時分，護士巡病房的時候，發現矢須子跪在木板地上，偎在床沿啜泣。護士問她怎麼了，她說生了膿瘡的地方癢得受不了，難過極了。護士請矢須子掀起睡衣裙襬，用手電筒靠近一照，發現有大量蟯蟲在蠕動。蟯蟲是寄生體內的小蟲，每到夜晚，就會爬出肛門四處產卵。蟯蟲極有可能是在膿瘡腐敗的組織部分產卵。無論如何，都必須切除部分病灶，用顯微鏡調查，並進行外科手術，徹底切除。剛才察看，肛門旁邊又逐漸冒出一顆膿瘡。

「那，如果把不好的組織切除，切掉的地方會變成什麼樣？」「會逐漸長出新肉。」「可是再怎麼樣都會留疤吧？這不是太可憐了嗎？」「或多或少也是有可能的吧。」

這是位年約五十的醫生。

矢須子似乎累了，而且通知午飯的鈴聲響了，我便藉機告辭了。

在廊下擦身而過時看到的膳食內容，是甘仔魚乾、菜豆拌芝麻、雞蛋、醬菜，米飯盛在漆器飯桶裡。

【七月三十日　晴】

下午外子去了九一色醫院。

他回來後說，矢須子體溫三十七度，昨晚感到劇痛。今天正午吃了一錠二嗪磷，每隔四小時半服用一錠。外子把帶去探病的桃子切成四塊給她，她沒有用門牙咬，而是用側牙去啃。外子問她怎麼了，她說兩顆門牙都搖搖晃晃，連用舌頭輕推，也覺得在晃動。

「她說沒有食欲。」外子對醫生說，醫生說食欲暫時不重要，現在撲滅膿瘡才是第一要務，因此無論如何都必須按時服用二嗪磷。聽說膿瘡接二連三冒出來，又接二連三破裂。到底是怎麼一回事？「這到底該怎麼辦才好？」我問。外子說：「是啊，總之是千瘡百孔。她說牙齒搖晃，屁股痛，發燒，一天又會發作一次劇痛。」

今天中午過後颳起強風。水車的大嬸說剛好路過，來關心強風有沒有造成損害，從原爆症聊到湯田村細川醫生家的事。醫生的弟弟也是博士醫生，在廣島的陸軍醫院遇到轟炸，臉頰和耳朵嚴重燒燙傷，潰爛的地方冒出蛆來，右耳都被蛆吃掉了。手也因為燒燙傷潰爛，手指沾黏在一起，變成一整片。身體瘦得像皮包骨，即使鋪上三、四層墊被躺下，也說榻榻米太硬，會頂到骨頭，痛得受不了。還曾經一度斷了氣，變得像個死人。然而在細川醫生的悉心照顧下，現在完全康復了。

大嬸離開後，換矢須子的父親來訪了。他說病人的醫藥費想要從矢須子的嫁妝費支出。外子的臉色很難看，但只是交抱手臂低著頭，沒有吭聲。這實在教人說不出話來。

17

由於照護病人太勞累，繁子有些眩暈，重松便雇了看護照顧住院的矢須子，重松在奇數的日子去醫院探病，偶數的日子則是矢須子的父親高丸去看女兒。繁子的心臟開始出問題了。

進入八月中旬，高原地區難得連續數日酷暑，矢須子的病情惡化到連外行人都幾乎絕望了。矢須子說會耳鳴，沒有食欲，一梳頭便掉下大量頭髮，牙齦明顯紅腫。院長九一色醫生診斷疑似牙齦炎，做了驗結核病的曼陀氏測試、抽血，開了一天份的二嗪磷。

那是住院第二天開的藥，每隔四小時半服用一錠。「又要吃這種藥嗎？」矢須子面露遲疑，重松說：「一定要吃。」

看護說，病人每天會嚴重劇痛一回，只有發作的時候會痛得不得了，滿地打滾，彷彿全身都充斥著痛覺。主要是在深夜時分發作。

病人削瘦得讓人看了心痛，乾燥脫皮的嘴唇和皮膚一樣蒼白，指甲變成了土灰色。

「嘴巴張開。」

重松要矢須子張嘴，發現門牙不知不覺間斷了，只留下牙根。前幾天都還是連根搖晃，卻好像從中間折斷了。腫脹的牙齦不斷地滲血，含嗽硼酸也無法止血。閉上嘴巴一會兒之後，唇間便浮現紅線般的一橫血絲。

臀部又冒出兩顆新的膿瘡，相連在一起，呈葫蘆狀。先前長出來的六顆膿瘡都動了切除手術，但傷口沒有痊癒，底下的肉隆了起來，就像切開的西瓜，周圍的皮膚呈現腐爛的烏青色。重松沒有親眼看到，是回去的時候，看護跟到樓下來說的。

沒有半點好消息。即使找院長詢問，也得不到確切的回答。

「血沉狀況不好。血液似乎有問題，有許多難以分辨的陰影，紅血球數目也不到正常的一半。」

那口氣就像在說已經藥石罔效了。

醫生說，奇妙的陰影或許是異型的白血球，但如果是白血球，數量實在太多了。重松已經不想再聽到更多激起恐懼的醫學名詞。他只是更深地對矢須子感到自責。

矢須子會患上原爆症，不光是因為淋到黑雨，也是由於在熱氣蒸騰的廢墟灰土中走來走去的緣故吧。從相生橋前往左官町途中，匍匐前進的時候，矢須子擦傷了左肘。那傷口不可能沒有受到死灰的污染。如今再來說這些都太遲了，但勉強從宇品的日本通運分店前往古市的工廠，也是錯誤的決定。如果重松拜託通運分店長杉村先生，他應該會願意收留矢須子兩、三天。重松為此自責萬分。而且追根究柢，都是重松把矢須子叫到廣島來的。

湯田村的細川醫院寄來信件，並附上另一份文件。

閑間重松先生：

感謝您前些日子來訪時惠贈當地鯰魚乾。

關於您當時提到的問題，我詳加思考之後，僅將結論略述於下。但敝小舅子能恢復健康，實為不幸中之大幸，除了注射林格氏液及輸血之外，亦無他法，僅能在一旁看顧。為了讓您了解這一點，我一併將敝小舅子所寫之手記寄過去，以供參考。這亦是為了避免招來誤會，說我忝為醫生，卻不願治療病人。也希望您能了解，之於病人，最重要的是對抗病魔不屈不饒的精神。我亦想要提醒，敝小舅子之復原雖是偶然的結果，但即使病重垂危，仍未嘗完全沒有奇蹟恢復之生機。

手記請過目之後，予以歸還。衷心祈禱病人早日康復。

敬祝　早痊

細川生

手記的標題是《廣島轟炸受難者軍醫預備員岩竹博手記》。應是細川院長招架不住重松的無理要求，特地打電話給東京的小舅子岩竹，請他把手記寄過來。

重松在繁子的枕邊讀著那份手記，一再地說：「這真是奇蹟。」繁子也不停地說：「得讓矢須子讀一讀才行。」就像水車大嬸說的，岩竹先生在轟炸中所受的傷，比重松等人更嚴重太多，瘦得像具骸骨，手指貼在一起，耳朵都被蛆啃光了，卻又起死回生。手指後來也接受整形手術，變回與常人無異的外觀。聽說現在他在東京的向島須崎町開診所。

手記如此開頭：

「昭和二十年七月一日，接到編入廣島第二部隊的紅紙召集令，匆匆收拾行囊，自東京西下。名古屋及大阪皆戰禍慘重。岡山正下著細雨，火車通過昨晚空襲後仍在燃燒的車站。難民身體半裸，頭上蓋著座墊，走在鐵軌旁邊。

「在福山下車。與疏散到湯田村的妻子重逢，換上入伍服裝。首先到理髮店剃掉小鬍子，理成大平頭，戴上戰鬥帽，紮上綁腿，揹上奉公袋[45]，在妻子和大舅子目送下，搭上福鹽線的火車。這次的召集對象是四十五歲以下，但我是在四十五歲的上限接到徵召的丙種合格新兵。我不想拍照，只為了留做戰死時的遺照。

「在廣島的親戚家住了一晚。一日早上八點，生平首次踏入兵營。共有五十餘名，在營內診斷所的前庭集合。全是來自廣島縣及福岡縣。聽說山口縣人會編到山口聯隊，島根縣地區的醫生則編入濱田聯隊。一開始都不是送進軍醫預備員教習所，而是進入步兵部隊。我們在灼熱的烈日下，在前院等了一個多小時，然後坐在診察室隔壁約二十張榻榻米大的木板地房間，終於一名高達六尺餘的巨漢——第一陸軍醫院長鷲尾軍醫中校帶著兩名軍醫進入就座。點名之後，劈頭就是一場疾言厲色的訓詞：『我是鷲尾中校。你們直到今日，都未積極志願從軍，為關係國家存亡的這場戰爭效命，簡直豈有此理，形同國賊。因此這次有關單位發動了懲罰徵召，將你們這夥人一網打盡。從今天開始，你們的性命都掌握在我的手裡。直到今天以前，或許你們在社會上備受禮遇，地位不凡。但是在軍隊，你們的知識派不上用場，全是廢物。你們腦袋裡的思想跟狗屎沒有兩樣，你們連跳蚤屎大的軍人精神都沒有。從今以後，我會把重點放在充實你們的軍人精神，嚴加鍛鍊，你們要做好心理準備！』

「接著我們一個個走到中校面前，報上姓名和學經歷，被詰問為何一直以來都沒有志願加入軍醫預備員。我從奉公袋取出去年一月已寄送到第一師團及廣島聯隊區的文件，證明我

45 出征士兵去軍隊報到時攜帶的袋子，裝有軍隊手冊、召集令、徽章及軍旅所需之物。

曾經志願從軍，並未逃避。結果對我的詰問不了了之。但在我前面接受詰問的人，以及後面的人，每一個也都拿出了志願書。許多人去年和前年都接到召集令，卻因為體質不良，被判定即日返鄉。

「確實，開始進行體格檢查後，被徵召的這些人裡面，沒有一個人體格令人稱羨。有人因為脊柱骨疽而自備護腰，有人因頸腺炎而包著繃帶，有人因肋骨骨疽而留下瘻孔，也有人在求學時期的運動會骨折，膝蓋只能彎曲一半。新任院長鷲尾中校沒有接到這些狀況的橫向聯繫。也許是以前的志願調查書遺失了。結果中校先前的下馬威形同一拳打個空，正顯得有些尷尬時，一名廣島市出身的醫生發出訕笑，打了個大哈欠。院長見狀大步走來，賞了那名醫生一巴掌。醫生被打得一個趔趄，又被連續摑了三、四個耳光。也就是俗稱的連環掌嘴。這殺氣騰騰的舉動，令人感到前景暗澹，心灰意冷。

「幾個人照了X光片和咳痰檢查後，被判定即日返鄉。也有人因為醫院醫生不足而得以返鄉。看到那些揹著奉公袋，一臉馴順，卻喜不自勝地踏上歸途的人，教人羨慕不已。」

就這樣，岩竹先生等人被編入步兵部隊，接受步兵基礎訓練十五天。主要的目的似乎是學習戰術，以便在本土決戰時，抱著炸彈奔入敵軍坦克部隊。他們每天練習衝向木造模型坦克，投擲繫著繩索的炸彈型木材，再迅速趴下，反覆幾十次。後來被派到教習所後才知道，原本有個計畫，要安排這支懲罰召集部隊擔任海邊防衛隊，只要以「一人一殺」的精神，毀掉一輛敵方坦克，就算達成任務。

七月十四日，他們接到命令，從步兵部隊調到第二陸軍醫院教習所，遷往太田川河畔的二樓兵舍。這時已有八十名山口班及濱口班的徵召兵抵達，共計一百三十多名。負責帶他們的吉原少尉若冠二十三歲，是平壤醫專提前畢業的短期軍醫。這名帶兵少尉的訓示，內容更勝於鷲尾軍醫中校。

「這處兵舍是有名的魔鬼兵舍。你們從今天開始進入這處兵舍，必須刷新心理覺悟。對你們太好，只會讓你們得寸進尺，更難管教。我將奉上級令命，嚴加鍛鍊你們。首先，你們（以下省略九十一字）。」

這類訓示，致詞的人聲稱是在「激勵」，但聆聽的一方卻只覺得前途一片黑暗。

訓示之後，一次三個人被叫進隊長室，留下家庭、經濟狀況的紀錄。應該是要做為分配到危險地區時的參考資料。

隔天開始，真的展開了魔鬼訓練。「與其說是軍隊，更如同監獄。」岩竹先生如此寫道。「早上三番兩次發動緊急點名，簡直就像在耍人。凌晨在朝霧中進行三、四千公里跑步。跑過護國神社、相生橋，從本願寺別院後方轉往北邊，經御幸橋來到饒津神社，返回部隊，但絕大多數的人都脫隊了。許多人輕微發燒、腹瀉，甚至病倒。」「進行匍匐訓練的時候，軍服被汗泡溼，幾乎可以擰出水來。訓練官說腰抬太高，用靴子踩踏屁股，說槍口太低，用指揮刀戳肩膀。兩肘磨破，滲出血來。有一名中村預備員，是在德山市開婦產科的中年醫生，體重重達二十三貫，肚腹突出，心臟肥大，去年受徵召時被判定即日返鄉（但今年入伍了）。他根本無法雙手捧槍，匍匐前進。他落後隊伍，原地掙扎，吉原軍醫不停地踹他的屁股。中村預備員流下懊恨的淚水，憤慨到甚至想要自殺。」那感覺就像是遭到無法管教的逆子踢踹一樣。「那張臉充滿了無法掩飾的困惑與失意，就好像遭到親兒子恫嚇的老子。」岩竹先生寫道。

八月六日，早上六點半響起空襲警報，兩架或三架B29沒有投下任何炸彈，朝南方揚長而去。這種事過去也發生過多次，不算稀罕。七點多，警報解除，在警戒警報持續的七點五十分，院長及底下的軍醫、醫護兵、預備員等等，全體在營庭列隊遙拜東方的皇居，這天是敕諭記念日，因此舉行了奉讀典禮。最前排是上級軍醫及醫護兵，接著是從山口及島根縣召集而來、著正式服裝的軍醫預備員，最末尾是服裝寒酸的廣島地區的徵召軍醫預備員。廣島地區的人由於入營時軍方聯絡不周，穿著入伍時工作服般的衣服，沒有星星，也沒有階級章。

典禮結束後，副官開始致訓詞，就在這時，B29投下了炸彈。岩竹先生記下當時的印象：

「典禮約二十分鐘結束。解散前，副官正嚴詞批評防空警報時的應變動作過於遲鈍，這時傳來一架熟悉的B29轟隆聲。我心想是飛機從南邊飛到正上方來了，忍不住仰望天空，結果在兵舍屋頂上方看見一個像熱氣球的東西輕飄飄地落了下來。下一瞬間，我感覺到閃電般的白光，或是同時點燃大量的鎂的閃光，強烈的灼熱席捲了全身。我還記得同時聽見驚天動地的地面轟鳴，接下來便人事不省了。我不知道後來怎麼了，也不知道經過了多久。也許我是被爆風摞倒而昏了過去。一直到有人用軍靴踩著我的脖子和肩膀當踏台，我才醒轉過來。

「我處在一片漆黑之中，整個人被壓在木材底下。能夠活動的空間極小，隨著神智逐漸清醒，我找到幽微的光線，使盡渾身解數，朝那個方向爬過去。我身在沒有瓦片的屋頂底下。

「我覺得花了極長的時間。許久之後，終於爬出了地面。如今回想，那個地點接近庶務室與廚房的交界處。

「即使扣掉我爬出去的距離，我似乎也被吹出去老遠。病房和教育隊的二層樓建築早已不見蹤影。一片狼藉，被夷為平地。不見人影，闃寂無聲，周圍暗得宛如傍晚時分，廚房和病房一帶很快便升起黑煙。

「我的軍服右半邊也冒著煙悶燒著，右內袋裡的錢包、左腕的浪琴錶和眼鏡都不見了。我好不容易撲滅了軍服的火。右手背的皮膚脫落，變成了灰白色，底下的紅肉沾滿了黑土。整張臉亦感受到強烈的灼燙，左手背和指頭雖然沒有脫皮，但就像遭到炮烙一般，整個變白了。腰部以下走路也不會痛，但背部疼得要命，不知道是不是被木材撞到了。我沒辦法，走到洗手間，擰開水龍頭。有水。洗手間的柱子仍維持原狀。我先沖掉手背上的土，用不知道是誰晾在曬衣場沒收的兜襠布把手包起來。我近視嚴重，視野又一片昏暗，沒辦法看清遠方。沒有半個人。

「每個人都去避難，只有我被丟下了嗎？我從洗手間的位置評估方位，走到了太田川的河岸。有兩、三名面熟的士兵，也有半裸倒地的人。

「外面堆著空襲警報時從兵營倉庫搬出來的被子，我任意抓了一條，癱坐在上面。緊張暫時解除，鬆懈下來後，整個人恍神了。雖然有五、六個人，但沒有人能對這種狀況做出恰當的指示。我彷彿置身雲裡霧裡。破壞力太驚人了。我認為兵舍遭到炸彈極近距離的轟炸，但鎮定下來後，才發現對岸的人家也消失無從了。

「三瀧橋的方向，以及對岸本願寺別院一帶冒出熊熊火舌，掀起了火災。如果是炸彈和燒夷彈同時落下，但當時並沒有空襲警報，太令人不解了。有三、四個預備員同袍不知道從哪裡聚了過來。三好來了，伊藤也來了。都是站在最後排的人。沒有人說得出話來。最前排的人裡面，一定也有許多人被壓在房屋底下出不來。但我們受了傷，又赤手空拳的，不可能從已經起火的倒塌房屋底下救人。沒有人開口，我們也知道此地危險，便前往三瀧分院避難。我也下定決心離開。在東京，三月九日那天晚上，淺草、本所、向島等江東地區慘遭轟炸時，我目睹四下化成火海，隅田川滿是燒死的人。我想起了當時的事。火焰是會燒過河面的。

「我們開始朝上游移動。所有的道路都被倒塌的房屋堵死了，好一段期間，我們只能沿著河邊小徑前進。我不停地被凹洞絆到，一邊的鞋子終於脫落了。我找了一下，沒能找到。伊藤叫我快點跟上。草叢裡似乎傳來求救的呼聲，我卻覺得彷彿在夢中逃命，無法伸出援手。火勢逼近了。臉部逐漸腫起，愈來愈疼。步伐緩慢。目睹眼前的慘狀，身為醫生，卻連半個人都救不了，令我自責無比，但我只能竭力逃命。

「我不知道當時幾點，但經過饒津神社前面，走到河邊這裡，似乎花了兩個小時左右。這時烏雲密布的天空開始隱約透出陽光。事後得知，應該是蕈狀烏雲漸漸散去了。」

岩竹先生所在的兵營就在炸彈投下地點附近，所以他在逃命的過程中，剛好可以從正下方看到那朵蕈狀雲吧。因此他才會單純地寫「烏雲密布的天空」。但他嚴重燒傷，卻能逃出生天，並且保住一命，實在太了不起了。一百三十多名隊員當中，他是倖存的三人之一。

岩竹先生的手記提到，他和兩名同袍來到饒津神社旁邊，有人告訴他們：「重砲隊附近有爆炸的危險，因此禁止通行。過河到沙洲去吧。」於是他們用被子罩住頭，胸部底下泡在水裡，走到了沙洲。他們看見三瀧的方向，滾滾奔騰的黑煙之中，不時有火焰閃現。因為三瀧也淪陷了，他們重新打起精神，爬到上游的河岸。已經不覺得飢餓，也不感到痛楚了，只想要一個可以躺下來好好休息的地方。

數輛軍用卡車忙碌地駛向廣島。其中一輛的駕駛兵看見精疲力盡的岩竹先生等三人，經過時吼道：

「喂！你們是士兵嗎？這座山的北邊有個叫竹坂的地方，正在準備開設收容所，打起精神過去那裡！聽說也有足夠的醫藥品，就在這座山的北邊！」

「戶坂、戶坂……」三人口中喃喃著，朝北走去。岩竹先生光著一腳，因此跟在同袍身後跛行。駕駛兵說就在山的另一邊，這段路程卻彷彿遙遙無盡。距離約三里遠。路上充滿了瘋狂奔逃的傷者，景象直教人毛骨悚然。

在戶坂，國民學校被接管做為收容所，但沒有另外的救護所。那裡只有兩棟平房校舍，狹窄的操場有兩頂帳篷臨時收容所。校舍和帳篷都擠滿了大量傷者，天都快黑了，卻大排長龍。走廊上有人倒地呻吟不止，也有人都來到這裡了，卻不支斷氣，以布蓋住了臉。也有人喊著孩子的名字或是叫母親。而且這裡進行的治療，只有人幫忙塗抹紅藥水，或是油調麵粉取代氧化鋅油，連繃帶都沒有，更別說注射針劑了。

岩竹先生的臉愈來愈腫，變得像顆西瓜，眼皮幾乎都黏在一起了。同袍三好先生的臉頰冒出大水泡，手皮都掉了。伊藤先生臉頰燒燙傷，額頭還有個撞出來的腫包。三好先生是醫學博士，也是婦產科專門醫生，胸袋裡總是放著年幼長女的照片。伊藤先生是三次町的診所醫生，不過專精藥學。

岩竹先生等三人讓收容所的人塗了紅藥水，在走廊入口找到一點空位，便在那裡裹上帶來的被子，度過一晚。也許是過度亢奮，雖然只吃了早餐，一整天不吃不喝，卻也不覺得餓。喉嚨很渴，很想喝水，但因為害怕傳染病，忍耐著不喝。三人都沒怎麼交談。連說話的力氣都沒了。

隔天七日，收容所將軍人與平民分開，軍人收容在教室裡。岩竹先生的臉極度浮腫，腫到原先的兩倍大，眼皮必須用指頭扳開，否則無法視物，因此被放上擔架，抬到東側的重症傷患教室去了。他把一半燒焦的軍服捲起來給三好先生當枕頭，人就這樣被運走了，因此口袋裡的記事本、名片夾和香菸盒就此下落不明。這次道別，讓岩竹先生與三好先生就此天人永隔。與伊藤先生也是在這時分開了。（後日附記：但伊藤先生很快地就在夫人無微不至的照顧下，保住一命，聽說現在依然健在，在三次市開診所。）

岩竹先生如此記錄自己當天的病狀：

「我被送去的教室裡，沒有半個軍醫預備員，收容的全是一般兵科的年輕重症傷患。喉嚨渴到受不了。全身的骨頭好像全散了一樣。我強烈畏寒，發起燒來。應該超過三十九度。因為眼皮整個腫了，除了睡覺以外，無事可做。八月七日，分到一碗稀粥。兩天之間只排尿了一次。

「雖然被禁止喝水，但我終於無法忍受，用指頭扳開一邊眼皮，偷偷走到井邊去喝了水。水帶著鐵鏽味，我卻覺得宛若重生，整個人精神都好了起來。操場的帳篷增加成六頂，但傷患滿溢而出。屍體一路堆到運動場盡頭。

「入夜以後，傷患的呻吟更嚴重了。也有腦部受傷的傷患，從教室窗戶跳出去，在水田裡走來去走。一個晚上過去，有近三分之一的人安靜下來了。變得冰冷的屍體一具具悄悄地被擔架抬走。我對自己打氣，說從燒燙傷的範圍來看，我絕對不可能死。但不管怎麼想，都想不透怎麼會像這樣，一口氣出現如此大量的傷者。護士調查傷者的姓名、階級、所屬部隊、本籍地等，製作名單。我請他們聯絡家人，說我在戶坂收容所，卻沒人幫我。沒有半個軍醫來診治。」

18

八月八日早上，突然做出宣布。宣布內容說，傷患數量過多，這處臨時收容所不敷應付，故部分傷患要轉送到備後北部的庄原陸軍醫院分院。並要自信有體力搭乘火車的人志願報名。

事實上，被送進收容所的爆炸傷者，遠比逐漸死去的人要多。屍體才剛抬走，立刻又有傷者被送進來。不管是教室還是操場帳篷，都擠滿了傷患，連附近農家的倉庫和小木屋都躺滿了人，甚至庭院都躺著傷者。以廣島市為中心，周邊市町村的國民學校，都和戶坂國民學校一樣，被接收來充當緊急收容所，每一處都人滿為患，因此有必要分散到遠方去。否則醫生不夠，而且有幾成傷者必須直接躺在戶外。

「喂，大家都聽到緊急宣布了嗎？就像宣布說的，想去庄原的收容所的人請志願報名。自信有體力坐火車到庄原的人請舉手。從戶坂到庄原，搭火車要三小時。」

岩竹先生聽到醫護兵反覆這麼告知。

「有沒有人要去庄原的？有自信能搭火車的人請舉手。從戶坂到庄原，搭火車要三小時。」

然後是國防婦女會的女人的聲音。

岩竹先生聽到要去庄原，躺臥著用指頭扳開眼皮，看著天花板。他可以一清二楚地看到木板上的紋路。他覺得自己這情況，應該可以走到戶坂的車站。因此他閉上眼睛，擠出力氣舉起手來。手使不上勁，手腕前端無力地垂下。

傷患似乎都舉旗不定。

「我想去，但又去不了，問這種問題實在太傷人了。」也有人這麼說。岩竹先生不知道那人傷勢如何、又是怎樣的人。

「想去的人就滾吧！」也有人自暴自棄地說。一樣不知道是誰。

「我要去庄原！」也有人喊道。

岩竹先生想要活著抵達庄原。即使遇上最糟糕的結果，他也絕對不想在火車裡斷氣。理由是庄原是岩竹先生出生的故鄉，而且庄原的廣島第一陸軍醫院分院院長、被徵召擔任軍醫的藤高茂明博士，不僅是岩竹先生的同鄉大哥，亦是大學學長。他是個拘謹正直且仁心仁術的醫生。藤高大哥的話，起碼會為他上個氧化鋅油吧。這是求之不得的好機會，他真想舉起雙手，抓住這個天賜良機。但岩竹先生舉起的右手一下子就瘦了，他換舉左手。

「好，手可以放下了。現在發確認牌。」

旁邊響起聲音，岩竹先生放下手，扳開眼皮一看，醫護兵伍長在岩竹先生的軍褲腰帶別上了行李牌。撐起上身一看，上面用墨汁寫著「庄原」。

「什麼時候出發？」岩竹先生問醫護兵。

「要先確定人數。很快就要去操場集合了。」

不久後到了午飯時間，發下像麵疙瘩味噌湯的粥，但岩竹先生沒有食欲，只喝了茶。他覺得是發燒的關係。

下午三點發出集合命令，眾人在堆積著屍體、臭氣沖天的操場集合，約六百人呈一排走在通往戶坂站的農用道路上。岩竹先生用手指交互扳開左右眼皮行走。沒有半個人模人樣的人，看上去就像一列步履蹣跚的怪物隊伍。

前往站前坡道的途中，喉嚨乾渴得難受，岩竹先生對道路右邊農家門口的老太婆說：「不好意思，請賞點水喝。」老太婆看到岩竹先生腫起的臉和潰爛的嘴唇，也沒有半點厭惡的模樣，自言自語地點點頭說：「真可憐，一定很渴吧，可憐啊、可憐。」進屋去用托盆端了個大茶杯出來。不是水，是涼的澀茶。

在戶坂站上了火車以後的事，引用岩竹先生的《廣島轟炸受難者軍醫預備員岩竹博手記》：

「我在特別運輸列車最後尾的車廂勉強占得一席之地。這藝備鐵路的火車，是我中學時代搭乘過無數次的返鄉列車。聽到那懷念的汽笛聲，我振奮起精神，覺得一定能活下去。由於正感慨終於能擺脫前日以來的睡眠不足、亢奮及不滿，更覺得三小時的車程實在太漫長、火車開得實在太慢了。因為發燒，身體灼燙不已。高漲的情緒也變得斷斷續續起來，彷彿一下子墜入深淵。腦袋開始朦朧。每次停靠車站，火車便猛烈搖晃，鞭撻要我振作起來。每個車站都有國防婦女會的老太婆和中年婦人，她們以帶子紮起衣袖，招待我們茶水和梅乾。我的嘴唇和口腔整個都腫了，但梅乾很好吃。『真令人同情。』『一定很難受。』『太可憐了。』她們七嘴八舌地安慰我們。其中也有婦人和年輕女人流淚。她們的孩子或丈夫，一定也都去了戰場。也有老太婆『哇』一聲哭倒在地。我入營之後，首次看到這麼多女人落淚的景象，想起了三十年前在中學學到的李白的詩句『長安一片月』。現在我才體會到，那並非單純描寫風俗的詩，而是充滿了錐心泣血之情。我們的車廂裡，也有兩名士兵已經變成了冰冷的屍體。我很擔心自己的妻兒。至於姪子，我覺得只能死心了。

「火車停在備後十日市站（現在的三次站）。三次是我畢業中學所在的町。我正在練習不用指頭張開左邊眼皮，看見一名面熟的少女就站在窗外月台上，忍不住『啊』了一聲。是從小寄養在我庄原伯母家的小孩。對方看到我面目全非的模樣，當然不可能認得我是誰，我出聲招呼，她才總算發現是我。她說她從女學校畢業，到車站來參加勞動動員。我身心殘破不堪，簡單說明自己殘兵敗將般的處境。結果她立刻用車站的電話打到庄原站，得到庄原與備後十日市的站長同意，上車來陪伴我。火車就是在這裡停留了這麼久。不過這真正是一場奇遇，也因此我能夠很快便聯絡上親戚，這不知道令我多麼地勇氣百倍。奇妙的是，不知道是否因為緊張的情緒鬆弛下來的關係，病況一下子惡化了。我全身猛烈地哆嗦起來。

「抵達庄原站後，寄住親戚家的少女便聯絡我的伯母。我的老家離庄原町有些遠，但伯母應該會替我通知。另一方面，我們這群殘兵敗將在暮色中以木炭公車送去的地點，不是醫院，而是國民學校二樓的木板地教室。和白坂的國民學校沒有兩樣。擠進已經像沙丁魚罐頭般塞滿人的教室裡，躺下之後，我的意識整個迷迷糊糊，畏寒又戰慄不止。入夜以後，高燒襲來，我無法開口說話了。即使想要說話，也發不出聲音。

「我隱約記得，當晚發布過一次空襲警報。至今為止，我前後共三度失去意識。第一次是剛遇到爆炸時昏厥過去，第二次是在火車上搖晃，來到庄原的國民學校的這天夜晚。第三次則是後來所謂的原爆症發病，在鬼門關前徬徨的九月初旬的幾天之間。我是個垂死的病人，因此在意識不清的時候，當然不可能做出客觀的觀察，對自身症狀的觀察也經常有欠明瞭。

「八月九日早上，夜來的高燒稍減了一些，自覺到意識恢復的徵兆。這是化膿熱，或者說是敗血症性質的發燒。這天軍醫來看診，指示醫護兵進行處置。這是我遇到轟炸後第一次看到軍醫，但軍醫甚至沒有用聽診器為我聽診。

「我受的傷，幾乎全是燒燙傷，頭、臉、脖子、背部，左右上臂、手臂、手腕、手指，還有耳朵也受了燒燙傷。手腕的皮膚脫落，背部聽說變得像牛肉，連肋骨都若隱若現。後來我得知這是瞬間上千度的放射線所造成的，但那種炸彈的性能，完全不是我們能夠窺其端倪的。醫護兵在我受傷的部位塗上類似苦味酸的藥液，並只在躺下時會接觸到地板的部位貼上一尺見方的紗布，就算是包紮結束，立刻轉往處理下一名傷患了。一班火車就載來數百名傷患，實在無法奢侈地再去計較這算是謹慎還是潦草了。

「隔天八月十日，醫護兵撕下我背部的紗布時，連我都忍不住叫出聲來。體熱、體重和分泌物讓紗布緊緊地貼在傷口上，醫護兵把它從下端掀起。我痛到無意識地跟著抬起腰來。即使坐下以雙手撐地，抬腰仍有個限度。一抬起腰，接著臀部又因為體重而落下。這時紗布已經撕了下來。醫護兵不理會流個不停的血，用刷子蘸藥水抹上背部，也塗抹臉部、脖子、上胳膊、手背和手指，又立刻轉往處理下一名傷患。這樣的治療方法，就連自認為忍耐力十足的我都承受不了。在這裡，傷患也一個接著一個變成屍體被運出去。一樣是國防婦女會的人前來幫忙，協助傷患排尿等等，但刺鼻的惡臭似乎讓她們相當受不了。

「這天下午，我忽然聽到呼喊聲：『喂，岩竹軍醫預備員在哪裡？岩竹在哪裡？』接著是尖銳的女聲：『岩竹？你在哪裡？岩竹在哪裡？』我聽出是妻子的聲音。我想要回答，但嘴唇腫起，發不出聲音，只能微微抬起疼痛的左手。妻子去廣島的陸軍醫院廢墟找我，得知我被移送到戶坂，前往戶坂國民學校，又聽到我被轉送到庄原，找到這裡來了。但我的臉面目全非，連妻子都認不出來了。」

手記中有岩竹先生的夫人回想當時的記述。應該是有人訪問，並記錄夫人對於岩竹先生奇蹟恢復的想法，這是否能做為矢須子的治療參考？

「那個時候，我疏散到福山市外湯田村的細川醫院。外子岩竹被徵召至廣島第二部隊擔任軍醫預備員，而外子視如己出的姪子則進入廣島第一中學就讀。湯田村的細川是我的哥哥。

「八月八日晚上，福山遭遇空襲。隔天早上，前往福山的福鹽線和井笠線都不通了，因此九日一早，哥哥細川從湯田森村騎自行車載我到福山，接下來我用走的到草戶。從草戶到鞆之津，從鞆之津搭公車到尾道前面的松永，從松永坐火車，天黑之後到了廣島。經草戶、鞆之津、松永、尾道到廣島——據說這正是古時平家一部分敗逃的貴族將士及足利尊氏，經陸路逃至西海的路線。

「廣島站前面搭起了帳篷，我進入帳篷休息，等到天亮。有士兵在守衛，幾個疑似無處可去的人席地而躺。我從湯田村出發前，哥哥細川勸阻我說去了也沒用，但我就是覺得外子還活著。因為外子愛喝酒，我用藥瓶裝了滿滿的一瓶酒裝進背包裡，向哥哥借了紅十字臂章，裝扮成從軍護士前往。如果沒有那臂章，女人就無法進入廣島市內。我穿著束口褲和夾腳平底鞋。

「我不清楚廣島的地理。我向士兵詢問怎麼去第二陸軍醫院，他說那一帶全燒光了，去了也沒用。我問他廣島第一中學的狀況，他說那裡全校師生都罹難了，成了一片徹底的焦土。姪子的死亡已成了無庸置疑的事實。我在帳篷裡躺了下來。帳篷裡有個孤兒，任憑士兵怎麼安撫，就是不肯入睡，吵著要媽媽。我陪在那孩子身邊，他總算睡著了，因此早上四點左右，我才溜出帳篷，前往第二陸軍醫院找外子。

「這裡是一片焦土，沒有兵舍，什麼都沒有，就只有帳篷。我不記得他的大名了，不過來自東京一帶的將校招待我冰糖和茶水，說現在實在不可能打聽出什麼，先回去故鄉，靜候軍方通知比較好。我為了慎重起見，再次詢問第一中學的狀況，但得到的回答依舊是那裡亦成了一片焦土。將校頻頻催我回去，因此我沿著附近的河川往上游走去，想再去其他地方找找。河邊有用鐵皮和草蓆搭的棚屋，每個人都一臉漆黑，只有眼眶和牙齒是白的，外貌看上去就像古代繪卷的難民。走了一段路後，有一群人倒地呻吟，因此我大聲呼喊：『岩竹，你在那裡嗎？』但沒有反應，即使豎耳聆聽，聽到的都只有呻吟。那聲音聽起來就像怪物。

「我覺得這炸彈實在太可怕了。我詢問路過的人，果然是敵軍投下了新型特殊炸彈，那個人說，陸軍醫院的士兵可能也受到爆炸波及，被送進收容所。我懇求對方告訴我收容所在哪裡，每個地方我都想去碰碰運氣，結果對方說收容所共有三處。但當時我腦袋發昏，只記得戶坂這個地名。這真的很巧。其他兩個地方我忘記了。但橫豎一次也只能去一個地方，因此我打算先去戶坂找人，再打聽消息，去下一處尋找，因此就只記住了戶坂。戶坂距離廣島約三里路。走著走著，我在上午十一點左右進入村子。我一直沿著堤防走。但令我不解的是，為什麼在陸軍醫院廢墟的帳篷裡，將校不肯告訴我收容所的事？

「來到戶坂，我挨家挨戶向農家打聽，在下午四點左右，找到臨時收容所總部的國民學校。操場帳篷裡，還有教室和走廊都擠滿了傷者，但人員說收容者名單還沒有整理好。『岩竹，你在這裡嗎？岩竹，你在這裡嗎？』我在走廊、教室及外面的帳篷四處呼喚，但都得不到回應。不過我又聽說輕傷的人送去農家收容，因此又在附近的農家找了一圈。最後我實在是累壞了，顧不得羞恥，找了一戶農家，請他們讓我在簷廊休息，借了涼爽的簷廊躺了下來。這是傍晚五點的事。前前後後大概休息了兩三個鐘頭後，我又回到國民學校，結果收容者名單已經出來了，我打聽到岩竹在昨天轉移到庄原的國民學校去了。對方說只有輕傷的人才會送去，因此我放下了心頭大石。然而這份欣喜也持續不了多久，因為聽路過的人說，前往庄原的傷者每一個都氣若游絲、要死不活。

「奇妙的是，不管是覺得外子似乎傷勢不重，還是重傷瀕死，我都急得不得了。前往戶坂的車站時，我也是快馬加鞭地走。雖然在發車前一刻乘上了火車，但擠滿了乘客的火車開得很慢，好不容易來到鹽町，準備換車，前往庄原的最後一班車卻已經開走了。我無可奈何，在月台鋪了報紙坐下，等待天亮，結果我旁邊坐著府中町的人，我們聊著聊著，對方說他知道府中町的細川分院，於是我草草寫了張給哥哥細川的字條，說我正要前往庄原，請他帶著需要的物品過來，託那人交給細川分院。這真是不幸中的大幸。那人搭上福鹽線前往府中的火車（除了福山一帶，福鹽線依然通行），我則搭上藝備線前往庄原的火車，非常湊巧。福鹽線與藝備線就是從鹽町分開。

「託此奇緣，我順利聯絡上細川分院，哥哥帶著護士及我疏散到細川家的女兒，在當天十一日傍晚左右，趕到了庄原的伯母家來（伯母接到前面說的少女的通知，知道外子被送到這個町，去聯絡外子的老家，因此人不在）。我休息了一下，打理好儀容等等，立刻又趕到庄原的醫院——那裡本來是國民學校，我在不知道是伍長、軍曹還是醫護兵的帶領下，進入教室，裡面就和戶坂的國民學校一樣，放眼望去，到處都是滿滿的傷者。我看不出外子岩竹在哪裡。那個像醫護兵的人喊道：『喂，岩竹軍醫預備員在哪裡？』於是我也跟著喊：『岩竹，你在這裡嗎？岩竹，你在嗎？』

「我的胸口悸動不已。沒有任何回音，但我看見一隻手微弱地抬了起來，總算認出那是外子。他的臉腫成了兩倍大，右耳蓋著紗布，以膠布固定。不知怎麼回事，我突然一陣耳鳴，困擾極了。在這裡，令我感到不可思議的是，只要有一名傷患呻吟起來，許多傷患就會跟著一起呻吟。這麼形容或許不恰當，但那聲音十分驚人，就彷彿田裡的青蛙還是什麼同時鳴叫起來一樣。

「這所校舍的收容所——正式名稱是廣島第一陸軍醫院分院附屬收容所，由於面臨非常狀況，對傷患的治療不足與設備匱乏，都是無可厚非之事，然而只有規則和軍隊一樣不知變通，說有國防婦女會的人來幫忙，拒絕傷患的家人前來照護。但我不能丟下垂死的外子回去，因此搬出戰爭時期最大義凜然的說詞，說當前最重要的就是讓更多人恢復健康，以報效國家。口氣幾乎是在吵架了。但那個像醫護兵的人笑也不笑。我實在是太焦急了，拜託外子的學長，這裡的庄原分院長，以院長的權勢將外子移到雙人房。外子雖然是軍醫預備員，但還只是見習的二等兵，現在卻得到宛如軍醫的待遇，然而這份榮寵也只維持了短短兩小時就破滅了。因為外子被送去的雙人房，已經住在那裡的步兵部隊長的上校腦部受傷，發起瘋來，當晚人就不行了。

「接著外子被移到約四張榻榻米半大的三人房。已經住在那裡的其中一人，是從岡山縣徵召過來的長島軍醫預備員二等兵，是一名醫學博士，另一人則是岡山縣笠岡町出身的年輕志願兵伍長。長島二等兵的臉部和雙手受了燒燙傷，並嚴重腹瀉。年輕的伍長沒有燒燙傷，頭部有相當大的傷口。

「軍人對平民的態度一板一眼，同時卻處處是模糊地帶。即使不能說每一個皆是如此，但我發現其中有些軍人是這樣的。外子轉到三人房時，我的哥哥帶著護士，提著紗布、繃帶、林格氏液、葡萄糖注射液、氧化鋅油等當時在民間相當貴重的物資前來，送交給軍醫花木中尉，說希望能有所貢獻。然而中尉滿臉不悅，嚴厲斥責說軍方有軍方的方針，百姓不要隨便帶東西進來。可是這名中尉卻命令護士塗抹不明透明液體來治療外子的燒燙傷。某天，外子看到塗抹後的痕跡，發現沾上了一粒瓜籽。隔天問護士說昨天沾到了瓜籽，到底是塗了什麼藥，護士竟說：『咦，還有種子嗎？我明明仔細濾過了。』自己招認塗抹的是小黃瓜汁。『那不就是絲瓜水嗎！』外子腫起的嘴巴扭曲地說。用小黃瓜汁塗抹燒燙傷傷口，或許是自古以來的民間療法。但如果燒燙傷的範圍超過人體三分之一以上，若不持續以林格氏液、葡萄糖、食鹽水等補充水分，將回天乏術。

「還發生過這樣的事。我記得是八月十三日那天，外子的右耳痛得無法忍受。隔天十四日中午過後，庄原日赤醫院的耳鼻科醫長、姓屈原的召集中尉前來看診，卻以極傲慢的態度、極霸道的口吻，動作粗暴地翻檢外子的耳朵。取下覆蓋耳朵的紗布，摘下脫脂綿後，耳洞裡流出大量油脂般的分泌物，從結痂的外耳到耳洞入口處湧出了許多的蛆。大概有兩百隻約一公釐左右的蛆。我在中尉吩咐下，拿臉盆來接，用滴管的水沖洗。耳洞裡的蛆則是由中尉挑了出來。

「託此之福，一直刺痛外子鼓膜的元凶終於銷聲匿跡，耳朵不再疼痛，發燒也開始漸漸退了。我用帶來的酒滴了一兩滴到外子的嘴巴（外子的右耳被蛆啃蝕，依然缺損，他說到現在依然會耳鳴）。外子因為蛆被清除，開心極了，要我送一瓶酒給屈原中尉，表達感謝之意。因此我拜託庄原的伯母弄到一瓶酒，用包袱巾包了送去給中尉，中尉把酒瓶放進櫥櫃裡，將包袱巾擲在地板上，說：『這種東西拿回去！』我回去報告外子，外子說：『這樣啊，都是戰爭的緣故。』外子說，戰爭會把人扭曲成那種模樣，而不會帶來任何好的結果。

「我待在庄原的期間，住在伯母家，每天前往收容所。哥哥只在伯母家過了一晚，便帶著護士和我的女兒回去湯田村了。

「八月十五日，終戰那一天，外子突然發起高燒，奄奄一息，但隔天起燒又漸漸退了。但他虛弱極了，治療得也不妥善，我們決定把他送到細川哥哥家，在二十日當天以黑市價格雇了木炭卡車（這時軍方已經許可傷患可以自由離開）。我和外子坐在副駕駛座，和厭惡傷患臭味而戴著口罩的駕駛三個人前往府中町。外子表現得比我更要堅強。我已經累壞了。

「外子住進府中町的細川分院，隔天起就出現了原爆症。因此如果在庄原再多拖延一天，外子應該已經死在那裡了。不是因為放心而鬆懈，或是先前都是靠精神力撐著，而是遭到輻射線侵害以後，過了大概這樣一段時間，就會出現原爆症，因此在庄原與外子同室的長島先生，雖然傷勢比外子輕微許多，卻在我們抵達府中町的當天過世了。

「我們只在府中町的分院待了兩天兩夜，就去了湯田村的細川哥哥家，但聽說外子在分院住過的房間臭氣遲遲未消，門窗整個打開了十幾天。湯田村有相當於新山桃直系品種的白桃園，我買了兩次那裡的桃子，一次買十貫，外子總共吃了二十貫之多。他的牙齦和嘴唇都嚴重受損，口腔整個發炎，能吃的只有流動食物。因此我用磨泥器將白桃磨成泥，盛滿整個大碗公，打進兩、三顆雞蛋，灌入他的口中。令人感動的是，外子吃個精光，連一滴也不剩。本人似乎極為努力，不願敗給病魔。他應該花不到一個月，就吃光了二十貫的白桃。二十二日回到湯田村，二十三日原爆症正式發作，連呼吸都沒了。我心想沒救了，又哭又喊。這時主人氣弱游絲，留下了遺言。說遺言的時候，他能夠開口說話，而且十分清醒。我對外子說，我一定會遵照你的遺言做，但你要答應我，接下來一定要接受一切治療，不能留下任何遺憾。

「外子答應了。但進行輸血，並施打格林氏液，外子便發起高燒，痛苦不堪。他要求別再打了，但我說就讓我們試試吧，如果不行，我們會放棄。我提出這樣的條件，繼續施打格林氏液和輸血，雖然不清楚是否這兩樣做法奏效了，但外子漸漸撐了過來。不過他的左臂化膿了。他說不是林格氏液的關係，而是一種敗血症。但他不肯讓別人動刀，趁著細川哥哥去府中的分院不在時，自己拿手術刀切開清創，那道疤到現在都還留著。他這人相當頑固，所以不肯讓別人動手術。

「那個時候的外子，整個人真的就像具木乃伊，宛如枯骨。細川家裡的儲藏室有骸骨標本，與當時的外子活脫一個模樣。由於天氣炎熱，為了阻隔生蛆的蒼蠅，白天也會掛上蚊帳，隔著那層白色的蚊帳看進去，真的就像有具骸骨躺在裡頭。大嫂覺得害怕，把儲藏室的骸骨不知道收去哪裡了。

「那個時候，外子日復一日受盡疼痛折磨。全身肌肉都不見了，只剩下皮包骨，即使鋪了墊被，他也說骨頭碰到堅硬的榻榻米很痛。因此我將許多條墊被鋪到西式床墊的高度，上面再鋪上兩條羽毛被，以為羽毛被應該夠軟了，沒想到外子卻感覺得到墊被底下是否有榻榻米縫。實在難以想像對吧？事後查看，底下的榻榻米腐爛了。

「外子只讓細川哥哥看診，沒有看別的醫生。因為所有的醫生都束手無策，不肯醫治，只有細川哥哥替外子施打林格氏液和輸血。外子是O型，我們的孩子全都是O型。

「糧食並未特別匱乏。我們向附近人家要牛肝，便有人送了一整副的牛肝來，但沒有人吃得下那麼多。結果外子最愛吃的，就是桃子和雞蛋。我擔心過了季節就買不到桃子了，分兩次買了許多，沉入深井底部冷藏起來。湯田村自古以來就是桃子產地，生產的白桃完全不遜於知名的岡山縣新山。但當時即使有錢，也很難買到糧食，因此我會拿和服等物品去交換。我大概換掉了整整兩大箱的和服。

「當時的常識，原爆症病患都以是否落髮來判斷病患會死還是能活。外子的頭髮整個掉光了，但同樣是原爆症病患，症狀也千差萬別。我只知道外子一個人的情況，自從原爆症發作以後，他的食欲嚴重減退。由於是這種病，疾病會不斷地吞噬病人的肉，瘦到不能再瘦，變成了木乃伊。無法正常攝取營養，所以也無法進行補給，就宛如癌症病患。白血球數量也不斷地減少，但外子只一路減到兩千多一點。

「還有一件事，外子遇到轟炸之後，便祕了十天左右，排尿也只能一次排出少許。那種炸彈似乎真的極可怕，像手腕的皮膚，整個都脫落了。據說那叫做穿透光，不只是傷害體表，還會影響到內臟。外子的話，是膀胱內側的黏膜完全剝落，碎屑堵塞尿道之類的地方，導致排尿困難。剝開竹子，內側不是會有一層膜嗎？雖然沒那麼大，但就是膀胱內側的那種膜剝落下來，阻塞了尿液。亦即原爆的穿透光線造成黏膜剝離。那是去了細川以後才開始出現的症狀，因此是遇到轟炸三星期左右的事。但是在下腹部使力，尿液從膀胱流至尿道時，只要從上方按壓括約肌的部位，尿液還是會流出來。只要雙手使勁按壓下腹部就行了。每次排尿，外子都會裝進杯子裡檢查，讓我看排出了多少像竹子膜的東西。流出了非常多。

「不，應該不只是膀胱而已。不管是腸、胃還是肝臟，所有的器官或多或少都受到了影響吧。牙齒與牙齦的接觸面應該也是，所以牙齒才會開始搖晃。我聽說有些人會血便，嚴重腹瀉，外子則是便祕。膀胱的問題，排掉類似竹子膜的東西之後，似乎就恢復了。應該是又長出了新的黏膜吧。

「您說庄原嗎？不，那裡的收容所，也是每天堆了滿拖車的屍體運出去。戶坂的收容所也是，我去的時候，帳篷裡滿滿的都是，走廊也有，傍晚五點左右再去的時候，帳篷裡便整個清空了。但靠過去一看，味道驚人。臭得教人掩鼻。

「那個時候，我們的姪子是廣島一中的一年級生。我去廣島，就是為了打聽外子與姪子的安危，但抵達廣島後，在站前的帳篷聽到士兵告訴我，我才知道廣島一中的學生無一生還。我真是難過得撕心裂肺，覺得這實在太殘酷了。見到外子後，我也暫時沒有讓他知道這個消息。我會四處打聽外子的下落，強迫自己趕到戶坂，又接著趕往庄原，應該也是姪子過世的傷痛，讓我的神經陷入異常亢奮。

「不過，姪子實在死得太慘了。

「聽說廣島空襲後的隔天，從湯田村出發的特設救護班整理了廣島一中的廢墟，後來這些人到細川家來通知狀況。我們的姪子當時被派去進行勞動工作，據說他一個人在教室，以坐著的姿勢被活活燒死。應該是在閃光中當場燒死了。那個時候中學生都別著名牌，就只留下了名牌，有人把它送回來。那就只是一塊寫了名字的黃銅板，僅能勉強辨識出文字。」

以上便是岩竹夫人的回顧。綜合這份回顧以及《廣島轟炸受難者軍醫預備員岩竹博手記》來看，原爆病似乎尚未找到適切的治療方法。不過，岩竹先生選擇了輸血、大量補給維

19

重松讀了岩竹先生的手記，心想無論如何都不能讓矢須子失去求生意志。非得讓她鼓起絕對能活下去的信心才行。既然日漸衰弱，沒有任何治療方法，也只能讓她靠飲食和精神力撐下去了。現在正是生死關頭。

妻子繁子說，矢須子住進九一色醫院那天，曾在上午先去過兩家小畠村的診所接受診察。當然，兩家診所都開了藥，但那些藥都沒動過，丟在水溝裡。坡下雜貨店的大嬸看到藥袋上的姓名和日期，並檢查裡面的藥，對繁子說矢須子一定連動都沒有動，就把藥丟了。由此可見，矢須子不知道有多迷惘。必須讓她效法岩竹先生旺盛的求生意志才行。

岩竹先生的手記裡，如此描述離開庄原的陸軍醫院分院前後的事：

「也許是因為清除了耳內的蛆，耳痛與發燒解除了，然而身子卻日漸衰弱起來。一定能活下去的自負、絕對不會死的自信漸次消退下去。但我不想在這種地方死於這種病。我萌生出想要死在其他地方、死於我能接受的病的念頭。

「八月二十三日，軍方發布許可，說路程不遠、有自信回家的人，可以自行返家。我沒有自信，但一心只想回家，便徵得藤高院長的許可，領了解除臨時徵召的證明書。就算去到東京是沒辦法，我還是想要打起精神，撐到湯田村的細川醫院，便雇了一輛運送木炭的木炭卡車，把我送到十五里外的福山市外。

「他們為我披上白色病袍，戴上戰鬥帽，在糊裡糊塗當中，撐到了府中町的細川分院。路上顛簸得可怕。這條路的荒廢程度反映了什麼，每個人應該都注意到了。我在悶熱的卡車副駕駛座，數度昏迷不醒。在一旁照護的妻子也因為過度勞累，兩度失神。這三小時的路途，感覺宛如一整年之久。

「生死歧路，真正只有一線之隔。隔天二十四日開始，我的原爆症就發作了。如果再晚個一天或半天，我肯定已經在庄原葬送了這條命。

「我在幾乎是失去意識的情況下，從府中町的分院被送到湯田村的細川醫院。輸血，注射，注射，注射。我些事我都記得。意識稍微恢復了一些。

「每天都發著四十度的高燒，白血球破兩千，漸漸地皮肉消瘦，化成了一具骸骨、活生生的木乃伊。手腕和耳朵的燒燙傷姑且不論，背部的燒燙傷莫名地疼痛。即使只剩下皮包骨，還是會知覺到疼痛。妻子說，我背部的燒燙傷痕跡變得像牛排一樣又黑又硬，當那塊牛排剝落的時候，一大塊肉隨之掉落，幾乎露出肋骨。這是醫學上說的壞疽。轟炸當下受到斜光照射，而造成了這樣的結果。這與褥瘡應該有著一脈相通之處。血液循環變差，應該也助長了這種現象。

「我極度衰弱，一再失去意識。心音消失、呼吸停止、背部出現巨大的褥瘡、膀胱黏膜剝落，尿路阻塞──面對這種狀況，不僅是大舅子的院長醫師，沒有一個人仍抱持希望。前來看診的每一個醫生都放棄了我。頭髮隨著痂皮整塊脫落，宛如假髮。

「我悟出死期已近，留下遺言給妻子。但我活過來了。聽到妻子在枕邊哭喊的聲音，恢復意識後，她說我剛才心跳停止了。我應該臉皮抽搐、眼珠倒插，因發紺造成的痛苦而露出猙獰的表情，但我卻覺得自己似乎飄浮在明亮開闊的地方，並不感到特別痛苦。人們常用『死前的痛苦』來形容，但本人意外地頗為輕鬆。不過看在旁人眼中，應該痛苦到了極點吧。

「原爆症病發後，約兩個星期之間，我僅靠啜飲多達二十貫的白桃果汁存活。我不知道注射維生素C和輸血是否也有幫助。接下來花了一年半的時間，輻射線燙傷般的潰瘍總算痊癒了。臥病那段期間，我變得就像一副骸骨，但這就像是建築時的大樓鋼筋，後來漸漸長出新的肌肉，我如獲重生，有了嶄新的肉體。現在我缺了一隻耳朵，只要喝酒，臉頰和手腕的傷疤就會變紅，但除了頑固的耳鳴以外，沒有留下任何後遺症。但耳鳴不分晝夜，如遠寺鐘聲般響個不停，我自身將之視為呼籲禁止原子彈的警鐘之聲。」

繁子去九一色醫院探望矢須子時，重松要她帶上這份手記，請院長做為治療參考。

神傷鬱悶的時候，讓自己忙碌似乎反而會有幫助。重松匆匆鎖好門窗，去庄吉家查看小鯉魚的成長狀況。剛好庄吉和淺二郎也在池邊，個頭高大的淺二郎正在用大石臼磨碎高麗菜。跛腳的庄吉用網子撈起孵化池裡的鯉魚苗，一邊挑一邊移到旁邊的預備池。

「天氣真熱吶。」重松說，兩人都應道：「是啊，熱死人啦。」在小畠村，夏季的晴天遇到人就會招呼「天氣真熱」，傍晚就說「辛苦了」。下雨的日子，則彼此互道「雨下得真好」。

重松幫忙淺二郎磨高麗菜。高麗菜磨碎後，加入牛肝一起搗，再加入蛹粉和麵粉，搓成小丸子，丟進孵化池。

「這好像在撒釣餌。」重松說：「聽說這陣子，撒餌裡頭還會加入鹽醃魚肉臟。這裡頭也放一些怎麼樣？」

「不成。」淺二郎說：「聽說放進鹽醃魚內臟，小鯉魚會過度興奮。必須慢慢地養大才行。」

淺二郎戴著黃色鏡片的眼鏡，預防眼睛出現原爆症症狀。庄吉從很久以前就留起了鬍鬚。

孵化池的鯉魚苗，兩批魚卵中暴斃了八成，因此假設一批有兩萬五千顆，就是活了一萬條。還只有青鱂魚大小，叫「毛子」。孵出兩個月後，背部呈現藍色，長到七八分到兩寸大，就叫做「青子」，到了這大小，就可以放進養魚池。滿一年到一年多的，叫「新子」，養來食用的叫「切鯉」。

放青子的養魚池，二十多天前就已經挖好三座了。先把水徹底放乾，倒進魚內臟、廚餘和堆肥等等，再加入發酵的草，利用陽光熱度使其分解後，再引水入池。淺二郎和庄吉都說這水呈現理想的混濁度。他們說雖然不像清水那樣透明，但這水富含養分，會長出植物性浮游生物和水蚤。這是從小河引水的流水養鯉池，設計成每天五至六小時之間，都會有活水緩緩流過。

淺二郎等人的副案是，在秋天把毛子養到十兩[46]到二十兩重，明年再養到三百兩，當做食用鯉魚。然後也要流放到阿木山山腳下的大池塘。這些鯉魚是咱們花費心血養出來的，就算去大池塘釣魚，池本屋的寡婦也沒資格說三道四了。問題是，一萬尾的毛子，到底有幾成能長成青子?但淺二郎和庄吉都說，流水養鯉的話，就算是門外漢，起碼也能活個五成以上。從季節來看，動手孵化是有點晚了，但只要調節水溫，以新曆取代舊曆時程來餵餌，從現在開始亦不算晚。

重松回家以後，看了加藤大岳編纂的《寶曆》。舊曆顯示六月十七日「立待月」這天，適合在紅蘿蔔、瓜類收成後的土地播種聖護院白蘿蔔、菜豆、結球白菜等。這是利用九月的殘暑、來自農作經驗的智慧結晶。照這樣來看，應該也很適合養育鯉魚苗，但再過三天就是新曆八月六日的廣島原爆紀念日，八月九日是長崎原爆紀念日。

「對了，再三天就到了。得快點抄寫。」

重松一個人用了晚飯，著手抄寫「原爆日記」，結果繁子搭乘最後一班公車回來了。

「妳回來得真晚。喂，岩竹先生的手記妳帶回來了吧？」

重松問，繁子把包袱擱在桌角，取來手巾擦拭胸口的汗水說：

「岩竹先生的這本手記，院長當著我的面讀完了。院長一邊讀，表情相當微妙。」

「那關於治療方法，院長有說什麼嗎？這才是重點。」

「院長一邊讀，說了兩次『值得參考』。讀完之後，他說其實他也接到軍醫懲罰徵召，進入廣島二部隊。還說他在岩竹先生入伍的同一天，被編進同一支部隊。」

46　兩為日本傳統重量單位，一兩為三．七五公克。

「可是院長不是活得好好的嗎？」

「院長說他入伍當天，就在體格檢查被刷下來，即日返鄉了。那個時候他得了骨疽，下腹部打了石膏繃帶。幸與不幸的界線，實在神祕難測呢。院長板著臉讀著，其間用力地吸了一口氣。」

「是在吞口水吧。或許是只差一點就要嗚咽出聲了。」

繁子詳細說明矢須子的病情。矢須子用完晚飯兩個多小時後，院長為她輸血並注射林格式液，她便沉沉睡去了。

重松將「原爆日記」的抄寫工作延到隔天完成了。

＊

【八月十三日　晴　午後有雲】

早上五點多醒來。同時擔心起煤炭問題。

公司食堂還沒開，我關照廚工，準備了摻麩皮的冷麥飯，用熱水沖了果腹。我在倉庫的空箱底部挖到乾燥麵包，當成便當帶出門。不知道該上哪裡弄到煤炭，也沒有目的地，就像個流浪漢，內心卻淨是焦急不已。我決定在車上慢慢細想，搭上前往廣島的電車。早晨無風，火化的煙規規矩矩地自山腳和河邊裊裊升起，隨著接近廢墟，煙的數目也變得稀疏起來。由此可見，從市內逃出市外的重傷者很早就死了，而從市外逃向郊區的傷者，從昨晚開始才陸續死去。

在車上，坐我旁邊的中年男子是個消息通。他說蘇聯軍隊不僅突破滿洲國境，還勢如破竹地南下，殺進了滿鮮國境。並說或許蘇聯也有一樣的炸彈。如果美軍占領了日本本土，日本男人可能全都會被閹掉。轟炸之後，來到廣島的健康的人也跟著死去，就是因為那顆炸彈裡面有毒氣。真相其實是降落傘之一是毒氣，另一個則裝了炸彈。在爆炸之前，廣島市內有一百九十多名醫生，其中有一百二十多名都死了。

男子穿著舊兮兮的深藍色束口褲，相貌平凡，但不管我問什麼，他都能對答如流。

（後日附記：但他說的全都錯得離譜。）

進入廢墟，路上的玻璃碎片反射著陽光，刺眼極了，幾乎無法抬頭行走。屍臭比昨天淡了一些，但房屋倒塌、化成瓦礫堆的地方臭味極濃，蒼蠅群聚，幾乎化成一團漆黑。整理街道的救護班似乎補充了新的人力。裡面有些人的衣物雖然洗得褪色了，但尚未沾滿骯髒的汗垢。

我漫無目的地走著，來到煤炭管制公司的廢墟。那裡插了十七、八根立牌，但仔細一看，每根牌子都是在要求留下臨時事務所的地址。沒有任何線索。儘管山窮水盡，卻非設法不可。我左思右想，想起曾經在戶坂道路旁邊看到堆積的煤炭。地點是戶坂站與矢口站中間左右的小田。今年春季到夏季，我三次往來戶坂道路，三次都看見那裡有堆積如山的高級煤炭。

在我們公司，會將煮沸洗淨之後的麻乾燥，做為制服原料，原料部保管著一星期至十天份的原料。到這個月的二十日，原料都還相當充足，但煤炭幾乎已經見底了。就算現在四處打聽管制公司的社長消息也來不及了。我決定找出戶坂道路旁邊的煤炭的主人，與他交涉。

小田這村子剛好就在古市對岸，中間隔著太田川的主流。或許有點繞路，但可以沿著藝備線，經過山腳蔭涼的路前往，再從古市的公司對面渡河回來。如此決定之後，我踏上藝備線的軌道。

我發現自己把便當忘在煤炭管制公司的基石上了，但沒有回去拿，一逕走下去。軌道旁，樹蔭下、空地或田地角落都冒出難民的棚屋。是蒐集各種材料，如舊木板、燒過的波浪板、舊蓆子、舊草袋、稻草、芒草、青草等搭建而成。樹枝直接拿來做衣架或曬衣竿，也有用樹木當柱子的。有人在石頭堆成的爐灶上，將波浪板折成山形充當鍋子，或是把枯枝堆在棚屋房邊。有間比起小屋，更像樹蔭的棚屋裡，堆著石頭，放著白布包，旁邊的空罐插了幾支雜草小花。那間形同樹蔭的棚屋裡，老太婆將綠色的芒草鋪在地上，人躺在上頭。

這些小屋的共通之處，就是都在門口儲備了杉樹或檜木的枯葉或青草。一定是用來當蚊香的。就像農家製作當肥料的灰那樣，在枯葉點火，再覆上厚厚一層青草，免得火燒起來，晚上就放著繼續燻。也看到兩、三間躺著傷者的棚屋，其中一間大白天地，卻冒出濃濃的驅蚊煙霧。看來是相當奇特的一戶人家。棚屋周圍挖了洞，凹處鋪上大張防水紙後倒了水，年輕女子從火堆裡取出小石子，一顆顆丟進水中。據說叫做「山窩」的遊民就是像這樣燒洗澡水的，莫非真的是山窩一家？如果要沐浴，去附近的河裡應該就夠了。也許是在燒洗澡水供傷者洗浴。

戶坂車站聚集了許多等火車的傷者。我離開軌道，直接經過站前，又沿著軌道繼續走。但沒看到我期盼的煤炭。那個地方就好像整個被翻過一遍。我向附近農家打聽，那戶人家的老爺子說，那些煤炭在一夕之間消失殆盡。我問是什麼時候的事，說是廣島遭到空襲的當晚。我問那些煤炭是誰的，老爺子說一開始聽說是陸軍放在這裡的，但沒有人知道實際上是誰的。只要宣稱是陸軍的，就沒有人敢動。會不會是有人在黑市囤積而來的煤炭？我甚至提出這種疑問，結果招來老爺子懷疑的眼神。

「不過，煤炭是重要物資嘛。」

我留下這話，逃之夭夭。

我快步趕往古市正對面。走下河邊，想要穿越淺灘時，發現有個將死之人倒在岩石後方。

那名男子仰躺著，雙眼翻白，嘴巴張開，身上只穿了一件底褲，腹部微微鼓起又凹下。一旁的大岩石為這名奄奄一息的人提供了半個身子的陰影，岩石另一頭有兩具頭部燒爛的屍體。

我躡手躡腳想要經過，但河邊布滿大小岩石，無可避免會發出腳步聲。自從轟炸以來，我不知道看過多少屍體，卻還是害怕死屍。夕陽異樣地刺眼，河水反射著夕照。

河邊的石礫逐漸變成沙地，接下來便是淺灘的流水。我脫下身上衣物，口中誦起《白骨御文章》。

「……我先抑或人先，今日抑或明日，先後逝去之人，譬如樹根之水滴，葉梢之露珠，其數不可衡量。然，此身朝尚紅顏，暮已白骨，無常之風既起，雙目立閉，一息永絕……」

我鬆開綁腿，脫下鞋子，把長褲也脫了。用襯衫包裹之後，以腰帶纏好，使其便於攜帶，再渡河而過。連日的豔陽天，讓水深之處亦只到大腿，但我多次踩到滑溜的石子，一屁股跌坐在水裡。

左岸還好，但右岸整片都是臨時火葬場。不論上游還是下游，都排滿了無數正在悶燒的火葬坑，黑煙全飄向河面。我一鼓作氣跑上沙地，奔上堤防，跑下散發出青草熱氣的綠色稻田邊。底褲溼了，因此我全身赤裸地走過田埂，穿過古市細長的街道，回到寓居處。天還沒黑，但路過的人即使看見渾身精光的我，也都習以為常的樣子。有太多赤裸逃亡的災民了。

「喂，我回來了。我過河回來的。實際走進河裡，水流意外地強勁呢。喂，我餓了。」

我沒有告訴繁子我把便當忘在廢墟了。我覺得如果說出口來，會更覺得吃虧。

人肚子一餓，雖然聲音會沙啞，嗓門卻會變大。我在屋後的小溪沖洗身體，大聲告訴繁子我是沿著藝備線走回來的。還說我看到有戶人家像山窩一樣，拿防水紙鋪在坑洞當浴槽。

繁子拿了浴衣、底褲和腰帶過來，表情嚴肅地說：

「廠長過來了。」

當下，我以為是來督促煤炭補給的事。這也難怪。我覺得廠長來訪是合情合理的事，火速穿上浴衣，折回玄關，看見富士田廠長難得一身和服，坐在木板地邊框處，旁邊擺著食物提盒。

「啊，廠長，歡迎光臨。我打算晚飯後去向您報告的。不過今天也沒能弄到煤炭。」

「閑間，今早我聽太太說，太太和你外甥女要回去故鄉？她們是災民，公司當然同意。所以我想聊表一點心意，今晚把你們的晚飯和我的份都帶過來了。我想在這兒跟你們聚個餐。不過這是從公司食堂拿來的，菜色很寒酸就是了。」

我立刻明白廠長的心意了。我和矢須子因為是公司員工，所以理所當然在公司食堂吃飯。但是帶妻子繁子去公司食堂，不只是我，連矢須子都覺得心虛。然而處在物資匱乏的局勢下，不可能從別處弄到糧食，而且戰爭不知道要持續到何時。要進入「一億國民總玉碎」的焦土作戰的聲浪亦愈來愈大。因此繁子說過，她要先帶矢須子回鄉，打算在今天向廠長提出要求。我當然也贊成。從廠長穿著和服，並帶著食物提盒過來，可以看出廠長是欣然同意矢須子離職的。

我請廠長進屋，替矢須子感謝廠長長期以來對她的照顧。繁子本人和矢須子也道了謝。

廠長帶來的是食堂用的超大型食物提盒，繁子打開蓋子一看，除了食堂的飯菜以外，還有看起來像贈品的三合七勺酒瓶及一個牛肉罐頭。雖然老了，但還有兩顆番茄。我猜瓶子裡裝的是燒酎。好久沒看見如此豪華的菜色了。

「真是太感激不盡了。」繁子雙手放在榻榻米上行禮，因為是對廠長說話，她避免方言，用的是東京標準腔。

「謝謝廠長。」矢須子也說。

我喉嚨一緊。這是我第一次看到廠長穿和服，端正跪坐的時候，突出的浴衣膝蓋處是二寸見方的白色補丁。那瓶三合七勺酒瓶，他一定是費了相當大的代價才弄到手的。看到膝頭那塊補丁，我總覺得收下這瓶酒簡直要遭天譴。同是愛酒人的廠長，很清楚我嗜酒這件事。

「廠長，這瓶子裡面是……？」

「是酒精。從苦味酊劑萃取出來的，還摻了藥用糖漿。」

廠長說，日本藥典裡，白砂糖溶液叫糖漿，以白砂糖六兌蒸餾水三調製而成，醫生用來做為矯味劑。苦味酊劑是以藥用酒精加入龍膽、橙皮等粉末，加壓過濾而成的藥品。最近不管是苦味酊劑還是糖漿，都市的藥局都不販賣了，但是到鄉下的藥局找找，有些還願意議價出售。廠長上星期日返鄉，請認識的藥局蒸餾了苦味酊劑，並買來糖漿，存起來代替砂糖使用。

「這些東西實在太貴重了。酒精的話，我去拿水來兌。」

繁子起身，廠長從跪坐改為盤腿道：

「苦味酊劑如果不經過蒸餾，喝起來很苦。但忍耐一下，用水兌了喝，喝上一合，就會有點醉醺醺了。今年過年的時候，我喝了未蒸餾的兩合苦味酊劑，醉是醉了，但隔天就拉肚子了。真奇怪，苦味酊劑明明是胃腸藥啊。」

矢須子將提盒裡的東西一樣樣端到餐桌上。從公司食堂帶出來的，有五片桑葉天婦羅、食用味噌、食鹽、兩片醃菜，和一大碗摻麩皮的麥飯。這是四人份的量。炸桑葉是廚房員工的點子，說是從工廠旁邊的桑田採來的。由於戰事，農家停止養蠶，鋸掉桑樹，中間種起蔬菜。現在桑樹的殘株冒出新芽，長出正適合食用的嫩葉。

矢須子把番茄拿到廚房，切成一半，各別放在小碟子上端來。牛肉罐頭則是繁子端來盤子，分成了四人份。

四人圍在餐桌旁。矢須子照著廠長教的，以水七分酒精三分的比例倒入杯中。動作小心翼翼，就像在處理貴重物品。

廠長用杉筷在杯中攪了攪，我也有樣學樣。

「我拿湯匙過來。有吃咖哩飯用的湯匙。」

繁子說，就要起身。

「不，太太，攪拌酒的時候，我一定都用杉筷。兌水的時候，也都遵奉七三原則。不過理想和現實很容易就像這樣，產生歧異啊。」

廠長風趣地說完後，又在自己的杯中多斟了點酒精。

「那麼廠長，我不客氣了，敬祝您身體健康，乾杯。」

「來碰個杯吧。」

不知是否心理作用，喝起來微帶苦味，但因為是精純的酒精，味道很好。加入的甜漿分量也恰到好處。

繁子和矢須子都不喝酒，便聽廠長的勸，先開動吃飯了。三成酒精對我太濃，我沒有加水，而是慢慢淺啜。桑葉天婦羅我第一次吃，但沾上食鹽一吃，發現是很不賴的下酒菜。菊葉和柿葉的天婦羅的話，自從開戰以來，我倒是吃過幾次。

廠長為了我們一家子，安排了一場沒有外人的親密晚宴。但從結果來看，這場送別會大半都在重複沉重的話題。其實廠長今天去了廣島的煤炭管制公司的廢墟，接著拜訪制服分廠的笹竹中尉，由於毫無成果，又前往郵電醫院拜訪認識的小山醫生。但醫生忙著醫治收容傷患，分身乏術，婉拒了會面，廠長正在門口點菸，聽見護士們閒聊，得知了那枚發出驚人閃光與巨響的炸彈的正式名稱。

廠長以酒醉發白的臉色說：

「聽說那顆炸彈的正式名稱叫『原子彈』，好像會發出驚人的輻射能量。我也看過轟炸後的痕跡，燒落的脊瓦都冒出疙瘩來了。屋瓦的顏色也變得像火舌一樣赤紅。美國居然開發出如此可怕的東西來。聽說接下來七十五年，廣島和長崎都將寸草不生。」

那枚炸彈的名稱，一開始人們稱為新兵器，接著是新型炸彈、祕密兵器、新型特殊炸彈、高性能特殊炸彈，到了今天，我終於知道它叫做原子彈。但往後七十五年將寸草不生，這是誇大其詞了吧？我在許多廢墟都看到冒長的草木。我告訴廠長這件事，他說：

「這麼說來，我也看到了。我看到長得太長，整個垂下來的酸模。」

我想起小說家正宗白鳥寫的散文。是德義日三國同盟條約簽定時刊登在《讀賣新聞》的文章，他提到在新聞電影[47]上看到希特勒的演說，覺得完全就像一隻老虎在狂吼。當時敢公開批評希特勒的人難得一見。在希特勒青年團訪日的時候，甚至有縣知事仿效，組成了一模一樣的青年隊。就在舉國上下瘋狂擁戴這種風潮的時候，正宗白鳥這個人卻能寫出如此大快人心的批判文章，令我留下極深的印象。後來我進入軍需工廠，專注於增產報國，不知不覺間開始希望希特勒能贏得戰爭。然而廣島遭到轟炸以後，我卻一百八十度轉變，發現自己實在太矛盾了。但表面上我還是一如既往，表現出順從輿論的態度，還將先前八月七日高野廣島縣知事對縣民的告諭文抄寫下來，貼在公司玄關。

「本次空襲造成慘重災情，敵軍之謀略，即在於摧毀我國民之戰意。我要呼籲各位廣島縣民，儘管災情嚴重，但此為戰爭之常，斷不可因此而退縮。政府已迅速執行救護救災之措施，軍方亦逐步提供民間莫大援助，各位應迅速回到各自之職場崗位，戰事一日不可懈怠。」

我在八月九日將這份公告貼出，也就是當天上午十點五十幾分，炸彈落下長崎稍早前的時刻。我是在壁報看到長崎遭到轟炸的消息後，聽到更進一步的消息才發現這件事的。這時，公告上「軍方亦逐步提供民間莫大援助」的部分被人用鉛筆畫了圈。是有人塗鴉的。隔天公告不見了，不知道是誰撕下的，原先的位置，漆板上被人用鉛筆大大地寫著「餓肚子上不了戰場」。

（後日附記：廠長應該也發現這些文字了，卻沒有說什麼。我也沒有擦掉，就任它一直留到八月十五日。宣告終戰的詔敕發布後再過去一看，不知道是誰擦掉的，只留下擦抹的痕跡。我覺得畫圈、塗鴉，以及擦去的行為，正象徵了戰時工人的心境。）

我拿桑葉天婦羅下酒，喝了三杯酒精兌水。因為很久沒喝了，醉是醉了，心裡卻一點都不覺得暢快。廠長喝了我兩倍的酒量，愈喝臉色愈蒼白，痛批制服分廠笹竹中尉一直以來的

47　新聞電影是日本在家庭電視機並不普遍的時期所製作，於電影院放映的短片，用來傳達時事消息。多半與長篇電影一同播映。

做法。我和廠長都刻骨銘心，為了讓工廠順利經營，長年以來，我們對他們是多麼地奴顏卑膝。我們赤裸裸地展現出人可以卑微到什麼地步，連自己都覺得下賤。對他們來說，我們就像滑稽的傀儡吧。

廠長將碗公裡的飯吃得一乾二淨，臨去之際，以豁出去的口吻說明天要去黑市賣掉甲號國民服。他坐在玄關木框處，說甲號國民服和某個新興宗教以前的制服款式一模一樣。很像喝得爛醉的人會做的聯想。他說他曾看過山麻雀在該教團總部的庭院樹上築巢，母鳥勤奮地叼來青蟲。

「喂，你知道山麻雀的叫聲嗎？」廠長挽起浴衣袖子，大聲說著，「山麻雀的叫聲，就像在說：『敬啟者。』喂，閑間的小外甥女，妳平安回鄉以後，記得給我捎封信啊。」

「好的，這是當然。」矢須子說：「可是廠長，我們故鄉的山麻雀，叫聲是在說：『弁慶[48]端盤子來，咱們來喝醋。』」

「什麼？未免太長了吧？」

「在我小時候，山麻雀是叫『啾啾二十八日』。」

「很好，夠短。」

廠長踩著搖搖晃晃的步伐回去了。

在我小時候，山麻雀是叫「啾啾二十八日」。小孩子模仿那叫聲，接著唱和說：「紅蘿蔔牛蒡真討厭，油豆腐歪七扭八愈大愈好。」我到現在還是想不透到底有什麼邏輯可言。

我自以為嚴格遵守了燈火管制，但在收拾餐桌的時候，管制當班的還是過來提醒了。內子去屋後的小溪洗碗盤時，燈火透出屋外了。

48　弁慶是平安時代末期、鎌倉時代初期的武僧，追隨武將源義經。

20

【八月十四日　陰　轉晴】

繁子和矢須子給房東留了信，清晨五點一過，便出發返回故鄉神石郡。便當除了炒米以外，我還要她們帶了一點食鹽和水筒。除此之外，家裡沒有任何可以入口的食物了。依規定，受災證明書必須到廣島的廢墟請鄰組組長開立，但她們不經過廣島，而是搭乘往北繞的電車，經可部和鹽町返鄉，因此不帶證明書。只要不是進入廢墟，而是遠離廢墟，就沒有任何限制。

我送別兩人後，又睡了一覺，夢見有個穿長和服的獨腳漢，擔著長柄杓朝我跳過來，驚醒過來。我流了一點汗，脫下睡衣，想換衣服去上班，發現自己穿著內子沐浴後穿的衣服，繫著她的紅衣帶。昨晚廠長回去以後，我收拾桌上，上床睡了，但內子和矢須子拿我的上衣和睡衣去屋後的小河清洗，所以我隨便抓了件衣服穿了睡。

廠長帶來的酒瓶裡還剩下三分之一左右。要喝？還是留著？我拔掉軟木塞，嗅了嗅味道，又塞回塞子，去廚房找杯子，結果響起了警戒警報。

幾天前，西部軍當局發出公告，警告說敵軍炸彈的威力是以爆風及熱浪為主，因此防空壕要遮蔽起來，不能讓身體曝露在外，並說即使只有一兩架敵機飛來，也必須避難。但房東家的防空壕就只是個洞。我外出查看，但不管是可部的方向被山隔開的天空，或是廣島的方向，都沒有看見機影。因此我鎖好門窗，出門去公司，結果遇上空襲警報，傳來幾道炸彈落地的爆炸聲，地面也隆隆震動。「岩國市被炸了！」路邊人家傳出叫喊。

我經過員工宿舍旁邊進入辦公室。還沒有人來。我無所事事地將菸蒂塞進刀豆狀菸管抽著，兩、三名女工慌慌張張地趕來，氣喘吁吁地問：「早！出了什麼事？」

「沒事啊，怎麼了嗎？」我問。她們說：「舍監叫我們來問出了什麼事。舍監說閑間先生突然來公司，肯定是出了什麼大事，叫我們立刻來打聽。」

這時，又有三四名工人一臉不安地過來問：「早安。發生了什麼重大事件嗎？」也有人說：「剛才的空襲應該是一般的炸彈。大家都說是掉在岩國。」

我覺得尷尬，靈機一動地說：「沒什麼特別的事，只是今天我想去已斐站談判煤礦配給的事，所以來領中午的便當。」事實上，我也決定就去已斐站走一趟。

但我來得實在太早了，脫離常態，我必須反省這一點。一直以來，從廣島通勤的時候，每個月大概有二十七、八天，我都是在十二點半前才到公司，但今天卻來了個一大早，也難怪工人們會緊張兮兮。自從廣島遭到慘烈轟炸以後，工人們一定也都和我一樣，成天提心吊膽，擔心敵軍何時會登陸、何時要發動一億國民總玉碎。但我們的意志都被束縛得動彈不得，別說埋怨了，連不安的情緒都不敢說出口。是組織令我們變得如此。

早飯是摻麩皮的麥飯，與加了切末芹菜的味噌湯，中午的便當是同一種飯的飯糰，配鹹甜煮貝類。過了四月，芹菜就會黏上水蛭的卵或幼蟲，一般都會避免食用。坐我旁邊的中年工人中田就問送膳的女員工：「味噌湯有徹底煮過嗎？」女員工說：「煮了平常兩倍的時間。」

我從旁插口：「便當的鹹甜煮貝類是蛤蜊嗎？」對方答：「是一種叫噴水蛤的。黑市販子用海水煮了拿來賣，廚房用醬油再煮過一次。是公司今天的午飯配菜。」

工人中田說，最近宮島線的漁村都把蛤蜊鹽煮，或是用魚肉做成和年糕一模一樣的形狀拿去黑市賣。他們用鹽水煮，是因為這樣可以把配給的鹽也拿去黑市賣。鹽巴一天比一天珍貴。中田說，如果太久沒有攝取到鹽分，就連要伸手打停在手上的蒼蠅，手腕也軟綿綿地使不上勁，打不到蒼蠅。

我出發前往己斐町。

和昨天早上一樣，一路走到古市、祇園、山本，愈靠近廢墟，升起的火葬煙霧就愈稀疏。只剩下河邊有一排煙霧，景象宛如京都自古聞名的火葬地鳥邊野。

從山本到橫川，一樣必須徒步。從橫川到己斐是一站的距離，因此我沿著軌道走。雖然己斐站不一定有煤炭貨車開來，但總之我急著想弄清楚情況，便追著自己投射在枕木上的淡影疾步前行。驀地回頭一看，在微陰的空中幽幽發亮的午前太陽，被一道白色的彩虹從旁貫穿。很稀罕的彩虹。我記得小時候，深夜在山的這一側看見銀色的彩虹，感到神祕極了。這是我頭一次在大白天看見白色的彩虹。

在己斐站，站長和副手們正在召開緊急會議。我決定等待。候車室牆上貼滿了尋人告示，一名憲兵逐一查看那些紙張。那似有玄機的態度令人好奇。每一張長椅都被災民占據。最靠近驗票口的長椅，有兩個孩子渾身精光地躺在上頭，連內褲都沒穿。旁邊蹲著一對老先生和老太太，老先生臉對著赤裸的孩子們，不時微微睜眼。似乎是帶著孫子，走投無路。

不久後，站長等人開會結束，上行列車氣氛森嚴地滿載乘客經過。後方沒有牽引半節煤炭貨車。我得到同意去見站長，詢問煤炭貨車的事，站長說自八月六日起，不僅連一車都沒有，也沒有任何聯絡說何時會再送達。從六日到今天，光是載人都來不及了，實在無法撥出空間載貨。

我無可奈何，說明公司窘境，費盡口舌向站長和副手求助，請他們透過鐵道電話，詢問往後的煤炭運輸狀況。這時憲兵默不吭聲地走過來，踩出叩叩腳步聲，逐一檢視牆上的告示，但最後一語不發就離開了。應該是從外地部隊派來偵查民情的憲兵。他身上別著伍長的階級章。

「這個憲民頗親民呢。」副手說，站長沒說話。

事實上，那名憲兵算是不盛氣凌人的。我猜想，自從八月六日那顆炸彈以後，軍人就拿捏不定是否還能像過去那樣橫行霸道了。

站長大致上答應了我的要求，說定明天或後天我再來打聽情況，我離開了車站。

這一帶的街道也一樣，還在的屋子也只是還站在那裡，脊瓦被吹光，屋簷傾斜，窗戶沒有半片玻璃。留下的窗框也扭曲成菱形，看起來根本推不動。也有人拆掉正門進出。

我沿著靠山的大馬路走回去。路邊有棟油漆房子。那樣式摩登的玄關處，有十多名災民湧出馬路。全是帶著凝固鮮血的傷者，有人臉腫得像氣球，有人頭髮燒焦，有人的臉只能看出眼鼻。雖然沒有醫院招牌，但似乎是醫生的家。我看出是診間擠滿了傷患，所以他們在外面排隊。是沒能擠進收容所、或是沒有足夠的體力和精神力和其他人龍蛇混雜地收容在一起的人。我匆匆離開那戶人家前面。路邊看似倉庫的建築物泥土地上也有幾名傷者，這邊每一個人都躺著，裡面有個孩子舉起手來。我也加緊腳步經過。

我擦汗的布被塵埃和汗水弄成了土黃色。我走下水田邊的路想要洗臉，但每一塊田都乾巴巴的，灌溉水渠也都乾了，渠底泥土窪處的泥鰍層層疊疊，幾乎都只剩下骨頭了。還有一隻麻雀死在溝渠旁，翅膀部分燒焦，散發腐爛的臭味，但身體斜傾，有一半沒入泥土，留下約七、八寸滑行的痕跡。看來與我在蓮花池旁捉到的鴿子不同，是在爆炸的瞬間，被強烈的風壓甩進泥巴裡了。

我在田邊道路邊走邊吃中午的便當。在這一帶，山腳也升起一束束火化的黑煙。

回到公司，廠長和數名工人在食堂喝麥茶。異於平日，每個人看起來都有些心事重重。因為還有其他工人，我沒有提起昨晚的酒宴，簡單報告說：

「煤炭的事，我已經拜託已斐站的站長聯絡了。明天或後天就能見真章了。應該。」

「辛苦了。」廠長鬱鬱不樂地說：「對了，閑間，廣島的人都怎麼解讀？」

「我今天沒有去廣島。解讀什麼？」

「明天的重大廣播。收音機說明天正午有重大廣播，每個人都在猜到底要宣布什麼事。」

我感到舌尖輕微麻痺。會是什麼重要宣布？我毫無頭緒，但不是和談，就是投降或停戰吧。本土決戰已經太老掉牙了，沒有特別宣布的必要。

工人們都變得寡默，但不時有人出聲，另一人附和，又有另一人出聲，其他人附和。大意如下：

今天也有一群敵機悠然通過上空，但沒有轟炸，我軍也沒有砲擊。昨天也沒有砲擊。姑且不論今天岩國的空襲，這一兩天情形有些不太對勁。應該是中央政府已經和敵人談妥，準備在明天中午向平民百姓宣布內容吧。但看敵機大搖大擺地飛行恫嚇的情況，不可能是和談或停戰，剩下的就只有投降了。倘若如此，會像日本軍在外地占領地區那樣，敵軍登陸本土，占領港灣，解除日軍的武裝嗎？或者重要廣播是要對蘇聯宣戰？那樣的話，等於是與全世界為敵了。出征去外地的日本士兵會怎麼樣？國民百姓會怎麼樣？直至今日，大夥都以為不可能還有比現在更壞的日子了，但如果要亡國了，我們也都做好覺悟了。但說到那是怎樣的覺悟，連自己都說不上來。敵方有武力。全日本的男人是不是都會被閹掉？但話又說回來，既然都要投降，為什麼不在那枚可怕的炸彈掉下來之前投降呢？不，就是因為有那枚炸彈，日本才會投降。但敵人應該也清楚日本必敗無疑了，有什麼必要再投下那種炸彈呢？不管怎麼樣，那些組織起來發動這場戰爭的高官……

說到這份上，已經觸犯言論統制的範疇了，因此眾人沒有再繼續臆測下去。

我重新向廠長報告和己斐站談妥的內容。廠長說：

「那麼，可以請你在明天中午前做好要給己斐站站長的文件嗎？明天中午有重大廣播，而且我想留下書面文件，這樣事後不論誰來調查，都能得知正確事實。萬一發生像以前那樣的誤會就糟了。這是廠長命令。」

廠長清楚地宣布，讓旁邊的工人們也都能聽見。

所謂「以前那樣的誤會」，是指今年春天，有一整輛煤炭誤送其他公司，害我們公司蒙上了私賣煤炭的嫌疑。事後雖然查明是誤會一場，但有段時期，煤炭管制公司差點要從我們公司找人治罪。

我告訴廠長和工人我在前往己斐的路上看到白色彩虹的事。結果廠長拍了一下餐桌說：

「你也看見了？我在東京的時候，也在二二六事件[49]發生前一天看到了。是白色的彩虹。」

廠長說他看到的白色彩虹，也是從旁貫穿太陽。二二六事件發生前一天的上午十一點左右，廠長正經過三宅坂，發現宮城的護城河裡聚集了上百隻鸊鷉，不知道是否因為那天海面

49　昭和十一年（一九三六）二月二十六日，陸軍皇道派青年將校在東京發動政變，刺殺多名官員，但隔日政府發布戒嚴令，予以鎮壓。軍方統制派利用此事件驅逐皇道派勢力，政治發言力大增，逐漸發展為軍部獨裁。

風強浪大。當時是二月下旬，堤防上也聚集了一群鴨子，但鸊鷉的數目多達上千上百隻，數都數不清。廠長覺得很神祕，看著看著，發現更神祕的是，有道白色的彩虹橫向貫穿了天上的太陽。

「這是凶兆。」廠長一本正經地說，「因為隔天就爆發了二二六事件。我就是在前一天看到的。我對公所的上司說我剛才看到白虹的事，上司大驚失色，說這天象叫『白虹貫日』，是兵戎之兆，是《史記》某某傳有記載的。我覺得未免太荒謬，結果隔天凌晨就發生了二二六事件。」

「我看到的彩虹滿窄的，看起來就像刺穿了太陽。」

「沒錯。彩虹不寬，卻是如假包換的流線形白色彩虹。我並不是迷信，但白色彩虹就像是瘟神。似乎就是如此。」

我走了一整天，覺得累了，決定明天上午再來寫煤炭貨車的文件，晚飯在食堂和廠長工人們一起吃。

「昨晚的酒精還有剩。」我悄悄對廠長說。

「好，真是太好了。等明天重大廣播的內容揭曉，視情況明天我去你家喝酒。」廠長說。

【八月十五日　晴】

昨天的疲勞讓我睡得極香，或許是這個緣故，一大清早就醒了。

我迫不及待前往工廠食堂。我一如往常，喝水墊胃，但因為離上班時間還太早了，便坐在木板地邊框上等著，結果房東的老父親過來問：「重大廣播是要宣布什麼呢？」並遞了一只報紙包給我，說是巴西的咖啡豆。老父親的姪子二十幾年前去巴西賺錢，這是姪子幾年前寄回來的。但因為不知道該怎麼吃，所以一直裝在紙袋收藏在櫥櫃裡。我也是第一次看到真正的咖啡豆，不知道要怎麼烘或磨。

「不知道是摩卡豆還是阿拉比亞豆。聽說最近在巴西，主要栽種摩卡和阿拉比亞交配的咖啡豆。」

我說出以前廠長告訴我的知識，感激地收下豆子。

房東的老父親並不是以為我精通戰況，來向我打聽消息的。他只是好奇重大廣播的內容，想要找個人聊聊罷了。我說了些無傷大雅的回應。

老父親說，廣島的天滿川現在還是有河魚死掉。抓起那些虛弱翻肚浮在水面的魚，魚鱗便會脫落，背鰭掉下來。淺野家的泉庭，鯉魚絕大多數都在空襲中當場死亡，即使是倖存的鯉魚，也是魚鱗脫落，整個虛弱無力。一些人沒有在轟炸中受傷，但曾在災後廢墟走動，皮膚都陸續出現斑點、掉髮，牙齒搖晃。我也不知道會變成什麼樣，但目前頭髮就算拉扯也不會掉落，皮膚也沒有斑點，牙齒也還很牢固。（後日附記：我在遇到爆炸兩年後，以為已經沒事了的時候，兩顆牙齒開始鬆動，輕易自行拔下了。接著又有四顆牙齒晃動，用指頭捏住一拉，毫無痛楚地就拔了下來，現在上排牙齒全是假牙。如果從事勞務太疲倦，頭部就會冒出豆大的疹子。和我一起養殖鯉魚的庄吉，在遇到爆炸的隔年，兩個月之間所有的牙齒就毫無痛覺地掉光了，因此做了全口假牙。庄吉的上排牙齦萎縮到幾乎沒有地基，因此牙科醫生把假牙的基台做到不能再高，好讓嘴唇顯得豐滿美觀一些，但上唇看起來還是朝口中癟縮，所以庄吉才會留起鬍子，好遮蓋上唇。那是一撮粗壯茂盛的鬍子。村人明明都知道庄吉留鬍子的苦衷，有時卻會調侃庄吉的身分配不上那鬍子。本人留鬍子絕對不是為了裝大爺，為了謙虛正直的庄吉的名譽，我必須在這裡替他辯白。）

房東的老父親回去以後，我前往公司，在食堂和大夥一起用早飯，並著手製作廠長要提交給己斐站站長的文件。文件必須說明公司一星期所需的煤炭量、制服生產量，與廣島制服分廠近來的磋商過程，以及煤炭管制公司全毀的狀況，因此頗費思量。既不能據實寫出制服分廠的煤炭分配部門負責人的將校推諉卸責，但若說他們熱心協助，做為請願書就毫無效果了，需要舞文弄墨之巧，煞費工夫。我在詞句之間加入各種歌誦文字，甚至說什麼值此緊急非常時刻，一塊煤炭，就好比一滴鮮血。在煤炭管制公司的建築物灰飛煙滅，人員喪失功能的現在，我覺得像這樣寫，是在目前這種管制情勢下唯一的方法。

寫完文件，正在重讀，我發現工廠一下子安靜下來了。再五分鐘就十二點了。快到重大廣播的時間了。我將文件收進抽屜，出去走廊跑下階梯，臨時起意，從緊急逃生門去了後院。收音機在食堂，但現在那裡就要播出可怕的重大消息。我這種反應，就是愈怕愈愛看的相反心態。好像所有的人都從走廊趕往食堂了。那些腳步聲化成模糊的噪音傳來。

後院一片寂靜，三面被公司建築物包圍，一面通往麻櫟茂密的小丘山腳。從那座林子，有一條六尺寬的水渠通往這處後院，隨著涼爽的風，流過辦公室及工務部的建築物之間。水渠前方潮溼的地面處處密生著杉苔與錢苔，對面有一群開著散穗狀淡紅小花的金線草。還有多處生長著魚腥草。

從外面看進去，辦公室裡沒有人。我想去食堂，又轉念覺得別去好了。看看工人休息室，空無一人。從後面窺看辦公室旁的簡易廚房，爐子上的大茶壺剛好滾了，蒸氣頂開了蓋子。這是帶便當來吃的職員燒的水，但大家都去聽廣播了，所以被扔下無人理會。

廣播已經開始了，但後院聽到的，只有斷斷續續的低沉嗓音。我沒有去細聽那聲音的意思，而是沿著水渠走來走去，或是稍微停步。這條溝的兩側邊緣，是深約六尺的牢固石崖，溝底也是平坦的石板。水流雖淺，但潔淨無比，清透的水質顯得清冽。

「原來這裡的水這麼乾淨。」

這時我發現，水流裡有鰻苗形成隊伍，正努力溯流而上。是無數的鰻苗群。看著看著，著實令人振奮。體長三到四寸，比一般市面看到的鰻苗還要幼小，差不多像我們鄉間看到的鰻苗大小。

「哎呀，這麼努力在游。幾乎可以聞到水的味道。」

鰻苗一群接著一群，絡繹不絕地往上游去。

這些小鰻魚應該是從廣島的下游迢迢遠路而來的。一般鰻苗會在五月中旬自海裡溯河而上，但是從河口至半里的地方，身體都還是扁平的半透明狀，就像柳葉一樣，廣島的河灣一帶的漁夫都叫牠們鮞仔鰻。但是來到這裡，就已經呈現出鰻魚的樣貌，長度就像大泥鰍，但是比泥鰍更纖細，動作更流暢。廣島遭到轟炸的八月六日，牠們正游到什麼地方呢？我蹲在溝渠旁，比較這群小鰻魚的背部，只看見淡灰或深黑，沒看見疑似受到爆炸影響的。

「這些鰻魚能釣嗎？牠們吃什麼餌呢？」

我離開原地，折回後門，一名工人從門口出來，從我旁邊小跑步離開。

「喂，怎麼了？」我出聲。

工人回頭，卻只瞪了我一眼，就跑向簡易廚房了。從他緊握著工作帽，以及緊繃的奔跑姿勢，我感到事態非同小可。

我從走廊走向食堂，工人們面露從未見過的凝重神情，逐一與我擦身而過。其中有些男工人在哭，也有女工用工作帽摀著臉。幾名女工返回宿舍，一人搭著哭泣的另一人肩膀安慰道：

「唉，別哭了，這下就不用再擔心空襲了。」

淚水亦湧上我的眼眶。為了掩飾，我在食堂入口旁的洗手盆洗手，打菜完畢的中年女廚工過來向我打招呼。

「閑間先生，這到底該怎麼說才是……」她恭敬地向我行了個禮，「雖然我是個老太婆了，但真是不甘心到了極點，真是，這到底該怎麼說……」

這名女廚工沒有哭。我的淚水已經收起來了，但坦白說，以本月本日中午時分所流下的淚水而言，它應該不屬於正統派的情感。小時候我在家附近玩耍，經常遭到一個名叫要市、塊頭高大而智力有缺陷的無賴欺侮。但我絕不當場落淚，總是強忍下來跑回家，吵著要母親掏出乳房讓我吸，每次一看見那乳房，我就會當場哭出來。我到現在都還記得那乳汁的鹹味。那是安心的瞬間奪眶而出的淚水，今日的眼淚，我覺得亦屬此類。

食堂裡，廠長和職員加起來，餐桌旁只有二十多人。而且都是有相當年紀的人，每一個都像石像一樣沉默著，沒有人用餐。年輕女廚工拿著抹布，站在送餐口的短門簾底下，沮喪得好似挨了罵。

「廠長，文件總算完成了。」我在廠長對面坐下來說：「好像投降了是吧？」

「似乎是。」廠長的口氣意外地爽脆。「剛才陛下做出廣播了。但收音機收訊不太清楚，工人調了一下，但愈調愈糟，聽得模模糊糊。不過總之好像是投降了。」

餐桌上，摻麩皮的大碗飯整個乾掉了，爬滿蒼蠅，用醬油煮過的噴水貝也一樣爬滿了蒼蠅。沒有人伸手驅趕。

「好了，各位，打起精神來吃飯吧！」廠長刻意地大聲說：「喂，廚工小姐，拿梅乾過來，一人三顆，算好數目拿來。從明天開始，這家工廠或許會交給敵軍管理，到時我可就無法作主了。」

眾人都沉默著，但廠長拿起筷子，我們也跟著動筷。

每個人發到了三顆梅乾。我學廠長做的那樣，把三顆梅乾放到飯上，澆滿茶水，以筷子仔細拌勻後食用。吃到一半，我添茶的同時發現一件事，也就是碗底只剩下一顆梅乾，其他兩顆不見了，但我不記得有挑出梅籽。我應該沒吃得那麼糊裡糊塗，但找不到的兩顆梅乾，似乎是跟著飯一起吞進去了。我摸摸喉嚨，也沒有異狀。但那些梅乾相當大。

用完飯後，叫與田的工人堅持剛才的玉音放送說「往後須更加奮勇作戰」。眾人聞言，臉上都浮現緊張，廠長和職員也沒有立刻離開食堂。突然間，有人大喊：「你這是造謠！」接著姓中西的勞務課職員說剛才的廣播裡，陛下明確地說：「倘若繼續作戰，終將……。」

「雖然不清不楚，但我也好像聽到這樣的字句。」廠長說。

其餘兩、三人亦說確實有這樣的字句。但如果陛下這樣說，就不可能有「須更加奮勇作戰」這種話。眾人最後做出結論，認為還是戰敗了。（後日附記：這天透過下午五點的廣播，明確地得知日本投降了。後來在印刷品上看到的終戰詔敕內容如下——敵方以新發明之殘虐炸彈頻傷無辜，造成傷亡之慘重，已臻無可預測之地步。若執意繼續作戰，終將招致我民族之滅亡，並摧毀人類之文明……）

我從辦公室取了文件到食堂請廠長用印。但既然日本投降，軍方的制服工廠也不可能繼續存在，因此去不去已斐站都沒有意義了。

「這份文件要保管在哪裡？」我問廠長。

「我會收在保險箱裡。那麼，我確實收到了。」廠長說，離開餐桌。

我也離開食堂，從後門前往後院，想要再看一次鰻苗溯河。這次我躡手躡腳地靠近溝渠，渠裡卻只有透明的流水，連一尾鰻苗都不見。

＊

「原爆日記」這樣就抄寫完畢了。接下來只需要檢查一遍，附上厚紙封面就行了。

隔天午後，重松去查看孵化池。毛子順利成長，大一點的鯉魚池子，角落的淺水處種了蓴菜。應該是庄吉從城山的弁天池採來種的。水面點點浮著泛綠光的橢圓葉片，其間錯落著暗紫色的小花，依偎在纖細的花梗上。

「如果現在對面的山出現彩虹，就會發生奇蹟。如果出現七色彩虹，而不是白色的霧虹，矢須子的病就會好起來。」

儘管明知道不可能實現，重松依然望向對面的山，在心中默禱。

井伏鱒二年表

一八九八年	出生	二月十五日出生於日本廣島縣安那郡（今深安郡）加茂村。本名井伏滿壽二。自小聽聞祖父母講述民間傳說與鄉里軼事，深受影響。
一九〇三年	五歲	父親因腹膜炎病逝，臨終前交代井伏家子弟務必以文學為志業。
一九〇五年	七歲	因身體孱弱，比同齡學生晚一年進入加茂尋常小學就讀。
一九一二年	十四歲	進入縣立福山中學就讀，遷入學校宿舍，努力適應嚴苛的宿舍生活規矩。
一九一三年	十五歲	熱中於觀賞學校魚池中的山椒魚，此為處女作《山椒魚》的藍本。求學階段展現不凡文筆，喜愛寫生，一時以畫家為未來志向。
一九一四年	十六歲	受兄長井伏文夫鼓勵寫作，與文夫一起參與文學雜誌《棕櫚》。遷出學校宿舍，寄宿親戚家中。
一九一七年	十九歲	三月，於縣立福山中學畢業。畢業後遊歷瀨戶內海沿岸、關西地方等地，四處寫生旅行。一度欲入畫家橋本關雪門下，遭拒。九月，進入早稻田大學高等預科（外文科）就讀。

一九一九年	二十一歲	進入早稻田大學大學部文學部法文科就讀。與同班的青木南八建立深厚情誼，頻繁交換寫作心得與讀書感想，亦與文壇早有名聲的岩野泡鳴、谷崎精二常有往來。
一九二一年	二十三歲	在早稻田大學學業之外，同時進入日本美術學校習畫。耽讀托爾斯泰、契科夫小說。
一九二二年	二十四歲	與早稻田大學片上伸教授發生衝突，不得已而申請休學，同時也暫停日本美術學校課業。同年好友青木南八自殺。
一九二三年	二十五歲	創《世紀》文學雜誌。拜田中貢太郎、佐藤春夫為師。發表小說《幽閉》，為後來《山椒魚》的原型。同年發生關東大地震。
一九二四年	二十六歲	首部單行本出版品《父之罪》問世。加入關東大地震後出版成就最引人注目的聚芳閣出版社，參與許多重要出版品製作。
一九二五年	二十七歲	短暫任職《趣味與科學》雜誌編輯。因編輯作業失誤離開聚芳閣。
一九二六年	二十八歲	進行《世紀》、《陣痛時代》兩部文學雜誌出刊。

一九二七年	二十九歲	與秋元節代結婚。定居日本杉並區。 因其他文人夥伴政治立場問題，退出幾個文學團體。
一九二九年	三十一歲	將《幽閉》改作為《山椒魚》，發表於《文藝都市》雜誌。
一九三〇年	三十二歲	出版首部作品集《深夜梅花》，於新潮社發行。第二部作品集《令人懷念的現實》於改造社發行。 加入小林秀雄的《作品》雜誌文學團體，結識太宰治。 長子圭介出世。
一九三一年	三十三歲	受林芙美子邀請至尾道演講，後與林造訪瀨戶內海因島。 首度於報紙連載小說《工作間》。
一九三三年	三十四歲	長女比奈子出世。太宰治遷至井伏家附近，兩人往來更加頻繁。
一九三四年	三十六歲	《逃亡記》、《田園記》出版。 加入田中貢太郎主持的文學雜誌《博浪沙》。
一九三五年	三十七歲	出版《頓生菩提》。 次子大助出世。 與文學夥伴造訪土佐。
一九三六年	三十八歲	出版《肩車》、《靜夜思》、《雞肋集》。

一九三七年	三十九歲	出版《集資旅行》、《除厄詩集》、《山川草木》、《約翰萬次郎漂流記》。與太宰治同行造訪三宅島。
一九三八年	四十歲	以《約翰萬次郎漂流記》獲第六屆直木獎。與太宰治、妻子一同造訪四國。途中陪同太宰造訪未婚妻石原美知子家族。翌年出席兩人婚禮。加入《文學界》文學雜誌團體。出版《陋巷之歌》。
一九三九年	四十一歲	於自家舉行太宰治與石原美知子的婚禮。出版《多甚古村》、《螢合戰》。
一九四〇年	四十二歲	《多甚古村》由東寶電影公司改編成電影上映。
一九四一年	四十三歲	從軍後駐軍於新加坡，戰時擔任當地日語報紙編輯。恩師田中貢太郎過世。
一九四二年	四十四歲	兄長井伏文夫去世。
一九四三年	四十五歲	擔任直木獎評審委員，一直到一九五七年第三十八屆直木獎為止卸任。三子昇三出世。
一九四四年	四十六歲	至甲府市岩月家避難，再輾轉前往廣島老家、山梨縣避難。

一九五〇年	五十二歲	《本日休診》獲第一屆讀賣文學獎小說獎。發表《遙拜隊長》。
一九五四年	五十六歲	《漂民宇三郎》獲得第十二屆日本藝術院獎。
一九六五年	六十七歲	於《新潮》雜誌連載《黑雨》，最早題名為《外甥女的婚事》。
一九六六年	六十八歲	出版《黑雨》單行本。以該作獲頒第十九屆野間文藝獎、文化勳章。
一九七〇年	七十二歲	於《日本經濟新聞》連載《我的履歷》。
一九七二年	七十四歲	《早稻田之森》獲第二十三屆讀賣文學獎隨筆紀行獎。
一九九〇年	九十二歲	獲選東京都名譽都民。
一九九三年	九十五歲	六月二十四日，緊急送醫。七月十日，因肺炎去世。

日本近代文學大事記

一八八五年	明治十八年	四月，坪內逍遙的文學論述《小說神髓》出版，講述近代小說的理論與方法，提出寫實主義，影響了之後的日本近代文學。 五月，尾崎紅葉、山田美妙、石橋思案、丸岡九華等人成立文學團體硯友社，推崇寫實主義，創刊日本近代第一本文藝雜誌《我樂多文庫》。
一八八六年	明治十九年	四月，二葉亭四迷發表文學理論〈小說總論〉，補充了《小說神髓》的不足之處，兩者皆為對於日本近代小說的重要評論。 七月，谷崎潤一郎出生於東京市（現東京都）。
一八八七年	明治二十年	六月，二葉亭四迷發表長篇小說《浮雲》，此作以言文一致的筆法寫成，宣告日本近代文學開始。
一八八八年	明治二十一年	十二月，菊池寬出生於香川縣。

一八八九年	明治二十二年	一月，饗庭篁村、山田美妙等十四名文學同好共同編輯文藝雜誌《新小說》。同月，夏目漱石初識正岡子規，開始進行創作。 四月，尾崎紅葉出版《二人比丘尼色懺悔》，登上硯友社主導地位。 五月，夏目漱石於評論子規《七草集》時首次使用漱石的筆名。 九月，幸田露伴的小說《風流佛》出版。明治二十年代，幸田露伴與尾崎紅葉並列為兩大代表作家，文壇稱作「紅露」。 十一月，泉鏡花入尾崎紅葉門下。
一八九〇年	明治二十三年	一月，森鷗外發表短篇小說〈舞姬〉，對之後浪漫主義文學的形成有極大影響。
一八九二年	明治二十五年	三月，芥川龍之介出生於東京市（現東京都）。
一八九三年	明治二十六年	一月，島崎藤村與北村透谷創刊文學雜誌《文學界》，以浪漫主義為主，對抗當時主導文壇的硯友社。
一八九四年	明治二十七年	八月，甲午戰爭爆發。 十二月，樋口一葉接連創作出〈大年夜〉、〈濁流〉、〈青梅竹馬〉、〈岔路〉和〈十三夜〉等，轟動文壇。此時至一八九六年一月，後世評論者稱之為「奇蹟的十四個月」。

一八九五年	明治二十八年	一月，學術藝文雜誌《帝國文學》創刊。 四月，甲午戰爭結束。 六月，泉鏡花於純文學雜誌《文藝俱樂部》發表短篇小說〈外科室〉，帶起甲午戰爭後的觀念小說風潮。 十二月，金子光晴出生於愛知。
一八九六年	明治二十九年	一月，森鷗外、幸田露伴、齋藤綠雨創辦雜誌《醒草》，提倡近代詩歌、戲劇的改良。 十一月，樋口一葉逝世。
一八九八年	明治三十一年	一月，國木田獨步於雜誌《國民之友》發表小說〈武藏野〉，以浪漫派作家身分展開創作生涯。 三月，橫光利一出生於福島。 十二月，黑島傳治出生於香川縣。
一八九九年	明治三十二年	五月，壺井榮出生於香川縣。 六月，川端康成出生於大阪市。
一九〇〇年	明治三十三年	四月，與謝野鐵幹和與謝野晶子創立《明星》詩刊，傳承浪漫派精神。

一九〇三年	明治三十六年	三月，國木田獨步發表小說〈命運論者〉，此作與十月發表的小說〈老實人〉筆法轉向寫實，為開啟自然主義派先鋒之作。 十月，尾崎紅葉逝世。 十二月，小林多喜二出生於秋田縣。
一九〇四年	明治三十七年	二月，日俄戰爭爆發。
一九〇五年	明治三十八年	一月，夏目漱石於《杜鵑》發表〈我是貓〉，大獲好評。 七月，蒲原有明發表詩集《春鳥集》，引領日本現代詩的象徵主義。同月，石川達三出生於秋田縣。 九月，日俄戰爭結束。
一九〇六年	明治三十九年	三月，島崎藤村自費出版小說《破戒》。此作與夏目漱石的《我是貓》並譽為二十世紀初寫實主義的雙璧。 十月，坂口安吾出生於新潟縣。
一九〇七年	明治四十年	一月，在森鷗外的支持下，上田敏等人成立文藝雜誌《昴星》，標誌著新浪漫主義的衍生。 九月，田山花袋於雜誌《新小說》發表小說〈棉被〉，為自然主義的先驅，也是私小說的起點之作。 十月，小山內薰創刊《新思潮》雜誌，引介歐美戲劇以及文藝動向，隔年三月停刊。

一九〇八年	明治四十一年	六月，國木田獨步逝世。
一九〇九年	明治四十二年	三月，大岡昇平出生於東京市（現東京都）。 五月，二葉亭四迷逝世。 六月，太宰治出生於青森縣。
一九一〇年	明治四十三年	四月，志賀直哉、武者小路實篤、有島武郎、有島生馬創刊《白樺》雜誌，提倡新理想主義和人道主義。 五月，永井荷風創辦雜誌《三田文學》。 六月，社會主義者策畫暗殺明治天皇，政府大肆搜捕社會主義者和無政府主義者，史稱「大逆事件」。幸德秋水與同夥遭逮捕審判，翌年判處死刑。 九月，以小山內薰為首，集結谷崎潤一郎、和辻哲郎、後藤末雄等人第二次創立《新思潮》雜誌。 十月，山田美妙逝世。
一九一二年	大正元年	一月，德田秋聲的《黴》出版單行本，獲得空前的評價。一九一〇年發表的小說《足跡》也趁勢出版。兩部作品令德田秋聲奠定自然主義的地位。
一九一四年	大正三年	二月，山本有三、豐島與志雄、久米正雄、芥川龍之介、松岡讓、菊池寬等人第三次創立《新思潮》雜誌。久米正雄發表〈牛奶場的兄弟〉，豐島與志雄發表〈湖水與他們〉，皆為新思潮派的代表作。 七月，第一次世界大戰爆發。

一九一五年	大正四年	十月，芥川龍之介於雜誌《帝國文學》發表〈羅生門〉。在松岡讓的介紹下入夏目漱石門下。
一九一六年	大正五年	二月，菊池寬、芥川龍之介、久米正雄、松岡讓和成瀨正一等人第四次創立《新思潮》雜誌。芥川龍之介的短篇小說〈鼻〉受到夏目漱石激賞。 十二月，夏目漱石逝世。
一九一七年	大正六年	二月，萩原朔太郎自費出版第一本詩集《吠月》，獲得森鷗外讚賞，開拓象徵詩派的新領域。
一九一八年	大正七年	十一月，第一次世界大戰結束。同月，武者小路實篤於宮崎縣木城村發起「新村運動」，建立勞動互助的農村生活，實踐其奉行的人道主義。
一九二一年	大正十年	一月，志賀直哉開始於《改造》雜誌連載小說〈暗夜行路〉。 二月，小牧近江、今野賢三、金子洋文創刊雜誌《播種人》，鼓吹擁護蘇俄的共產革命，劃下無產階級文學時代的開始。
一九二二年	大正十一年	菊池寬創刊《文藝春秋》，致力於培養年輕作家。
一九二三年	大正十二年	一月，菊池寬創立文藝春秋出版社。 九月，關東大地震後，政府趁動亂鎮壓左翼運動者，社會主義評論家大杉榮遭憲兵隊殺害，無產階級文學運動暫時受挫停擺。谷崎潤一郎舉家從東京遷至京都。

一九二四年	大正十三年	六月，《播種人》改名《文藝戰線》復刊。 十月，橫光利一、川端康成、今東光、石濱金作、片岡鐵兵、中河與一等人創刊雜誌《文藝時代》，主張追求新的感覺。雜誌第一期揭載橫光利一的短篇小說〈頭與腹〉促成「新感覺派」的開始。
一九二五年	大正十四年	一月，三島由紀夫出生於東京市（現東京都）。 十二月，《文藝戰線》雜誌集結無產階級文學雜誌、學者，成立「日本無產階級文藝聯盟」，使無產階級文學得以迅速發展。
一九二六年	昭和元年	十一月，無產階級文學運動第一次內部分裂。「日本無產階級文藝聯盟」內部實行改組，改名為「日本無產階級藝術聯盟」。遭排除的非馬克思主義者另立「無產派文藝聯盟」，創立雜誌《解放》。
一九二七年	昭和二年	二月，芥川龍之介於文學講座上公開批評谷崎潤一郎的小說，展開一連串芥川與谷崎的小說藝術爭論。兩人於《改造》雜誌上撰文駁斥對方引發筆戰，直至七月芥川自殺。 五月，《文藝時代》宣布停刊。 六月，葉山嘉樹、林房雄、藏原惟人、黑島傳治、村山知義等人遭「日本無產階級藝術聯盟」剔除，另組「勞農藝術家同盟」。 十一月，藏原惟人退出「勞農藝術家同盟」，另組「前衛藝術家同盟」。

一九二八年	昭和三年	三月，藏原惟人為了讓無產階級文學運動者不再分裂對立，結合「日本無產階級藝術聯盟」、「勞農藝術家同盟」等團體組成「日本左翼文藝家」，之後誕生「全日本無產者藝術聯盟」。 五月，濟南事件。 六月，中村武羅夫發表評論〈是誰踐踏了花園！〉，公開抨擊無產階級文學。 十二月，「全日本無產者藝術聯盟」創立文藝雜誌《戰旗》，迎來無產階級文學的高峰。
一九二九年	昭和四年	三月，小林多喜二完成小說〈蟹工船〉，發表於《戰旗》雜誌。此作為無產階級文學的代表作，受到國際高度評價。 十月，橫光利一、川端康成、犬養健、堀辰雄等人創刊《文學》雜誌。 十二月，中村武羅夫、川端康成、龍膽寺雄、淺原六朗、嘉村礒多、久野豐彥、岡田三郎、飯島正、加藤武雄、權崎勤、尾崎士郎、佐佐木俊郎、翁久允等人組成「十三人俱樂部」，號稱「藝術派十字軍」。
一九三〇年	昭和五年	四月，以「十三人俱樂部」為中心，吸收其他現代主義派作家如舟橋聖一、阿部知二、井伏鱒二、雅川滉，成立「新興藝術派俱樂部」，公開反對馬克思主義，取代新感覺派，成為文壇上最大宗的現代藝術派別。 七月，小林多喜二因〈蟹工船〉遭到當局以不敬罪起訴，遭捕入獄。 十一月，黑島傳治發表以濟南事件為題材的長篇小說《武裝的城市》，遭當局禁止發行。

一九三一年	昭和六年	十一月，「全日本無產者藝術聯盟」底下的專業同盟與其他無產階級文化團體合併為「日本無產階級文化聯盟」，創辦《無產階級文化》雜誌。
一九三二年	昭和七年	三月，保田與重郎創刊《我思故我在》，反對無產階級派和現代藝術派，主張回歸日本傳統，為「日本浪漫派」之前身。
一九三三年	昭和八年	二月，小林多喜二遭當局逮捕殺害。 五月，室生犀星、井伏鱒二等人成立「秋聲會」，島崎藤村並成立「德田秋聲後援會」鼓勵創作低迷的德田秋聲。 十月，小林秀雄、林房雄、武田麟太郎、川端康成、廣津和郎、深田久彌、宇野潔二等人重新創立新《文學界》雜誌。另一方面，舟橋聖一、阿部知二成立《行動》雜誌。 十二月，《無產階級文化》發行最後一期，隔年「日本無產階級文化聯盟」被迫解散。
一九三五年	昭和十年	二月，坪內逍遙逝世。同月，直木三十五逝世。 四月，菊池寬為紀念好友芥川龍之介與直木三十五，創立「芥川賞」與「直木賞」。前者為鼓勵純文學新人作家，後者則是給予大眾作家的榮譽肯定。第一屆芥川賞頒予石川達三的〈蒼氓〉，直木賞得獎作家為川口松太郎。

一九三六年	昭和十一年	二月，陸軍中「皇道派」的青年軍官率領數名士兵，刺殺「統制派」政府官員，包含兩任前首相，並且一度占領東京。後來遭到撲滅。此政變又稱「帝都不祥事件」。 三月，武田麟太郎、本庄陸男、平林彪吾等人創立《人民文庫》，獲得無產階級派作家的支持。另一方面，保田與重郎、神保光太郎、龜井勝一郎、中島榮次郎、中谷孝雄、緒方隆士等人創刊《日本浪漫派》雜誌，伊東靜雄、太宰治、檀一雄等人也加入其中。
一九三七年	昭和十二年	四月，永井荷風出版小說《濹東綺譚》，此作體現荷風小說的深沉內涵，也流露出對時局的消極反抗。 十二月，日軍占領中國南京。
一九三八年	昭和十三年	二月，菊池寬以促進文藝發展、表彰卓越作家為目的，成立日本文學振興會。 三月，石川達三目睹南京大屠殺慘況後，寫成小說《活著的兵士》，發表後遭當局判刑。
一九三九年	昭和十四年	九月，第二次世界大戰爆發。同月，泉鏡花逝世。
一九四一年	昭和十六年	十二月，太平洋戰爭爆發。

一九四三年	昭和十八年	八月，島崎藤村逝世。 十月，黑島傳治逝世。 十一月，德川秋聲逝世。
一九四五年	昭和二十年	八月，日本宣布無條件投降。 十二月，以秋田雨雀、江口渙、藏原惟人、德永直、中野重治、藤森成吉、宮本百合子等戰爭期間遭受鎮壓的無產階級作家為中心，組成「新日本文學會」。
一九四六年	昭和二十一年	一月，荒正人、平野謙、本多秋五、埴谷雄高、山室靜、佐佐木基一、小田切秀雄等人創刊《近代文學》，提倡藝術至上主義，邁開戰後文學第一步。 五月，太宰治在《東西》雜誌發表無賴派宣言：「我是自由人，我是無賴派。」無賴派因此得名。 六月，坂口安吾《墮落論》出版。 七月，谷崎潤一郎重新執筆因戰爭而停止連載的小說《細雪》，至隔年三月共完成三冊。
一九四七年	昭和二十二年	七月，太宰治於《新潮》雜誌連載小說《斜陽》，同年十二月出版。 十二月，橫光利一逝世。
一九四八年	昭和二十三年	五月，太宰治完成《人間失格》。此作與《斜陽》皆為無賴派體現於小說創作上的代表作。 六月，太宰治自殺。同月，菊池寬逝世。

一九五〇年	昭和二十五年	六月，韓戰爆發。
一九五一年	昭和二十六年	一月，大岡昇平於《展望》雜誌發表〈野火〉，隔年出版，成為戰爭文學代表作之一。
一九五二年	昭和二十七年	二月，壺井榮於基督教雜誌《New Age》連載小說《二十四隻瞳》，同年十二月出版。
一九五三年	昭和二十八年	七月，簽署停戰協定。韓戰結束。
一九五八年	昭和三十三年	一月，大江健三郎於《文學界》發表短篇小說〈飼育〉，同年獲得芥川賞，是當時有史以來最年輕的受獎者。
一九五九年	昭和三十四年	四月，永井荷風逝世。
一九六五年	昭和四十年	七月，谷崎潤一郎逝世。
一九六八年	昭和四十三年	十月，川端康成以《雪國》、《千羽鶴》及《古都》等作品獲得諾貝爾文學獎，為歷史上首位獲獎的日本人。
一九七〇年	昭和四十五年	十一月，三島由紀夫發動政變失敗後自殺。
一九七一年	昭和四十六年	十月，志賀直哉逝世。
一九七二年	昭和四十七年	四月，川端康成逝世。

作者簡介

井伏鱒二

本名井伏滿壽二，一八九八年生於廣島縣。求學階段耽讀托爾斯泰、契科夫，展現寫作與藝術才華，原立志成為畫家，在其兄井伏文夫的建議之下進入早稻田大學就讀，開始投入寫作。一九二三年發表《幽閉》，一九二九年將之修改為《山椒魚》，正式進入文壇。一九三七年發表《約翰萬次郎漂流記》，榮獲第六屆直木獎，歷經戰爭之後重返文壇，陸續發表《遙拜隊長》、《站前旅館》等作品，一九五〇年以《本日休診》榮獲讀賣文學獎小說獎，一九五四年以《漂民宇三郎》榮獲日本藝術院獎。一九六五年，日本敗戰二十週年之際，於《新潮》文學雜誌連載《黑雨》，最初題名為《外甥女的婚事》，翌年藉這部作品榮獲第十九屆野間文藝獎，並獲頒文化勳章。一九七二年以《早稻田之森》榮獲讀賣文學獎隨筆紀行獎。一生發表小說、隨筆、散文無數，與太宰治亦師亦友的關係蔚為文壇佳話。一九九三年於東京逝世。

譯者簡介

王華懋

專職譯者，譯作包括推理、文學及實用等各種類型。

近期譯作有《掌心裡的京都》、《我適合當人嗎？》、《金色大人》、《人蟻之家》、《如碆靈祭祀之物》、《最後的情書》、《地球星人》、《滅絕之園》、《通往謀殺與愉悅之路》、《孿生子》、《如幽女怨懟之物》、《被殺了三次的女孩》、《dele刪除》系列、京極堂系列等。

幡012 **黑雨**
KUROI AME by IBUSE MASUJI

Originally published in Japan in 1970 by
SHINCHOSHA Publishing Co., Ltd.
Traditional Chinese translation rights arranged with
The Japan Writers' Association.

作者	井伏鱒二
譯者	王華懋
總策畫	楊　照
封面設計	王志弘
校對	李鳳珠
責任編輯	徐　凡
國際版權	吳玲緯
行銷	何維民　吳宇軒　陳欣岑　林欣平
業務	李再星　陳紫晴　陳美燕　葉晉源
總編輯	巫維珍
編輯總監	劉麗真
總經理	陳逸瑛
發行人	涂玉雲
出版	麥田出版 地址：104473台北市中山區民生東路二段141號5樓 電話：(02)2500-7696 傳真：(02)2500-1967
發行	英屬蓋曼群島商家庭傳媒股份有限公司城邦分公司 地址：104473台北市中山區民生東路二段141號11樓 網址：www.cite.com.tw 客服專線：(02)2500-7718｜2500-7719 24小時傳真專線：(02)-2500-1990｜2500-1991 服務時間：週一至週五09:30-12:00｜13:30-17:00 劃撥帳號：19863813 戶名：書虫股份有限公司 讀者服務信箱：service@readingclub.com.tw
香港發行所	城邦（香港）出版集團有限公司 地址：香港灣仔駱克道193號東超商業中心1/F 電話：+852-2508-6231 傳真：+852-2578-9337
馬新發行所	城邦（馬新）出版集團【Cite (M) Sdn. Bhd.】 地址：41-3, Jalan Radin Anum, Bandar Baru Sri Petaling, 57000 Kuala Lumpur, Malaysia. 電話：+6(03) 9056 3833 傳真：+6(03) 9057 6622 讀者服務信箱：services@cite.my
麥田部落格	http://ryefield.pixnet.net
印刷	漾格科技股份有限公司
初版一刷	2021年12月
售價	450元
ISBN	978-626-310-101-2

國家圖書館出版品預行編目(CIP)資料

黑雨／井伏鱒二著；王華懋譯. -- 初版. -- 臺北市：麥田出版：家庭傳媒城邦分公司發行, 2021.12
面；　公分. --（幡；RHA012）
譯自：黒い雨
ISBN 978-626-310-101-2（平裝）

861.67　　110015462

城邦讀書花園
www.cite.com.tw

Printed in Taiwan.
本書若有缺頁、破損、裝訂錯誤，請寄回更換。